Harper Drake ist das Pseudonym von Daniela Hartig. Sie wurde 1976 in Aschaffenburg geboren, Bücher sind ihre große Leidenschaft. Ob Lesen oder Schreiben, ohne Bücher wäre das Leben nur halb so schön. Seit 2016 ist sie als Autorin tätig, hat seitdem zwei Romane erfolgreich im Genre New Adult veröffentlicht, ans Aufhören denkt sie noch lange nicht. In ihren Romanen verarbeitet sie all das, was sie bewegt und berührt, immer mit dem Ziel, ein kleines Stückchen Welt mit ihren Worten und Gedanken ein bisschen besser zu machen.

Harper Drake

H♥ RT BE AT

In your arms

Oetinger Taschenbuch

Noch mehr Herzklopfen bei Oetinger Taschenbuch

Ira Severin: Heartbeat. More than a kiss
Julie Chapel: Heartbeat. Truly yours
Taylor Fitzgerald: Heartbeat. Wait for me
Sandra Wright: Heartbeat. Crush on you
Emily Lewis: Heartbeat. Loving you

MIX
Papier aus verantwortungsvollen Quellen
FSC® C002795
www.fsc.org

1. Auflage 2019

Text: Daniela Hartig
Covergestaltung: Nele Schütz Design, unter Verwendung
von shutterstock / Svitlana Sokolova
Druck: Livonia Print SIA, Ventspils iela 50,
LV-1002, Riga, Lettland
978-3-8415-0592-7
www.oetinger-taschenbuch.de

PROLOG

Ich liege auf dem Bett, mitten in der Nacht, und kann nicht schlafen. Immer und immer wieder gehen mir die letzten Wochen durch den Kopf. Wenn ich gewusst hätte, wie sehr die Liebe schmerzen kann, hätte ich tunlichst die Finger davon gelassen.

Dafür ist es nun zu spät.

Das Kind ist längst in den Brunnen gefallen, würde der Doc sagen und mir mit seiner großen Pranke tröstlich über die Wange streichen. Aber auch das würde mir nur für ein paar Sekunden helfen.

Dann würde die Verzweiflung wieder zuschlagen, unbeeindruckt davon, ob ich ihren Angriff ein weiteres Mal überstehen kann. Oder ob mich ihre Unbändigkeit einfach zu Boden wirft, mich dort unten fesselt und mir die Luft aus den Lungen presst.

Das ist der Verzweiflung nämlich herzlich egal. Sie kommt, wann sie will, und geht, wann sie will. In meinem Fall wohl gar nicht mehr.

Dabei ist mir vollkommen klar, dass es so nicht weitergehen kann. Ich brauche eine Pause, muss mich erholen. Mein Körper schreit nach ein bisschen Schlaf, oder ein bisschen Nahrung, oder einem Lächeln auf meinem Gesicht. Doch ich weiß einfach nicht, wie. Ich habe die simpelsten Dinge verlernt.

Denn jedes Mal, wenn ich denke, es wird leichter, jedes verdammte Mal, wenn ich Licht am Ende des Tunnels sehe, formt sich sein Name in meinem Kopf. Als hätte nichts anderes mehr Platz. Nur diese Buchstaben, die sich aufblasen wie ein Ballon und sich ihren Weg bahnen, um als jämmerlicher Laut auf meinen Lippen zu landen, den ich in mein Kopfkissen stöhne.

Arthur.

EINS

Vorsichtig blase ich den Staub von dem Anhänger, angele blind nach dem passenden Lederband und ziehe es behutsam durch das Loch am oberen Ende.

Zufrieden betrachte ich die letzte Kette, die ich fertiggestellt habe, und säubere sie noch einmal sorgfältig. Darauf bedacht, den filigranen Draht, der die Muschel auf dem Holz fixiert, nicht zu beschädigen, entferne ich Fingerabdrücke von mir und lege mein handgemachtes Schmuckstück zu den anderen.

Nacheinander packe ich die Ketten, Haarspangen, Armbänder und Schlüsselanhänger in die extra dafür geschnitzten Holzkästchen und verstaue alle bis auf ein Teil in der schon bereitstehenden Kiste, die noch mehr selbst gemachte Kostbarkeiten von mir enthält. Als ich fertig bin, widme ich mich dem Anhänger, den ich übrig gelassen habe.

Er ist ein besonders schönes Stück. Das Treibholz muss mindestens eine so lange Reise hinter sich haben wie ich, denn es ist schon ganz ausgebleicht und glatt geschliffen. In die Oberfläche habe ich eine Feder geschnitzt und die entstandenen Vertiefungen in Türkis ausgemalt. Die Farbe bildet einen wunderbaren Kontrast zu dem verwitterten Holz und erinnert mich an seine Augen. Die haben auch gestrahlt wie das Meer in unserer Bucht, in der wir so oft baden waren.

»Papa«, flüstere ich leise und streiche über die Feder. Es ist eine ganze Weile her, dass ich die Blechkiste, die ich unter der Arbeitsbank verstaut habe, zuletzt geöffnet habe. Aber jetzt ziehe ich sie hervor, öffne sie, und obwohl ich spät dran bin, betrachte ich meinen ganz persönlichen Schatz.

Meine Vergangenheit, die ich stetig mit meiner Zukunft auffülle. Ganz zuunterst liegt ein gefaltetes T-Shirt, dessen Schwarz mit den Jahren zu einem dunklen Grau geworden ist. Darauf ein kleines Buch, auf dem ein Hase abgebildet ist, daneben eine Kiste mit Fotos. Polaroids, vergilbt und verblasst und doch mein kostbarstes Gut.

Ganz zuoberst allerlei Krimskrams. Ein Taschenmesser, rostig und unbrauchbar, ein Zippo-Feuerzeug, ebenfalls mit der Gravur einer Feder, eine digitale Taucheruhr, die längst nicht mehr funktioniert. Neben diesen Dingen, die der Vergangenheit angehören, die Dinge, die ich nach dem großen Unglück gesammelt habe: eine Mappe mit meinen besten Schularbeiten. Klassenfotos, auf denen ich die meisten Gesichter nie wirklich gekannt habe, Sportauszeichnungen und mein erster eigens verdienter Dollar. Briefe, die ich ihm geschrieben habe, über Ereignisse, die er nie erlebt hat.

Vorsichtig lege ich den Anhänger dazu und schließe schnell den Deckel der Kiste. In meinem Hals kratzt und brennt es verdächtig. Entschlossen schlucke ich das Gefühl herunter, schiebe meine Schatzkiste wieder in die Ecke und lasse mich in den Stuhl zurückfallen. Ich betrachte das Chaos, das ich in meiner kreativen Hochphase hinterlassen habe, und seufze.

Mich als besonders ordentlich zu bezeichnen, wäre die Übertreibung des Jahrhunderts, aber gerade sieht es in meinem Trailer aus, als hätte eine Bombe eingeschlagen. Überall stehen leere Kaffeebecher herum, das Gebräu ist mein absolutes Lebenselixir, wenn ich arbeite, schmutziges Geschirr stapelt sich in der Spüle, das zerwühlte Bett, das die gesamte hintere Ecke des Trailers ausfüllt, wartet eindeutig auf frische Wäsche.

Ich sehe zu Mister Spock, meinem Hund, der hässlichsten Promenadenmischung der Weltgeschichte. Er liegt zu meinen Füßen, den Kopf auf den Pfoten, und blinzelt träge zu mir hoch. Die spitzen Ohren zucken leicht, als ich ihn anspreche.

»Wie wär's? Wir teilen uns auf? Du übernimmst die Küche und ich das Bett?«, frage ich und hebe die Brauen. Das ist Mister Spock nicht mal eine Antwort wert. Er gähnt herzhaft, schmatzt und rollt sich mit geschlossenen Augen zur Seite.

»War ja klar. Das süße Leben genießen und nichts dafür tun wollen«, grummele ich und erhebe mich aus dem Stuhl. Ich beuge mich hinunter und kraule Mister Spock das verfilzte Fell, was er mit einem wohligen Grummeln quittiert.

»Ja, mein Guter, ich weiß ja«, sage ich und versenke meine Nase an seinem Hals. Er riecht nach Salz und Meer und nassem Hund, und es macht mir gar nichts aus. Seit mir Mister Spock vor knapp einem Jahr zugelaufen ist, sind wir die besten Freunde. Er hat mich noch nie im Stich gelassen. Das kann man von den meisten Menschen, die sich um mich kümmern sollten, nicht gerade behaupten, und deshalb könnte Mister Spock noch so schlimm riechen, es würde mich nicht im Geringsten stören.

»Komm, alter Junge. Wir müssen los.«

Das Aufräumen werde ich auf später verschieben müssen, denn ich muss mich beeilen, wenn ich meine Schicht nicht verpassen will.

Hastig schlüpfe ich in eine abgeschnittene Jeans und ein weißes Top, suche meine Flipflops, von denen sich einer unter dem Bett befindet und einer seltsamerweise neben der Spüle, und grapsche nach meiner Tasche. In aller Eile stopfe ich mein Handy, meinen Geldbeutel und eine Tüte Mandeln hinein, dann öffne ich die Tür, und hinter mir springt Mister Spock aus dem Trailer. Draußen empfängt uns die Nachmittagssonne, die noch immer heiß vom Himmel brennt. Der Strand liegt einsam und verlassen vor mir. An diesen Abschnitt verirren sich so gut wie nie irgendwelche Menschen. Was mehr als okay ist, denn genau aus diesem Grund lebe ich hier. Ich mag die Einsamkeit und die Stille.

Kurz mustere ich mich in dem fleckigen Spiegel, der neben meiner Außendusche hängt, und schnalze ungehalten mit der Zunge. Ich sehe schrecklich aus!

Auf meiner Nase prangt ein türkiser Farbklecks, meine von der Sonne gebleichten taillenlangen Haare rufen nach einer Bürste. Ich greife zu dem Haarband, das ich mir ums Handgelenk geschlungen habe, und binde sie notdürftig zu einem Dutt. Dann rubbele ich mit etwas Spucke an dem Fleck herum, was das Türkis zwar verschwinden, aber dafür eine Rötung an der Stelle erscheinen lässt.

»Ach verdammt!«, fluche ich und belasse es dabei. Schließlich arbeite ich nicht als Model, sondern in einer Strandbar. Und da sollte ich mich schleunigst hinbegeben.

Mister Spock rennt an mir vorbei in Richtung Brandung, er wird nicht müde, die Wellen anzubellen. Ich muss lachen, als ich sein sinnloses Unterfangen beobachte, das schäumende Meer zu bezwingen. Ob er jemals begreifen wird, dass der Ozean immer gewinnt?

Ich wende mich nach links, schultere meine Tasche und genieße den warmen Sand zwischen meinen Zehen. Das heißt, warm ist er eigentlich nicht. Er ist sengend heiß!

»Autsch!«, rufe ich, hüpfe abwechselnd auf einem Bein, bis ich meine Flipflops aus der Tasche gekramt habe und hineinschlüpfe. Meine Fußkettchen klirren leise. Der orange Nagellack auf meinen Zehen könnte auch eine Auffrischung gebrauchen – ich werde eine Schönheitsstunde einlegen müssen, bevor ich morgen zum Straßenfest aufbreche.

Nach einem kurzen Fußmarsch verdichtet sich die Vegetation, der Sandstrand weicht einem kleinen Wäldchen, das meinen Strandabschnitt von der restlichen Welt trennt. Ich laufe den ausgetretenen Pfad entlang, unter meinen Sohlen knirschen Muscheln und Kiesel. Mister Spock trottet neben mir her, der kühle Schatten der knorrigen Bäume ist uns eine willkommene Abwechslung.

Zwanzig Minuten später lande ich mitten im Trubel. Schon von Weitem sehe ich, dass an der Bar die Hölle los ist. Das hat sicherlich mit dem Straßenfest zu tun, das an den nächsten Tagen direkt oberhalb des Strandes stattfindet. Die Stände sind schon aufgebaut, die Touristen schlendern neugierig an den noch geschlossenen Buden vorbei und landen auf einen Cocktail in der *Sandsbay*.

Mister Spock sprintet los, als er Doc erkennt, der uns lachend winkt. Ich hebe kurz den Arm zum Gruß und stapfe die restlichen Meter durch den Sand.

»Heute ist es wie verhext!«, begrüßt mich Doc und schließt mich sogleich in eine Bärenumarmung. Ich bin nicht gerade klein mit meinen eins fünfundsiebzig, aber in Docs Armen verschwinde ich wie unter einem Zelt.

»Mein Mädchen. Wie geht's, wie steht's?«, dröhnt seine Stimme, die genauso mächtig ist wie alles andere an ihm. Doc ist Kriegsveteran. Er war bei der Army, im Irak, als Sanitäter, und obwohl sein Körper unversehrt zurückkam, hat er nur seine halbe Seele wieder mit nach Hause gebracht. Sagt er. Ich finde nicht, dass das stimmt, denn wenn jemand wie er nur eine halbe Seele hat, dann hat der Rest der Menschheit gar keine, und das bezweifle ich. Er schiebt mich von sich und mustert mich, als hätte er mich Jahre nicht gesehen. Dabei haben wir uns erst gestern gegen Mitternacht verabschiedet.

»Hast du gegessen?« Sein prüfender Blick fährt über meinen Körper, er umfasst mit dem Daumen und dem Zeigefinger mühelos meinen Oberarm. »Mister, hat sie gegessen?«, wiederholt er sich und wendet sich an Spock. Der sitzt hechelnd zu seinen Füßen und wedelt mit dem Schwanz. Ich entwinde mich seinem Griff, stelle meine Tasche ab.

»Ich habe gegessen. Nudeln. Mit Ketchup!«, füge ich trotzig hinzu. Immerzu macht er sich Sorgen um mich. Weil er weiß, dass ich nicht kochen kann. Auch jetzt rollt er mit den Augen und zieht die buschigen Brauen zusammen, die einen lustigen Kontrast zu seinem kahlen Kopf bilden.

»Ketchup? Das ist ja ein kulinarischer Hochgenuss, Fräulein!« Er langt sich an die Brust, sein wettergegerbtes Gesicht nimmt einen warmherzigen Ausdruck an. »Ich mache dir gleich ein wunderbares Sandwich mit saftigem Huhn und köstlicher Avocado.«

Doc dreht sich zu der kleinen, blitzsauberen Kochnische, in der er mit den einfachsten Zutaten die feinsten Leckereien zaubert. Unsere Stammgäste sind jedes Mal hin und weg, wenn sie mit sandigen Händen und salzigen Haaren an einer Strandbar speisen wie die Könige.

Ich schlucke meinen Protest hinunter, weil er sowieso vollkommen sinnlos ist. Das habe ich in den elf Monaten, die ich hier arbeite, begriffen. Wenn Doc etwas will, bekommt er es auch.

Während Doc sich an die Essensbestellungen macht, verschaffe ich mir einen kurzen Überblick und lege los. Ich räume die Tische ab, die sofort von neuen Gästen besetzt werden, fülle Getränke und Eis auf und kassiere ab. Mister Spock trollt sich auf seinem Lieblingsplatz neben der Kühltruhe und schielt unauffällig auf das Sandwich, das Doc mir eine Viertelstunde später hinstellt.

»Abbeißen«, befiehlt er und bleibt demonstrativ stehen, bis ich die Backen voll habe.

»So ist brav«, nickt er, und ich kann es ihm nicht verdenken. Als wir uns das erste Mal begegneten, war es um mich nicht sonderlich gut bestellt. Ich hatte meinen Platz im Wohnheim räumen müssen, weil ich volljährig wurde, und fand einfach keine Wohnung. Ich hielt mich mit Gelegenheitsjobs über Wasser und schlief am Strand, was man mir definitiv ansah. Ich war ausgehungert, müde und abgekämpft und ziemlich hoffnungslos. Doc nahm sich meiner an. Er besorgte mir den alten Trailer, der einem Freund von ihm gehört, gab mir den Job in der Bar und nötigte mich nebenbei, meinen Highschool-Abschluss nachzuholen. Ich habe ihm viel zu verdanken. Mit seinen sechsundsechzig Jahren könnte er gut und gerne mein Grandpa sein, und manchmal fühlt es sich auch so an.

Als es am Abend etwas ruhiger wird, setzen wir uns kurz und verschnaufen eine Weile. Doc stellt mir eine Cola hin, und mit dem Blick aufs Meer streckt er die Arme über den Kopf.

Ein zufriedener Seufzer entfährt ihm.

»Ist es nicht traumhaft hier? Obwohl ich diesen Blick jeden Tag habe, kann ich mich doch nicht sattsehen.« Er deutet auf den Strandabschnitt, ich brumme ein leises »Mhm« und weiß nicht recht, ob ich ihm zustimmen kann.

»Kalifornien ist das schönste Fleckchen Erde, das es gibt. Santa Barbara erst recht. Und du kannst mir glauben, ich habe schon viel gesehen auf dieser Welt!«

Das stimmt. Doc war schon überall und noch mehr. Und selbst wenn er es nicht gewesen wäre, hätte ich keine Möglichkeit, zu widersprechen. Ich kenne nämlich gar nichts außer Los Angeles. Und dahin zurück möchte ich nie wieder. Schon allein wenn ich an diese Stadt denke, bekomme ich das kalte Grausen. Santa Barbara ist wunderschön. Es ist ein Dorf, im Gegensatz zu L. A., und hier, abseits vom Touristentrubel, erst recht.

Ich bin froh, genau hier gelandet zu sein.

Ich bin froh, dass Doc mich gefunden hat, und ich bin froh, wenn ich von meinem alten Leben nie wieder etwas hören muss.

Diesen Abschnitt habe ich für immer hinter mir gelassen.

ZWEI

Schweißgebadet erwache ich aus einem Traum, die Füße verheddert im Laken, die Wangen nass von Tränen. Durch die Ritzen des Vorhangs fällt das fahle Morgenlicht.

Ich habe von meinem Dad geträumt. Ganz blass bleiben die letzten Bilder des Traums von der Beerdigung meines Vaters in meinem Gedächtnis hängen und rufen das allumfassende Gefühl der Einsamkeit, das mich lange Zeit fest im Griff hatte, hervor.

Neben mir hebt Mister Spock träge die Lider. Mein keuchender Atem macht ihn sofort hellwach, er spitzt die Ohren, und als er meine Aufregung registriert, schlabbert seine Zunge über mein verheultes Gesicht.

Seine offenkundige Zuneigung und sein Hundeatem bringen mich aus meinem Traum zurück in das Hier und Jetzt. Mein Herzschlag beruhigt sich langsam, und nach ein paar Minuten schiebe ich Spock sanft von mir, schwinge die Beine aus dem Bett und starte in den Tag.

Noch etwas mitgenommen, schiebe ich die Vorhänge zur Seite und blicke hinaus. Über dem Ozean geht gerade die Sonne auf, das Meer glitzert verheißungsvoll.

Ich tapse zur Kochnische, setze Kaffee auf und fülle Mister Spocks Wasserschale, anschließend verschwinde ich kurz im Bad. Nach der ersten Tasse Kaffee folge ich meiner morgendlichen Routine. Im Bikini öffne ich die Tür des Trailers und laufe über den noch kühlen Sand in die Brandung. Das kalte Wasser umspült meine Waden, mich überzieht eine Gänsehaut, und ich hole scharf Luft. Neben mir sehe ich einen Schatten in die Wellen hüpfen, das Gebell von Mister Spock geht im Getöse des Wassers unter. Mit einem Sprung stürze ich mich kopfüber ins Meer, drehe mich auf den Rücken und betrachte mit offenen Augen die Bewegungen der Wellen über mir. Die weiße Gischt, die sich in schäumendes Türkis verwandelt, der feine Sand, aufgewirbelt durch den Strom der Gezeiten, das helle Sonnenlicht, das die Oberfläche durchbricht. Es rauscht in meinen Ohren, mein Herz schlägt im Takt meiner Schwimmzüge. Als ich auftauche, ist das Ufer ein ganzes Stück entfernt. Über dem Wellenkamm sehe ich Mister Spock toben und spielen. Knapp dreißig Minuten schwimme ich parallel zum Strand, steige dann aus dem Wasser und jogge zurück zum Trailer.

Dort angekommen, gönne ich mir eine ausgiebige Dusche, um das Salz aus meinen Haaren zu spülen, und anschließend verputze ich eine Avocado mit Salz und Pfeffer.

Frisch und gestärkt packe ich gegen Mittag die Schmuckstücke, die ich verkaufen möchte, in eine große Tasche und mache mich auf zum Straßenfest.

Mister Spock lasse ich beim Trailer zurück. Ich beuge mich zu ihm hinab und kraule ihn hinter den Ohren, während ich ihm beruhigend zuflüstere.

»Du weißt, dass ich wiederkomme! Ich bin nur kurz weg. Du bleibst hier und gibst auf unser Zuhause acht, klar? Und heute Abend nehme ich dich mit, mein Guter«, schmeichele ich ihm, dabei muss ich mir gar keine Gedanken machen. Mister Spock wird mich nicht verlassen. Das hat er noch nie, selbst als ich ihn zu Beginn verscheuchen wollte, als er mir zulief. Egal, wie oft ich ihn vom Trailer verjagte, jeden Abend saß er wieder davor, so stoisch und ruhig, als wäre er aus Stein.

Es hat Wochen gedauert, bis ich ihm das erste Mal etwas zu fressen hinstellte, und ab diesem Zeitpunkt war unsere Freundschaft besiegelt.

Mister Spock hat seinen eigenen Kopf. Er kommt und geht, wie es ihm passt. Allerdings ist er schon seit einigen Monaten nicht mehr länger als ein paar Stunden verschwunden.

Jetzt gerade sieht er mich an, als würde er jedes Wort verstehen, und nach meiner Ansprache trollt er sich zu einem Platz im Schatten unter dem Vordach des Trailers. Dort dreht er sich zweimal um die eigene Achse und plumpst dann in den Sand. Die Schnauze auf den Vorderpfoten, blinzelt er mich kurz an, schließt die Augen und schnauft zufrieden.

Ich richte mich auf, schultere die Tasche und laufe los. Durch das Wäldchen, an der *Sandsbay* vorbei, wo ich dem Doc aus Zeitmangel nur knapp zuwinke. Er nickt, lächelt, und ich stapfe weiter durch den Sand.

Der Strand ist voll. Menschen, die sich in der Sonne rekeln, Kinder, die sich lachend und kreischend nass spritzen, muskulöse Jungs, die Beachvolleyball spielen. Ich laufe am Spielfeld vorbei, und bevor ich weiß, wie mir geschieht, spüre ich einen dumpfen Schmerz an der Schläfe, mein Kopf fliegt zur Seite, und ich sehe buchstäblich Sterne.

»Autsch!«, rufe ich laut, und meine Hand fährt nach oben. Ein Ball prallt neben mir in den Sand, meine Tasche rutscht mir von den Schultern. »Verdammte Scheiße!«, schiebe ich hinterher, kneife die Augen zu und reibe mir die schmerzende Stelle.

»Oh Gott, das tut mir leid!«, sagt jemand und legt mir die Hand auf den Arm. Als ich die Augen wieder öffne, blicke ich hoch, in das Gesicht eines Typen, das aussieht wie gemalt. Die Iris so dunkel, dass ich sie kaum von der Pupille unterscheiden kann, braune Locken fallen ihm in die Stirn, das kantige Kinn passt perfekt zu den vollen Lippen, die sich in diesem Moment zu einem mitleidigen Lächeln verziehen. »Das sah echt böse aus«, sagt er, grinst dabei aber ziemlich unverschämt. »Sorry! Wobei ich zugeben muss, dass das Ziel durchaus attraktiv ist.« Er schmunzelt, in seine Augen tritt ein bewundernder Ausdruck. Vorsichtig berührt seine Hand meine Schläfe. »Zeig mal«, verlangt er, ich schlage ihn grob beiseite.

Was bildet er sich eigentlich ein? Erst trifft mich sein verirrter Ball, und dann lacht er mich aus? Der Typ spinnt wohl!

»Finger weg!«, zische ich, und mein Schlag ist wohl etwas zu heftig geraten. Denn jetzt zuckt er zusammen, ein leises »Au« entfährt ihm. Er greift sich an sein Handgelenk, die Stirn in Falten gelegt, reibt er sich über die Haut.

»Bist du bescheuert?«, feuere ich ihm wütend entgegen und mustere ihn dabei unauffällig. Der Kerl trägt nur Badeshorts, sein Oberkörper glänzt vor Schweiß. Er ist schmal, groß und durchtrainiert und wirklich unsagbar hübsch. Ein anderes Wort fällt mir nicht ein. Er ist durch und durch hübsch. Alles ist am richtigen Platz, hat die richtigen Proportionen, die richtige Form und Farbe. Seine Haare sind gerade so lang, dass man sie am liebsten verwuscheln würde, seine Haut gerade so stark gebräunt, dass es frisch aussieht, seine Stimme gerade so rau, dass sie mir feine Schauer über den Rücken jagt. Ein heißes Brennen legt sich über mein Gesicht, und als ich bemerke, dass ich ihn immer noch ansehe, treibt die Scham darüber meine Wut nur noch mehr an.

»Du scheinst ein kompletter Vollidiot zu sein, wenn du denkst, dass Frauen auf so eine Anmache stehen!« Meine Worte triefen vor Sarkasmus, ich bücke mich und grapsche nach meiner Tasche, damit er nicht sieht, dass meine Wangen sich feuerrot färben.

»Hey, ich hab mich entschuldigt! Kein Grund, so auszuflippen! Und schon gar nicht, mich zu schlagen!«

»Das war ja wohl eher ein Klaps, gegen deinen Angriff!«, erwidere ich unwirsch.

»Soll ich dir Eis besorgen? Dann können wir die Stelle kühlen«, startet er einen erneuten Versuch, ich zeige ihm postwendend den Vogel.

»Du besorgst mir hier gar nichts, dass das mal klar ist!«

Sein Gesicht schwebt dicht vor meinem, prüfend

betrachtet er die Stelle, an der mich der Ball getroffen hat. Dabei streift mich sein Geruch, süß wie Popcorn, der mich leicht schwindeln lässt. Oder vielleicht ist es auch der Kopfschmerz, der sich dumpf hinter meiner Stirn ausbreitet. Ich mache einen Schritt zurück, er ist mir viel zu nah.

»Setz dich doch kurz.« Er fasst mich behutsam am Ellenbogen. Seine Berührung ist mehr als angenehm. »Da vorne ist ein Café. Ich hole dir schnell eine Cola und einen Eisbeutel.«

»Verflucht noch eins, bist du schwer von Begriff?«, fauche ich und schüttele seinen Griff ab. »Ich brauche keine verkappte Krankenschwester!«

Meine Unfreundlichkeit ist vielleicht ein kleines bisschen übertrieben, aber dieser Popcorngeruch ist gefährlich. Knusprig und zuckrig und verführerisch, und mir läuft das Wasser im Mund zusammen. Ich muss hier weg, sonst lecke ich ihm in meiner Verwirrung noch über seine Haut!

Offensichtlich war ich deutlich, denn der Typ hebt die Brauen, schiebt den Kopf zurück, und aus seinem Mund kommt ein verächtliches »Tz«. Die Hände kapitulierend in die Höhe gereckt, läuft er langsam rückwärts davon. »Okay, kein Problem! Ich wollte nur helfen. Das war übrigens gar nicht mein Ball«, sagt er und deutet hinter sich auf einen Kerl, der mir verlegen zuwinkt.

»Das war ich! Entschuldigung!«, ruft der und ruckt zerknirscht mit den Schultern.

Oh Gott!

Ernsthaft?

Geht es noch peinlicher?

Jetzt gucke ich zerknirscht, aber der Popcorntyp ist schon weg, zurück auf dem Spielfeld. Er hat sich nicht einmal mehr nach mir umgedreht. Was es mir einfacher macht, zu verschwinden. Nach ein paar Schritten wird der Geruch nach Popcorn intensiver, und ich bemerke zu meiner Linken einen Stand, an dem es Zuckerwatte, bunte Lollis, Marshmallows und Popcorn zu kaufen gibt.

So viel zu der Attraktivität seines Duftes.

Ich komme mir wie eine komplette Idiotin vor.

Während ich meinen selbst gemachten Schmuck am Stand arrangiere, grübele ich über mich und meine Reaktion nach. Eigentlich bin ich ein sehr friedlicher Mensch, es ist sonst nicht meine Art, jemanden so vor den Kopf zu stoßen. Was war da vorhin mit mir los?

Ich war plötzlich völlig ruhelos. Dieses heftige Kribbeln überall. Kam das von dem Schlag gegen meinen Kopf oder von der Nähe des Typen?

Ja, ich hatte schon Dates. Wir waren im Kino und im Burgerladen, und anschließend haben wir Händchen gehalten, geknutscht und gefummelt, und mein erstes Mal habe ich auch schon hinter mir.

Es war ... ganz okay. Nichts Überragendes, ein bisschen schmerzhaft, ein bisschen aufregend und eben ... okay. Aber selbst wenn ich die Typen gemocht habe, wenn ich sie wirklich nett und süß fand, hatte ich bis jetzt noch nie das Gefühl, dass unter meiner Haut eine Stromleitung verlegt wurde. So wie man das in Büchern oder Filmen immer liest oder sieht.

»Die sind dieses Mal wirklich besonders schön«, reißt mich Zanna aus meinen Gedanken, platziert einen Schlüsselanhänger auf einem roten Samttuch und lächelt mich an. Zannas feuerrote Locken schimmern in der Nachtmittagssonne, die etlichen Silberreifen an ihrem Handgelenk klimpern zart.

»Ich glaube, du wirst ein gutes Geschäft abschließen die nächsten Tage«, sagt Zanna zufrieden und legt die letzten Haarspangen in eine Holzkiste. Ich beobachte, wie liebevoll sie mit meinen Kunstwerken umgeht, und muss schmunzeln.

»Weißt du noch, als ich das erste Mal in deinen Laden kam?«, sage ich, und Zanna nickt grinsend.

»Wenn du nicht so aufmerksam gewesen wärst, wäre die kleine Diebin mit ihrer Beute davongekommen«, sagt sie, und ich bin dem Mädchen, das sich vor knapp einem halben Jahr mit diversen Schmuckstücken aus der Tür schlich, insgeheim dankbar. Denn sonst wären Zanna und ich heute vielleicht nicht befreundet. Ich machte die Besitzerin des Ladens, nämlich Zanna, darauf aufmerksam, die der Diebin wie von der Tarantel gestochen hinterherjagte und ihren Verkaufsraum in der Zwischenzeit aufsichtslos ließ. Als sie mit dem Mädchen im Schlepptau zurückkehrte, kassierte ich gerade eine Kundin ab, und seitdem ist sie wie eine große Schwester für mich.

Jetzt gerade sieht sie auf ihre Uhr. »Ich hole mir noch etwas zu essen, bevor der erste Ansturm kommt. Willst du auch was?«, fragt sie, und ich verneine.

»Danke, das ist lieb. Aber ich wollte sowieso noch mal nach Hause, Mister Spock holen«, antworte ich und unterdrücke ein Gähnen. Der Albtraum von letzter Nacht fordert seinen Tribut.

»Alles klar, dann sehen wir uns heute Abend. Deine Schätze sind in guten Händen, das weißt du ja!« Zanna zwinkert mir zu, reicht mir meine leere Tasche und scheucht mich vom Stand. »Mach schon! Geh, geh!«, sagt sie, klappt die Läden an der Vorderfront zu und schließt das Vorhängeschloss ab. Dann küsst sie mich links und rechts auf die Wangen, drückt mich kurz, und ich mache mich auf den Heimweg.

Mein Kopf dröhnt immer noch, in meiner Nase hängt der Duft von Popcorn, und vor meinem geistigen Auge flimmert ein braun gebrannter, gut gebauter Oberkörper.

Ich brauche dringend eine Mütze Schlaf.

Damit das alles verschwindet!

DREI

Am Abend empfängt mich ein Lichtermeer auf dem Straßenfest. Überall hängen bunte Lampions in den Bäumen, die die Straßen säumen, Lichterketten schmücken die einzelnen Stände, in den umliegenden Restaurants und Cafés bauen Musiker Boxen und Verstärker auf, um die Touristen später mit Livemusik zu verwöhnen. Es riecht nach den verschiedensten Speisen, und Menschen schlendern ohne Hast und mit einem Lächeln auf den Lippen über den Künstlermarkt.

Hier gibt es wunderschöne Dinge. Von handgemachten Ledertaschen über filigranen Schmuck bis hin zu Fotografien und Skulpturen aus den ausgefallensten Materialien. Die Sachen sind Unikate, und an den einzelnen Ständen herrscht reger Andrang.

Mister Spock trottet neben mir her, die Schnauze in die Luft gereckt, um die vielen Gerüche zu identifizieren und aufzufangen. Er hält sich dicht an mich, sein wedelnder Schwanz streift ab und zu mein nacktes Bein. Schon von Weitem kann ich Zannas rote Haare leuchten sehen, sie unterhält sich gerade mit einer Kundin, die eine meiner Haarspangen hin und her dreht und sie skeptisch betrachtet. Als ich ankomme, wendet sich Zanna mir zu.

»Das ist übrigens die Künstlerin. Sie sammelt Treibholz und zaubert die ungewöhnlichsten Dinge damit. Sehen Sie, wie einfach das geht?« Zanna fasst ihre Haarpracht mit der rechten Hand zusammen, windet sie zu einem Knoten und steckt die längliche Spange hinein. Sie dreht sich einmal um sich selbst, und die Kundin lächelt angetan.

»Das sieht wirklich sehr hübsch aus! Ich nehme eine, für meine Enkelin!«, sagt sie und sucht sich bedächtig eine der Spangen aus. Zanna reckt den Daumen in meine Richtung. »Nummer zwölf«, flüstert sie mir zu und verstummt schnell, als die Kundin wieder aufsieht.

»Diese hier?«, fragt sie, und die Dame nickt.

Zanna packt die Spange in ein kleines Stofftäschchen, reicht es der Frau, die ihr ihrerseits zehn Dollar hinstreckt.

»Behalten Sie den Rest, Schätzchen«, wendet sie sich an mich und tätschelt mir den Arm. »Künstler nagen ja bekanntlich immer am Hungertuch.« Mit diesen Worten verstaut sie ihre Neuerwerbung in ihrer Handtasche und winkt uns zum Abschied zu.

Kaum ist sie außer Sicht, prustet Zanna los.

»Künstler nagen am Hungertuch?«, japst sie, und ihre Augen tränen. »Aus welchem Jahrhundert stammt die denn?«

Ich muss grinsen, allerdings nur, weil Zanna so lustig aussieht. Das mit dem Hungertuch ist gar nicht so weit hergeholt. Zanna beruhigt sich langsam wieder. Sie reibt sich über die feuchten Augen, dann wird sie ganz geschäftsmäßig.

»Hundertundelf Dollar hast du heute schon eingenommen, Spell. Wenn das so weitergeht, musst du mir morgen Nachschub bringen.«

Ich nicke, und obwohl ich das ganz grandios finde, bin ich abgelenkt. Neben unserem Stand stellt ein Maler seine Kunstwerke aus, die mich in ihren Bann ziehen. Die Bilder sind großartig. Es sind Porträts, mit Ölfarbe auf Leinwand gebannt. Die Farben sind zart, als wären sie über die Zeit hinweg verblasst, und lassen dadurch dem eigentlichen Motiv den Raum. Mitten durch die Leinwand geht ein roter Strich und teilt die Gesichter, die zu sehen sind.

Einige sind auf der einen Seite so wunderschön, dass es einen beinahe in den Augen schmerzt, auf der anderen Seite so hässlich, dass man erschrickt. Andere sind auf der einen Seite alt und runzelig, mit tiefen Falten und schlaffer Haut, auf dem Gegenüber jung und frisch und glatt gebügelt, wie ein Neugeborenes. Wieder andere teilen sich in überschäumende Freude und schreckliche Trauer, in grenzenlose Angst und wagemutige Überzeugung, in lässige Selbstgefälligkeit und in übertriebene Schüchternheit. Die Gegensätze sind nur durch die Gesichtszüge herausgearbeitet, der Blick der Augen, ein süffisantes Lächeln oder ein hochgezogener Mundwinkel.

Das ist irre, denke ich gerade, als ich jemanden schreien höre.

»Hör auf! Hau ab, du Köter! Bist du verrückt! Lass das!« Das Schreien wird immer verzweifelter, und mir schwant Schlimmes.

Wo ist Mister Spock?

Wie um meine Frage zu beantworten, flitzt mein Hund um die Ecke des Standes mit den Bildern, einen Pinsel im Maul, versteckt er sich zwischen meinen Beinen, und hinter ihm schießt ein Kerl auf mich zu. Kurz vor mir kommt er schlitternd zum Stehen, die Arme rudern durch die Luft, die Augen blicken suchend nach unten.

»Lass mich mal ...«, presst er hervor und bückt sich ungefragt zwischen meine Oberschenkel.

»Gib her!«, befiehlt er Mister Spock drohend, der nicht im Traum daran denkt. Mein Hund springt mit einem Satz zurück und verschwindet blitzschnell mit dem Pinsel im Maul in der Menschenmenge.

»Hey!«, ruft der Typ, schnellt nach oben und knallt mit dem Kopf gegen mein Knie.

Ich strauchele, kralle mich in seine Haare, und als wir endlich unser Gleichgewicht wiederfinden, stehen wir voreinander und reiben uns die jeweils schmerzende Stelle. Ich das Knie, er den Kopf, und erst jetzt erkenne ich, wer da vor mir steht.

Es ist der Popcorntyp!

»Du?«, rufen wir beide gleichzeitig, ich muss lachen, er sieht ziemlich grimmig aus.

»War das dein Hund?«, fragt er mit zusammengebissenen Zähnen, ich schüttele schnell den Kopf.

»Nein«, sage ich und lüge nicht mal wirklich. Genau genommen gehört mir Mister Spock ja nicht.

»Die Misttöle hat mir meinen teuersten Pinsel geklaut!«, flucht Popcorntyp und sieht selbst stinkwütend unverschämt gut aus. Während er sich noch die Locken aus der Stirn streicht und nach einer Beule tastet, mustere ich ihn verstohlen. Er trägt eine verwaschene Jeans, die ihm tief auf den Hüften hängt, ein graues Shirt, auf dem in roter Schrift *Sorbonne* zu lesen ist, dazu weiße Sneakers. Unter dem Shirt zeichnen sich seine Brustmuskeln ab, und als er sich durch die Haare fährt, spitzt sein Bauchnabel hervor. Ich schlucke, dann ermahne ich mich, wieder nach oben zu sehen. Wo ich mich sofort in seinen dunklen Augen verhake, die mich wütend anfunkeln.

Irritiert überlege ich, warum er mich so anstarrt, bis ich Mister Spock registriere, der sich an meine Beine schmiegt.

Ohne Pinsel im Maul.

Weiß der Geier, wo er den vergraben hat.

Ich schlucke abermals, jetzt aber aus Verlegenheit.

»Das ist also nicht dein Hund?«, fragt er spöttisch, seine Augen verengen sich. »Dieser Pinsel ist aus Paris! Den habe ich mir verdammt noch mal vom Mund abgespart! Hast du eine Ahnung, wie teuer so was ist?«

Ich sage besser nichts, denn er ist echt wütend. Bei seinen nächsten Worten blähen sich seine Nasenflügel.

»Fünfhundert Dollar! Dieser Pinsel kostet fünfhundert Dollar!«

Puh!

»Den bekomme ich hier gar nicht!« Er verstummt, reibt sich über die Stirn.

Mister Spock sitzt mittlerweile neben mir und guckt, als könnte er kein Wässerchen trüben, ich krame in meinem Hirn nach einem passenden Satz.

»Es tut mir leid«, sage ich dann, und mir fällt auf,

dass ich nun in der gleichen Situation stecke wie er heute Mittag mit mir. Wenn er genauso unfreundlich ist wie ich, kann ich mich auf was gefasst machen. Aber er überrascht mich.

»Ja, schon gut. Du kannst ja nichts dafür.«

Erleichterung durchflutet mich, und wie auf Kommando sehen wir beide nach unten, zu dem Übeltäter. Mister Spock hat seinen treuesten Hundeblick aufgesetzt, mit hängenden Ohren und wedelndem Schwanz.

»Ist er vielleicht ein Suchhund oder so?«

In der Frage von Popcorntyp schwebt ein leiser Hoffnungsschimmer, ich zucke die Schultern.

»Ich weiß es nicht. Er ist mir zugelaufen, ich habe keine Ahnung, ob er so was kann.«

Ich beuge mich herunter, nehme Mister Spocks Kopf zwischen meine Hände.

»Such!«, befehle ich.

Mister Spock sieht mich ausdruckslos an.

»Komm schon, mein Guter! Such!«, wiederhole ich, und mir bricht der Schweiß aus. Wenn ich das Ding bezahlen muss, kann ich den nächsten Monat von Wasser und Brot leben! Mister Spocks Blick wird irgendwie mitleidig.

»Spock, verdammt! Such den Pinsel!«, rufe ich jetzt verzweifelt, und als ich schon meine gesamten Einnahmen des Straßenfestes flöten gehen sehe, setzt sich Mister Spock in Bewegung.

»Das gibt's doch nicht!«, murmele ich verblüfft, dann packe ich Popcorntyp an der Hand. »Hinterher!«

»Mein Stand!«, ruft er, und ich bitte Zanna über die Schulter, auf die Kunstwerke ein Auge zu haben. Sie reckt den Daumen, und wir folgen Mister Spock. Behände bahnt sich der Hund einen Weg durch die Budengassen, zielstrebig läuft er mal links, mal rechts, und die ganze Zeit bin ich mir der Hand von Popcorntyp in meiner mehr als bewusst. Die Berührung ist trocken und warm und eigentlich gar nicht nötig. Doch keiner von uns beiden lässt los.

Als ich ungefähr zehn war, forderte mich die Klassenanführerin zu einer Mutprobe heraus. Ich sollte meine Finger durch eine brennende Kerze ziehen. Ich hatte wahnsinnige Angst, mein Herz klopfte mir bis zum Hals, als meine Hand durch die Flammen fuhr. Es war heiß und furchtbar aufregend, und meine Finger pochten, von der Wärme. Genauso ist es jetzt auch. Es ist heiß und aufregend, und meine Finger pochen. Ich muss verrückt sein! Ich kenne den Kerl nicht mal!

»Wie heißt du eigentlich?«, fragt er wie aufs Stichwort und sieht mich an. Den Blick fest auf Mister Spock gerichtet, antworte ich knapp, damit mir nicht aus Versehen die Geschichte mit der Kerze herausrutscht.

»Spell.«

»Spell?«

»Ja? Was dagegen?« Ich bin schon wieder schnippisch.

»Wie der Zauber oder wie das Buchstabieren?«

»Kannst du dir aussuchen.«

Wie der Zauber, aber das geht ihn gar nichts an.

»Wo will er nur hin? So weit kann er vorhin doch gar nicht gelaufen sein«, übergeht Popcorntyp meine Antwort, und es stimmt. Wir sind beinahe am Ende des Straßenfestes angelangt, hier sind kaum noch Besucher zu sehen. Aber Mister Spock trottet vor uns her und macht den Eindruck, er wüsste genau, wohin er will.

Plötzlich bleibt Mister Spock vor einem Stand stehen. Vor einem Hotdog-Stand, an dem es so verführerisch riecht, dass mir das Wasser im Mund zusammenläuft.

Popcorntyp sieht sich suchend um und lässt bedauerlicherweise meine Hand los. Sein Kopf dreht sich nach links, nach rechts, prüfend läuft er einmal um Mister Spock herum, der brav absitzt.

»Was? Wo ...?«, murmelt er nachdenklich, seine Augen wandern über jeden Zentimeter Boden.

»Er will einen Hotdog«, sage ich und deute auf den Stand.

Popcorntyp sieht auf. »Wie bitte?«

»Mister Spock will einen Hotdog.«

»Wer ist Mister Spock?«

Ich zeige auf meinen Hund, und jetzt tritt Verstehen in seine Augen.

»Nein!«

»Doch.«

»Du meinst ...?«, Popcorntyp hebt die Brauen. »Er sucht den Pinsel gar nicht?«

Ich schüttele den Kopf.

Sekundenlang sagt niemand von uns etwas, dann brechen wir gleichzeitig in Lachen aus. Wir lachen so laut, dass Mister Spock aufspringt und bellt, Popcorntyp klatscht sich auf das Bein. Er geht in die Hocke, streicht Mister Spock grinsend über den Kopf.

»Verdammt, du scheinst ein echt schlauer Kerl zu sein!«, sagt er, und wenn er den Stein hören könnte, der mir vom Herzen fällt, würde es dröhnen wie bei einem Erdbeben. Voller Erleichterung falle ich neben ihm auf die Knie, vergrabe meine Finger ebenfalls in Mister Spocks Fell, der die geballte Aufmerksamkeit sichtlich genießt. In seinem dichten Fell streifen sich unsere Hände, und sofort ist das heiße Gefühl wieder da.

»Wie heißt du eigentlich?«, wiederhole ich seine Frage von vorhin und kraule Mister Spock dabei die Ohren, als würde ich nach Läusen suchen.

»Art«, sagt Popcorntyp.

»Wie die Kunst?«, frage ich lächelnd.

»Wie Arthur Conan Doyle. Der Erfinder von Sherlock Holmes. Meine Mutter war ein Riesenfan seiner Geschichten«, sagt er und schnaubt leicht genervt.

»Ist doch ein schöner Name.«

»Ja, schon. Ich kann nur diese Detektivgeschichten nicht mehr hören. Und die passenden Witze dazu. In der sechsten Klasse war ich ein Jahr lang der schwule Gehilfe, Dr. Watson.«

»Dabei weiß doch jeder, dass Watson ganz klar nicht schwul war«, sage ich und sehe ihn an.

Arthur löst den Blick von Spock und sieht mich ebenfalls an. Und dann geschieht etwas Seltsames. Plötzlich legt sich ein Filter auf die Welt um uns herum. Alles wird ganz rosa. Mit Seifenblasen und

Herzchen und pastellfarbenen Regenbogen, die den Abendhimmel überziehen, und diesem ganzen kitschigen, ekligen Zeug, von dem ich dachte, es sei eine Erfindung der Blumen- und Grußkartenindustrie.

Doch jetzt ist das alles direkt vor meiner Nase. Die Herzen flattern um meinen Kopf, die Seifenblasen blubbern in meinem Magen, und der Regenbogen vernebelt mir die Sicht auf Arthur, der mich mustert, als würde er mich eben zum ersten Mal bemerken. Seine Augen wandern über mein Gesicht, über meine Sommersprossen, über meinen Mund, zu meinen Haaren, zu meinen Augen. Er hebt eine Hand, nimmt eine Strähne zwischen die Finger, den Blick unverwandt auf mich gerichtet.

Ich halte die Luft an. Was genau passiert hier eigentlich gerade? Ich bin doch nicht ernsthaft dabei, mich in jemanden zu verlieben, den ich ungefähr zwei Minuten kenne? Arthur sieht mich immer noch an, macht mich völlig nervös mit seinem Starren. Und mit seinen Fingern, die mit meinen Haaren spielen.

»Willst du einen Hotdog?«, stoße ich hervor und frage mich selbst, woher diese außerordentlich blöde Frage kommt.

Ich bringe ihn damit wohl aus dem Konzept, denn er blinzelt irritiert.

»Was?«, sagt er, und seine Hand fällt herab.

Jetzt muss ich die Sache weiterverfolgen, wenn ich mich nicht vollends zur Idiotin machen will.

»Ich habe Hunger«, stottere ich. Nie im Leben hatte ich weniger Appetit als jetzt.

»Okay«, sagt Art langsam und rückt von mir ab.

Die Welt klärt sich wieder. Geräusche kehren zurück, Herzen und Seifenblasen und Regenbogen verschwinden, und Mister Spocks hechelnder Atem bläst mir ans nackte Bein.

Ich stehe auf, zupfe an meinem Top und binde mir, weil ich nicht weiß, wohin mit meinen Händen, einen Zopf mit dem Haargummi, das ich immer am Handgelenk trage.

»Schade«, sagt Arthur. »Sie sind wunderschön, wenn du sie offen hast.« Das Bedauern in seiner Stimme hört sich an, als hätte ich mir die Haare abgeschnitten und nicht zusammengebunden. Ich erwidere nichts, und er erhebt sich ebenfalls, streicht Hundehaare von seiner Jeans.

»Gut. Dann einen Hotdog.« Er wendet sich zum Stand und studiert die Tafel, auf der die einzelnen Zutaten aufgelistet sind, als mir siedend heiß einfällt, dass ich überhaupt kein Geld bei mir habe. Hastig krame ich in meinen Hosentaschen nach einem vielleicht vergessenen Fünf-Dollar-Schein, aber da ist nichts. Nur ein altes Taschentuch, das ich schnell zurückstopfe. Mist! Wie biege ich das denn jetzt um? Ich kann ihn ja schlecht bitten, mich einzuladen! Wir kennen uns überhaupt nicht, und mein Hund hat seinen Fünfhundert-Dollar-Pinsel vor nicht mal einer Stunde geklaut.

»Ach …«, will ich mich gerade herausreden, als sich Arthur zu mir umdreht.

»Ich geb dir einen Hotdog aus. In der Eile hast du deine Tasche ja nicht mitgenommen, wenn ich richtig sehe, oder?«

Ich bin zu verblüfft, um zu antworten.

»Willst du irgendwas Bestimmtes oder einfach einen normalen Hotdog?«, fragt Arthur und zieht die Brauen hoch.

»Scharf. Ich hätte gerne diese scharfe Soße«, sage ich mechanisch, weil ich die immer nehme, während ich mich über seine Aufmerksamkeit wundere.

Arthur bestellt, bezahlt und reicht mir ein paar Minuten später einen köstlich duftenden Hotdog.

»Bitte sehr. Extra scharf.«

Anschließend beugt er sich nach unten und beschenkt Spock mit einer Wurst, ich blinzele verblüfft.

»Hier, mein Guter. Wenn du mir den Pinsel nicht gestohlen hättest, hätte ich dein Frauchen womöglich nie wiedergesehen. Das ist eine Belohnung wert.«

Arthur richtet sich auf, grinst mich an und beißt genüsslich in seinen Hotdog.

»Das ist echt nett von dir«, stammele ich, ohne auf sein Kompliment einzugehen. Vielleicht habe ich mich ja auch verhört, und das wäre furchtbar peinlich.

Arthur tut ebenfalls so, als hätte er nichts dergleichen verlauten lassen, und zeigt in die Budengasse.

»Ich müsste langsam mal wieder zurück«, nuschelt er kauend.

Ich schlage mir an die Stirn. »Ja! Sicher!«

Wir laufen los, und Arthur deutet auf meinen Hotdog, den ich nicht angerührt habe. »Magst du ihn doch nicht?«

»Doch!«, erwidere ich schnell, damit er mich nicht für unhöflich hält, und beiße herzhaft ab. Die Soße verursacht ein angenehmes Brennen in meinem Mund.

»Dein Name ist also Spell, du hast einen Hund, der gerne Pinsel frisst, und du selbst stehst auf scharfe Sachen. Gibt es noch etwas, das ich wissen müsste, bevor ich dich frage, ob du morgen mit mir ausgehst?«, sagt Arthur neben mir, zerknüllt sein Papier und wirft es im Gehen mit einer lässigen Geste in einen Mülleimer, der gute vier Meter von uns entfernt steht.

Mir bleibt ein Stück Brötchen im Hals stecken, ich fange an zu husten. Hat er mich eben nach einem Date gefragt?

Arthur klopft mir auf den Rücken. »Doch zu viel Soße?«, sagt er locker, ich schüttele meinen hochroten Kopf.

»Es geht schon«, würge ich hervor. Mittlerweile sind wir wieder an seinem Stand angekommen, an dem ein paar Kunden stehen und interessiert seine Bilder betrachten. Zanna sieht zu uns herüber, und ich schwöre, sie versucht sich in diesem Augenblick an der Kunst des Lippenlesens.

»Ich finde, das wäre ein fairer Ausgleich zu dem geklauten Pinsel. Ein Date mit mir«, kommt er auf seinen Vorschlag zurück und zieht verschmitzt einen Mundwinkel nach oben.

Ist das eine Erpressung? Ich überlege noch, wie ich aus der Nummer herauskomme, Arthur läuft rückwärts auf seinen Stand zu.

»Morgen. Um sieben. Am Beachvolleyballplatz. Ich warte auf dich!«, ruft er mir ohne den leisesten Zweifel in seiner Stimme zu.

Dann ist er weg. Also nicht wirklich, weil ich ihn

ja noch sehen kann. Wie er sich an seine Kunden wendet, charmant ihre Fragen beantwortet und ihnen seine Kunstwerke erklärt. Irgendwann schubst mich Zanna, die hinter ihrem Stand hervorkommen ist.

»Wenn du ihn weiter so anstarrst, setze ich dir eine Sonnenbrille auf. Mit abgedunkelten Gläsern, damit es nicht ganz so auffällt.«

Alles, was ich sehen kann, ist Arthur. Wie er mit den Kunden lacht und sich zwei Grübchen in seinen Wangen bilden. Wie seine schlanken Hände auf seine Bilder zeigen, wie sich seine Locken in seinem Nacken kringeln.

Plötzlich wendet er sich noch einmal um und sieht mir direkt in die Augen. Als ob er meine Blicke gespürt hätte. Ein Grinsen stiehlt sich auf sein Gesicht.

»Bis morgen«, formen seine Lippen, in der festen Überzeugung, dass ich da sein werde.

Er hat keine Ahnung, wie recht er damit hat.

VIER

Nach einer unruhigen Nacht, in der sich die Beerdigung meines Vaters unerklärlicherweise auf einem Kreuzfahrtschiff abgespielt hatte, fühle ich mich wie gerädert, als ich aufstehe. Mit einem großen Becher Kaffee und einem extra langen Schwimmtraining vertreibe ich die Müdigkeit aus meinen Knochen und spiele in Gedanken den gestrigen Abend immer und immer wieder ab.

Ich ertappe mich dabei, wie ich bei jedem Schritt Arthurs Namen vor mich hin murmele, und als ich im *Sandsbay* ankomme, habe ich ein Mantra im Kopf, das mich ganz irre macht.

Ich begrüße Doc abwesend, mache mich an die Arbeit und bin froh um die routinierten Abläufe, die ich wie im Schlaf kenne. Doc fragt mich, wie das Straßenfest war und ob ich mit den Verkäufen zufrieden sei, ich antworte kurz und knapp. Irgendwann wird es ihm wohl zu knapp, denn als ich gerade die Spülmaschine ausräume, klopft er mir auf die Schulter. Ich drehe mich um und sehe ihn fragend an.

Er sieht genauso fragend zurück.

Als das Schweigen und Starren unangenehm wird, werde ich unangenehm.

»Was?«, patze ich ihn an, Doc blickt besorgt.

»Spell, was ist los? So wortkarg wie heute kenn ich dich gar nicht. Ist was passiert?« Die Angst in seiner Stimme macht mir sofort ein schlechtes Gewissen, schnell schüttele ich den Kopf.

»Nein. Alles okay«, sage ich, grinse schief und will mich wieder der Spülmaschine widmen, Doc hält mich zurück.

»Ich sehe doch, dass du schwindelst. Irgendetwas bedrückt dich! Sag es mir! Hast du Ärger mit jemandem? Hat *sie* sich gemeldet?«

Mit *sie* meint er meine Mutter. Alle Schaltjahre bekomme ich einen verstörenden Telefonanruf, in dem sie mich anfleht, zu ihr zu kommen und mich um sie zu kümmern. Der letzte ist noch nicht allzu lange her, und ich kam damals so durcheinander in der Bar an, dass ich Doc von ihr erzählt habe. Von ihren Schuldzuweisungen an mich, von ihren verwirrten Vorwürfen, ich wäre schuld am Tod meines Vaters, von ihren Tränenausbrüchen und der Wut, die folgt, wenn ich mich ihr nicht füge.

Doc hat sich alles in Ruhe angehört und mir geduldig erklärt, warum ich darauf keinen Deut geben sollte. Er hatte damals extra dafür die *Sandsbay* geschlossen. Mitten am Tag. Nur, um ganz für mich da sein zu können.

Jetzt gerade sieht er auch so aus, als würde er gleich alle Gäste höflich, aber bestimmt auffordern, zu zahlen und zu gehen. Und bevor er den Schlüssel herauskramt und alles dichtmacht, platze ich heraus: »Ich habe ein Date!«

Erst guckt er verwirrt, dann erleichtert, dann begeistert.

Er lacht, ehrlich erfreut.

»Du hast ein Date? Das ist doch wunderbar! Warum siehst du dann aus, als müsstest du zu einer Gerichtsverhandlung?« Doc zieht mich in seine Arme, sein breiter Brustkorb quetscht mir die Wange.

»Ich weiß nicht, ob ich hingehen soll!«, nuschele ich, und er lässt mich abrupt los. Auf Armeslänge hält er mich an den Ellenbogen von sich, sieht tadelnd zu mir herab.

»Natürlich gehst du hin! Das ist doch gar keine Frage!« Doch plötzlich erlischt sein Grinsen, er runzelt die Brauen. »Oder ist er seltsam? Kommt dir was komisch vor an dem Typ?«

Ganz der besorgte Großvater, wird sein Gesichtsausdruck drohend, ich verneine stumm.

»Dann ist er vielleicht hässlich? Oder dumm? Spell, du musst dich nicht mit dem Zweitbesten zufriedengeben! Du bist ein sehr hübsches, sehr intelligentes und sehr liebenswertes Mädchen. Frau! Ich meine Frau!«, verbessert er sich verlegen. »Du hast nur das Beste verdient! Merk dir das!« Er tippt mir an die Stirn und nickt bekräftigend.

Oh Gott! Wenn er wüsste, wie weit entfernt Arthur von seltsam, hässlich oder dumm ist!

In den letzten paar Stunden hat sich sein Bild in meinem Kopf so aufgeblasen, dass ich eigentlich gar nicht anders kann, als ihn später zu treffen. Einfach nur, um mich davon zu überzeugen, dass meine Einbildung nichts mit der Realität zu tun hat. Dass er in Wirklichkeit gar nicht so gut aussehend und charmant ist, sondern ein Kerl wie jeder andere auch.

Doc mustert mich aufmerksam. »Jetzt verstehe ich, warum du dich heute so fein gemacht hast! Ich dachte schon, es wäre wegen mir«, sagt er zwinkernd, und ich erröte ein bisschen, weil ich mich ertappt fühle. Tatsächlich habe ich mir mehr Mühe als sonst gegeben. Meine Haare glänzen und fallen mir in leichten Wellen über den Rücken. Ich habe einen dezenten Hauch Make-up aufgelegt, leichtes Rouge und dunkle Wimperntusche, die meine grünen Augen noch besser zur Geltung bringen. Das weiße Top hat einen weiten Ausschnitt, der mir wie unabsichtlich über die Schulter rutscht, und die abgeschnittene Jeans sitzt wie eine zweite Haut. Trotzig blicke ich auf meine Sandalen, die mit bunten Perlen verziert sind. »Das stimmt doch gar nicht!«, protestiere ich, und Doc lacht.

»Schon gut. Das ist doch okay! Ihm soll bei deinem Anblick die Luft wegbleiben«, sagt er grinsend, und ich muss auch grinsen.

»Wer ist es denn?«, will Doc wissen. Hinter ihm räuspert sich ein Gast ungeduldig, Doc ignoriert ihn.

Ich zucke die Schultern. »Wir haben uns gestern auf dem Straßenfest getroffen. Er ist ganz nett.«

Das ist die Untertreibung des Jahres, aber das muss ich Doc ja nicht auf die Nase binden. Sollte Arthur mich nämlich langweilig finden oder sonst wie feststellen, dass ich ihm doch nicht gefalle, habe ich wenigstens vorher keinen Wind gemacht.

Doc nickt wissend, als könnte er meine Gedanken lesen.

»Amüsiere dich einfach mal. Den Rest siehst du später.«

Er grinst verschwörerisch, aber eine Beziehung habe ich schon hinter mir, und sie endete nicht besonders rühmlich. Brandon hieß er und entpuppte sich als ein Arsch vor dem Herrn. So einen Albtraum will ich nicht noch einmal erleben. Auch Doc war nach dem Vorfall mit dem Kerl damals stinksauer, und es wundert mich ein wenig, dass er mich nun so zu diesem Date drängelt. Denn gerade ist er so glücklich, als hätte er eine Verabredung und nicht ich. Seine Augen strahlen, er lächelt aufmunternd.

»Na dann. Du darfst deine Schicht für heute beenden«, verkündet er feierlich, obwohl es noch viel zu früh ist. Er packt mich an den Schultern, dreht mich herum, in Richtung der Schwingtür, die aus der Bar hinausführt. »Ich wünsche dir viel Spaß. Sei einfach du selbst, dann kann gar nichts schiefgehen.«

Ich bin viel zu verdutzt, um zu widersprechen, auch wenn ich gar nicht weiß, was ich in der noch verbleibenden Stunde tun soll. Doc reicht mir meine Tasche, Mister Spock steht automatisch auf und folgt mir nach draußen.

»Bring den Hund nach Hause. Den brauchst du heute mal nicht«, bestimmt er und steckt Spock ein Leckerli zu. Der wedelt freudig mit dem Schwanz und verspeist das Teil mit einem Happs.

Um kurz nach sieben bin ich ein einziges Nervenbündel. Zweimal schon habe ich mich umgedreht und bin in die andere Richtung wieder davongelaufen, nur um mich dann selbst zu beschimpfen.

»Das ist doch albern, Spell! Er ist ein Typ wie jeder andere! Und wenn du da nicht hingehst, bist du erstens feige, und zweitens wirst du dann nie feststellen, dass er überhaupt nicht so umwerfend ist, wie du denkst!«, murmele ich vor mich hin, während ich entschlossen durch den Sand auf das Beachvolleyballfeld zustapfe.

»Wer ist nicht so umwerfend? Du redest doch nicht von mir, oder?«, höre ich da hinter mir und wirbele herum.

Und er ist es.

Umwerfend.

Im wahrsten Sinne des Wortes, denn ich stolpere vor lauter Schreck, und Arthur muss mich am Arm festhalten, damit ich nicht in den Sand plumpse.

»Hey! Vorsicht«, sagt er leise und grinst. Ich grinse auch, allerdings vermute ich, dass es so schief aussieht wie dieser komische Turm in Italien.

»Hallo«, krächze ich und befreie mich aus seinem Griff. Arthur trägt lockere Shorts, ein dunkles Shirt und eine Sonnenbrille, die mir den Blick in seine Augen verwehrt.

»Wo kommst du denn her?«

Ja. Eine tolle Frage. Was soll er darauf antworten? Aus dem Bauch seiner Mutter?

Arthur deutet hinter sich.

»Ich war zu früh. Und damit ich dich auch garantiert nicht verpasse, hab ich mich da drüben auf die Mauer gesetzt.«

»Und dann schleichst du dich von hinten an?«

»Ich hatte dich gerufen. Du hast mich offensichtlich nicht gehört«, sagt er, und irgendwie weiß ich nicht, ob ich ihm glauben soll. Aber er lächelt so arglos, dass ich meinen Verdacht fallen lasse.

»Schön, dass du da bist«, sagt er jetzt, und mir wird warm. Sein Ton ist so nett, so ehrlich, dass ich mich entspanne. Arthur schiebt die Sonnenbrille nach oben.

»Ja. Ich freue mich auch«, antworte ich und meine es auch so. Ich freue mich wie irre! Über seine Stimme, über seine braunen Augen, die mich mustern, und darüber, dass er offensichtlich gut findet, was er sieht.

Ein paar Sekunden stehen wir voreinander und sehen uns an. Ich überlege angestrengt, was ich Geistreiches sagen könnte, als mir Arthur zuvorkommt.

»Wo ist Mister Spock, der Meisterdieb?«, fragt er grinsend, und ich bin froh um diese unverfängliche Frage.

Ich zucke mit den Schultern.

»Den habe ich beim nächsten Polizeirevier abgegeben. Sie haben ihn in Gewahrsam genommen, er hatte nämlich vor, einen Hotdog-Stand zu überfallen.«

Arthur lacht laut auf, seine Augen blitzen amüsiert, und in seinen Wangen bilden sich Grübchen.

»Puh, dann bin ich ja beruhigt«, sagt er und streicht sich den imaginären Schweiß von der Stirn.

Nach meinem Witz tritt wieder Stille ein. Arthur steckt die Hände in die Hosentaschen, ich verknote die Finger.

Wenn das den ganzen Abend so geht, kann das ja heiter werden, denke ich gerade, als Arthur sich räuspert.

»Also, ich dachte, wir gehen vielleicht eine Pizza

essen? Oder so? Magst du italienisch? Oder lieber was anderes? Einen Burger? Oder Eis?«

Seine Fragen machen mich schwindelig, er scheint ebenfalls nervös zu sein. Bevor ich aber antworten kann, fasst er mich sanft am Ellenbogen.

»Pizza!«, bestimmt er, und ich atme erleichtert aus. Soll er die Führung übernehmen, schließlich hat er auf diesem Date bestanden. Zielstrebig wendet er sich in Richtung Promenade, auf der die Menschen ihren Feierabend auf unterschiedliche Art genießen. Wir weichen Rollerskatern aus, Straßenkünstlern, die mit Kreide lebensechte Gemälde auf den Asphalt zaubern, und ich frage Arthur nach seinem Stand.

»Wer verkauft denn heute, wenn du mit mir ausgehst?«, will ich wissen.

»Ich teile mir das Atelier mit jemandem. Heute ist sie zuständig.«

Mehr gibt er nicht preis, und ich bohre nicht nach. Wer diese *sie* wohl ist? Eine Freundin? Oder seine Freundin? Ist sie so alt wie wir? Oder älter? Eine Kommilitonin? Studiert Arthur überhaupt? Und wenn ja, was?

Die Fragen wirbeln in meinem Kopf, und ich bemerke erst, dass wir in einem Restaurant angekommen sind, als Arthur mir einen Stuhl zurechtrückt.

Wir sind auf einer Terrasse, mit Blick auf das Meer, aus Lautsprechern dudelt leise italienische Musik. Das Restaurant ist klein, hier im Freien stehen nur vier Tische, gedeckt mit rot-weiß karierten Decken, einer Weinflasche als Kerzenhalter und weißen Stoffservietten. Die Einrichtung vermittelt das Gefühl, in

Italien im Urlaub zu sein. Zumindest stelle ich es mir in Italien so vor.

Ich setze mich, Arthur setzt sich ebenfalls, und keine Minute später erscheint ein Kellner wie aus einem Film. Gekleidet in eine weiße Kochmontur, mit einer Haube auf dem Kopf und einem gezwirbelten Schnauzer, begrüßt er Arthur mit Handschlag und auf Italienisch. Arthur antwortet fließend, und ich verstehe kein Wort. Die Vokale und Konsonanten rollen weich und rund aus seinem Mund, und es ist so ein Genuss, ihm zuzuhören, dass ich erst gar nicht registriere, dass der Kellner mich anspricht.

»Ciao, Bella, Bellissima! Come stai? Wenn ich mich vorstellen darf? Guiseppe.« Er schüttelt mir kräftig die Hand und strahlt mich an. Ich strahle zurück, von der ganzen Situation völlig überfordert.

»Ich bin heute für die leibliche Wohl zuständig. Pasta und Pizza und Antipasti und Amore für die Gaumen«, schwärmt er mit starkem Akzent, und während er noch andere Köstlichkeiten aufzählt, läuft er in Richtung Küche davon. Ich sehe ihm nach, diesem seltsamen Kerl, und kneife mich unauffällig in den Oberschenkel, weil ich mich tatsächlich fühle wie in einem Film. Diese ganze Dekoration, der Kellner und mir gegenüber Arthur, der selbst aussieht wie ein Schauspieler. Nur ich fühle mich, als gehöre ich zur Kulisse. Ich bin es gewohnt, in einen Burgerladen ausgeführt zu werden. Oder auf ein Sandwich, irgendwo am Strand, als günstiges und schnelles Vorspiel des eigentlichen Ziels.

Noch nie hat mich jemand bei einem Date in ein

richtiges Restaurant eingeladen, und schon gar nicht in so eines. Arthur unterbricht meine Grübeleien.

»Guiseppe war Schauspieler. Vor etlichen Jahren, in L. A. Als der Ruhm nicht kommen wollte und die Partys überhandnahmen, beschloss er, seiner eigentlichen Passion zu folgen: der italienischen Küche seiner *Nonna*. Er kam hierher, eröffnete seinen ersten Laden, und du wirst sehen, es schmeckt unbeschreiblich! Ich dachte, das könnte dir für ein erstes Date gefallen.« Er klingt beinahe so, als würde er sich für seine Wahl entschuldigen.

»Das ist wunderbar! Es gefällt mir sehr gut hier!«, beeile ich mich zu sagen und nicke dabei bekräftigend. »Woher kennt ihr euch?«, frage ich. Eine junge Frau bringt uns Wasser und schenkt die Gläser voll. Arthur bedankt sich kurz, dann antwortet er mir.

»Du wirst es nicht glauben, aber wir haben uns in seinem Heimatdorf in Italien kennengelernt. Ich bin vor ein paar Jahren mit dem Rucksack durch Europa gereist. Bevor die Uni losging, war ich knapp sechs Monate unterwegs. Italien, Spanien, Frankreich. Er kommt aus einem kleinen Dorf in der Nähe von Florenz, und ich habe dort übernachtet, weil mich niemand per Anhalter mitgenommen hatte. Guiseppe und ich haben eine ganze Nacht auf der Piazza durchgeredet, bis wir feststellten, dass wir beide aus Kalifornien kommen. Das war lustig. Die Welt ist klein.« Er endet, und ich kann ihn nur staunend ansehen. So ungefähr jeder in meinem Alter träumt von einer Rundreise durch Europa. Die Worte Paris, Barcelona oder Amsterdam haben etwas Magisches. Und nun sitzt mir ein Typ gegenüber, der eben mal so erzählt, dass er all das mit eigenen Augen gesehen hat.

»Bist du reich, oder so was?«, platze ich heraus und halte mir dann die Hand vor den Mund. Er lacht laut, schüttelt den Kopf.

»Nee. Ganz sicher nicht! Das Geld für das Flugticket habe ich mir damals zusammengespart, und für den Rest habe ich dort gearbeitet. Das heißt, ich habe gemalt und meine Bilder verkauft.«

»Auf der Reise?« Ich trinke einen Schluck, Arthur nickt.

»Ja. Dort gab es so viele Eindrücke, ich konnte gar nicht anders, ich musste malen. Nur, was hätte ich mit den ganzen Bildern tun sollen? Im Rucksack durch die Gegend schleppen, war keine gute Idee. Also habe ich mich an den Straßenrand gestellt und sie verkauft. Damit habe ich mir wiederum Essen gekauft. Und Übernachtungsmöglichkeiten gesucht. Ein paar wollten gar kein Geld. Sie wollten lieber ein Porträt.« Er lacht schon wieder und sieht dabei so gut aus, dass ich kurz die Luft anhalte.

Wieso sitzt er hier mit mir?

Er ist offensichtlich nicht nur höllisch attraktiv und talentiert, er ist auch noch ein Weltenbummler, der mehrere Sprachen spricht und auf die Universität geht.

Was will er ausgerechnet mit mir? Einem Mädchen, das menschenscheu ist, in einem Wohnwagen wohnt und dessen bester Freund ein Hund ist?

»Genug von mir. Erzähl mir was von dir«, sagt Arthur wie aufs Stichwort und verschränkt die Arme auf dem Tisch. Er rutscht näher an mich heran, demonstriert mir seine ganze Aufmerksamkeit, ich ziehe die Brauen nach oben.

»Da gibt es nicht viel. Ich bin in L. A. geboren, vor neunzehn Jahren, habe da gelebt, bis ich achtzehn geworden bin. Dann kam ich hierher, Mister Spock lief mir zu, und jetzt lebe ich eben«, ich breite die Arme aus, »hier.«

Arthur sieht mich abwartend an, ohne etwas zu sagen, ich greife gespielt gleichmütig zu meinem Wasserglas und trinke. Sein Blick verfolgt meine Bewegungen, geduldig und ruhig.

»Mehr nicht?«, fragt er dann, ich verneine stumm.

»Okay«, sagt er locker, lehnt sich zurück, und ich bin froh, dass er nicht weiter in mich dringt.

Stattdessen führt er die Konversation.

»Ich bin vor dreiundzwanzig Jahren geboren, im Oktober, um genau zu sein. Das heißt, ich bin Sternzeichen Waage. Waagen sind sehr kommunikative Menschen, haben einen großen Gerechtigkeitssinn und sind kreativ. Sie stehen total auf Harmonie und gegenseitigen Respekt, außerdem lieben sie schöne Dinge.« Bei seinen letzten Worten sieht er mich direkt an, und seine Augen geben mir zu verstehen, dass er mich damit meint. »Wann hast du Geburtstag?«, will er wissen, als ich sein Kompliment übergehe.

»Im Februar. Ich bin Wassermann«, sage ich, und Arthur klatscht in die Hände.

»Das ist ja perfekt«, ruft er laut, ich zucke zusammen. »Sorry«, murmelt er dann grinsend. »Es ist nur so, Waagen und Wassermänner passen perfekt zueinander.«

»Ach?«, sage ich skeptisch.

»Ja. Lass mich kurz nachdenken. Du bist extrem freiheitsliebend, gleichzeitig aber auch sehr verschlossen. Prinzipientreu, aber tolerant. Wassermänner haben einen starken Intellekt, aber man darf sie nicht drängeln. Sie würden nie bei einem ersten Date …« Der Kellner unterbricht ihn, und ich erfahre nicht mehr, was Wassermänner niemals bei dem ersten Date tun würden.

Auf unserem Tisch landen zwei Teller mit dampfender Pasta in cremiger Tomatensoße. Außerdem Schälchen mit Oliven, eingelegtem Gemüse, knusprigem Weißbrot und frisch geriebenem Parmesan. Alles sieht so köstlich aus, dass mir der Magen knurrt.

»Prego! Spaghetti Pomodore, Antipasti und echter, italienischer Parmesan, nicht diese billige Zeug aus die Supermarkt!« Guiseppe zählt die Speisen mit unverkennbarem Stolz in der Stimme auf, während er einen riesigen Pfefferstreuer über mein Gericht hält. Arthur sagt etwas auf Italienisch, woraufhin meine Nudeln eine extra Prise Pfeffer bekommen.

»Frauen, die scharfe Essen mögen, haben große Temperament!«, sagt er augenzwinkernd. Ich sehe tadelnd zu Arthur, weil er sich über mich in einer Sprache unterhält, die ich nicht verstehe.

»Wenn dieser Abend vorbei ist, kannst du eine neue Sprache«, sagt Arthur in einem sehr speziellen Tonfall, und ich weiß, dass er höchstwahrscheinlich recht hat.

FÜNF

Zwei Stunden später weiß ich, dass Arthur an der Universität in L. A Kunst studiert, dass er über die Semesterferien hier in Santa Barbara ist, weil er sich mit einer Kommilitonin eine günstige Atelier / Wohnung / Wohngemeinschaft teilt, aber was ich nicht weiß, ist, warum mich diese Schrägstriche in seiner Beschreibung so hibbelig machen.

Im Gegenzug habe ich ihm verraten, dass ich in der *Sandsbay* jobbe und auf mich alleine gestellt bin, weil ich meine Mutter so gut wie nicht mehr sehe und meinen Vater früh verloren habe. Aber wie das alles zusammenhängt und wie es mir damit geht, habe ich für mich behalten.

Arthurs Mutter lebt in L. A. Sie ist Lehrerin, und er erzählt sehr ausführlich und liebevoll von ihr. Das gefällt mir. Seine Augen leuchten vor Stolz und Zuneigung, wenn er von ihr spricht. Diese Empfindungen gegenüber den eigenen Eltern sind mir längst gänzlich unbekannt. Als ich ihn nach seinem Vater frage, winkt er ab.

»Den kenne ich nicht. Er hat sich aus dem Staub gemacht, als meine Mutter mit mir schwanger war. Mum redet nicht gerne über ihn.« Er verstummt, und weil gerade ich weiß, wie überaus wichtig Privatsphäre ist, behalte ich meine Neugier für mich.

Das Gespräch wird lockerer, die Atmosphäre zwischen uns entspannter, und irgendwann sitzen wir wild gestikulierend voreinander und erklären uns gegenseitig die Regeln beim Surfen.

Ich habe in meinem ganzen Leben noch nie auf einem Surfbrett gestanden, aber gerade tue ich so, als hätte ich bis vor Kurzem eine Surfschule besessen, und treibe Arthur mit meinen Aussagen an den Rand des Wahnsinns.

»Du kannst die Welle auf gar keinen Fall so schneiden, wenn du nicht untergehen willst! Zumindest nicht bei den Wetterbedingungen, die du mir da gerade geschildert hast.« Er schwankt zwischen Verzweiflung und einem Lachanfall, ich verschränke trotzig die Arme vor der Brust.

»Ich kann das. Das geht. Wenn man richtig surfen kann«, behaupte ich, kann aber mein Grinsen nicht länger unterdrücken.

Arthur kneift die Augen zusammen, spitzt die Lippen.

»Warte mal! Hast du überhaupt jemals in deinem Leben auf einem Surfbrett gestanden?«, fragt er, und ich schüttele den Kopf.

»Was?«, ruft er ungläubig, muss aber dabei lachen. »Verdammt, du hast mich voll erwischt! Ich bin drauf reingefallen!« Sein Lachen klingt rau und weich zugleich, und seine Lippen kräuseln sich dabei so verführerisch, dass ich darauf starre, als wären sie ein besonders exquisiter Nachtisch.

Arthur langt über den Tisch, seine Hand fährt zu meinem Haar, er wickelt eine Strähne um seine Finger und sieht mir tief in die Augen.

»Kleine, wunderschöne, bezaubernde Spell. War das etwa eben eine faustdicke Lüge, die du mir da aufgetischt hast?«, fragt er, und plötzlich ist er kein Nachtisch mehr, sondern ein ganzer Süßwarenladen. Mir wird ganz warm an der Stelle, an der sein Daumen meine Wange berührt, mein Herz fängt an zu rasen.

»Nein«, presse ich hervor und schlucke, er grinst.

»Doch«, sagt er leise, und wie zufällig streifen seine Finger mein Ohr.

»Genau genommen war es keine Lüge«, antworte ich und höre selbst, wie meine Stimme zittert. Ich atme einmal tief ein und aus und bringe mich so innerlich zur Räson. Seine Hand in meinem Haar kann mich ja wohl kaum in den Wahnsinn treiben!

»Ich bin gespannt«, sagt Arthur, immer noch süffisant grinsend.

»Ich habe nie behauptet, zu surfen. Ich habe lediglich mein fundiertes Halbwissen zum Besten gegeben, und du bist einfach davon ausgegangen, dass ich surfen kann. Das ist keine Lüge meinerseits, sondern eine falsche Annahme deinerseits«, kontere ich, lehne mich zurück und verschränke die Arme. Arthur verliert den Kontakt zu meiner Haut, und ich kann wieder atmen.

Seine Hand fällt auf das Tischtuch, er zieht anerkennend einen Mundwinkel nach oben.

»Gutes Argument, das muss ich neidlos zugeben.«

Ich neige den Kopf. »Danke«, sage ich lächelnd und bin froh, dass der Bann von eben gebrochen ist.

»Wollen wir noch ein Stück am Strand entlanggehen?«, fragt Arthur und signalisiert Guiseppe mit einer Geste, dass wir die Rechnung wünschen. »Ich fände es schön, wenn der Abend hier noch nicht zu Ende wäre.«

»Sehr gerne«, sage ich und wünsche mir genau dasselbe.

Nachdem wir bezahlt haben, schlendern wir barfuß durch den noch warmen Sand. Auf dem Meer glitzert das Mondlicht, ein Stück weiter ist eine Strandparty, deren Geräusche zu uns herüberdringen. Das flackernde Licht eines Lagerfeuers erhellt die Dunkelheit.

Vor ein paar Minuten hat Arthur den Arm um meine Schultern gelegt. So ganz nebenbei, während er mir von seinem allerersten Haustier *Fluffy* erzählte. Ein Kaninchen, das ihm nach zwei Jahren entlaufen ist. An der Stelle, an der er mir schilderte, wie er als Zehnjähriger weinte wie ein Baby, als er den leeren Stall vorfand, wanderte sein Arm ganz zufällig auf meine Schultern, und seitdem kann ich ihm nicht mehr konzentriert zuhören. Seine Berührung ist zart und beschützend zugleich, und er ist mir so nah, dass ich seinen Geruch wahrnehmen kann.

Er riecht nicht nach Popcorn.

Er riecht nach einem Typen, der weiß, was er will. Nach Selbstsicherheit und Lässigkeit. Nach der Brise, die vom Wasser zu uns weht, nach den letzten Sonnenstrahlen, die noch warm auf der Haut verbleiben, nach Holz und Terpentin und Ölfarbe. Die Mischung ist so perfekt aufeinander abgestimmt, dass ich mich dabei ertappe, wie ich tatsächlich schnuppere. Nur ganz leicht, sodass es Arthur nicht bemerkt, recke ich mein Näschen in Richtung seines Halses und komme mir vor wie Mister Spock, der eine Fährte aufnimmt.

»Oder, was denkst du?«, fragt Arthur, und ich sehe ihn irritiert an.

»Was?«, sage ich und habe keinen Schimmer, wovon er eben gesprochen hat.

Arthur schmunzelt amüsiert. »Du hast mir überhaupt nicht zugehört«, sagt er.

»Doch«, beeile ich mich zu erwidern, als er stehen bleibt und mich näher an sich zieht. Er legt seinen anderen Arm ebenfalls um meine Schulter und verschränkt lose die Finger in meinem Nacken.

Wir stehen beieinander, hinter mir das Geräusch der Brandung, in mir das Geräusch meines pochenden Herzens. Es trommelt in meiner Brust, und als Arthur seine Stirn an meine legt und sein Atem meine Schläfe streift, habe ich das Gefühl, dass es jeden Moment stehen bleibt.

»War nicht wichtig«, murmelt Arthur, und seine Lippen berühren meine Haut. Federleicht streichen sie über meine Brauen, über meinen Nasenrücken, zielstrebig hinab zu meinem Mund.

In mir streiten sich zwei Stimmen. Während die eine mir befiehlt, ihm sofort Einhalt zu gebieten, weil sich das für ein erstes Date nicht gehört und weil er gefährlich ist, schreit die andere nach seinem Kuss. Sie schreit so laut, dass ich nichts mehr um mich herum wahrnehme außer Arthurs Mund, der sich auf meinen senkt. So langsam und vorsichtig, als wüsste er, dass ich mir unsicher bin. Als warte er auf mein

Einverständnis dafür, dass okay ist, was er tut. Ich schließe die Augen, weil ich gar nicht anders kann.

In mir brennt ein Feuer, das ich so noch nie erlebt habe. Bis in meine Fingerspitzen kribbelt ein Verlangen nach diesem Kuss, so heftig, dass ich mich auf die Zehenspitzen stelle und ihm entgegenkomme.

Arthur vergräbt seine Finger in meinem Haar, sein Daumen fährt sanft über meinen Hals, ich hebe die Arme, schlinge sie um seinen Nacken und kralle mich an ihm fest, weil ich befürchte, dass meine Knie sonst nachgeben. Seine Lippen auf meinen sind fest und weich zugleich, und beinahe sofort entfährt ihm ein leises Seufzen.

Dieser Ton macht mich selbstsicherer. Ich dränge mich näher an ihn heran, und nun spüre auch ich seinen Herzschlag, der mindestens so rast wie meiner.

Ganz zart leckt Arthurs Zunge über meine Lippen, mehr als willig öffne ich den Mund, erwidere seine Berührung und schmecke mich und ihn und uns. Feucht und warm und so köstlich, dass ich ganz sicher weiß, dass ich nie wieder etwas anderes schmecken möchte. Spielerisch treiben wir uns gegenseitig an, unsere Zungen werden fordernder. Seine Hände, die an meinem Kehlkopf und an meinen nackten Schultern lodernde Spuren hinterlassen, meine Hände, die fieberhaft nach Halt suchen und in seinem Haar landen, wo sie sich durch seine Locken wühlen.

Wir sind ein Atem, seiner und meiner, vermischt mit zaghaften Lauten, die unsere Münder verlassen, die mit jeder Sekunde lauter werden, ein Stöhnen über die Leidenschaft, die uns die Welt um uns herum vergessen lässt.

Ein Ziehen macht sich in mir breit. Es ist eine Spirale von Blitzen um meinen Bauchnabel herum, die tiefer wandern, die sich zuckend einen Weg nach unten bahnen, in die Region zwischen meinen Beinen, und mir eine Gänsehaut am ganzen Körper bescheren.

Und plötzlich bekomme ich Angst vor meiner eigenen Courage. Solch ein übermächtiges Verlangen nach Sex hatte ich noch nie. Das ist absolut neu und verwirrend, und bevor ich weiß, was ich tue, löse ich mich mit einem Ruck von ihm.

»Stopp«, stoße ich hervor, mache einen Schritt zurück und hebe die Hand, wie ein Verkehrspolizist auf einer großen Kreuzung.

Art blinzelt überrascht über meinen jähen Rückzug, sein Atem geht schwer wie nach einem Dauerlauf, meiner ebenso. Heiße Röte legt sich über mein Gesicht, als ich seine verstrubbelten Haare und seine geschwollenen Lippen registriere.

Wie muss ich erst aussehen?

Ich fahre mir mit dem Handrücken über den Mund, mein Blick geht zu Boden, damit mich mein Haar wie ein Vorhang schützt.

Art stößt die Luft aus. »Das war … krass!«, sagt er stockend und klingt immer noch atemlos. »So was habe ich noch nie erlebt«, schiebt er hinterher, und die ehrliche Verblüffung in seiner Stimme lässt mich aufsehen.

Art grinst über beide Ohren. Sein ganzes Gesicht strahlt, in seinen Augen liegt immer noch der Glanz des Verlangens und so etwas wie Unglauben. Er ist so höllisch sexy, wie er da steht, im Mondlicht, mit diesem verfluchten Glück im Blick und dem Schmunzeln, dass sich meine Bedenken von einer Sekunde auf die andere in Luft auflösen. Aber gerade, als ich ihm um den Hals fallen und ihn erneut küssen will, ruft jemand seinen Namen.

Eine glockenhelle Frauenstimme tönt über den Strand zu uns herüber, Art dreht suchend den Kopf, und auch ich sehe mich fragend um.

Zwei Mädchen kommen lachend und Arm in Arm auf uns zugestapft. Sie wanken ein bisschen beim Laufen, und es ist nicht der Sand, der sie aus dem Tritt bringt. Sie sind betrunken, das kann ich sogar auf die Entfernung erkennen. Aber selbst wenn ich keinen Adlerblick hätte, würde mir ihr haltloses Kichern und die nuscheligen Rufe verraten, dass sie einiges intus haben.

»Arthur, Schätzchen«, kreischen sie viel zu laut, als sie bei uns ankommen und sich meinem Date zur Begrüßung nacheinander an den Hals werfen. Von mir nehmen sie keine Notiz, dafür mustere ich sie umso interessierter.

Die eine ist groß und schlank und hat brünette Haare, die sie sich gerade gekonnt über die Schulter wirft. Sie trägt nur eine Tunika, die kurz über ihrem Po endet, und als sie Art spitzbübisch über den Kopf streicht, blitzt ihre Bikinihose hervor. Die langen Fingernägel sind feuerrot lackiert, der Ausschnitt ihrer Tunika so tief, dass ihre etlichen Ketten zwischen ihren Brüsten versinken.

Die andere ist klein und zierlich, mit einem kurzen, weißblonden Bob. Sie trägt nur einen Bikini, an ihrem Körper klebt feuchter Sand, den sie auf Arts Shirt verteilt, als sie ihn umarmt.

»Das ist ja lustig! Ich dachte, du kommst heute nicht mehr?«, sagt die Brünette, und ihre Stimme klingt viel zu schrill in meinen Ohren.

Ich mache zwei Schritte zurück, bringe Platz zwischen mich, Art und die beiden Tussis.

Art befreit sich währenddessen aus der Umklammerung der Blonden und klopft sich den Sand von den Klamotten.

»Und ich dachte, du bist heute für den Stand zuständig«, brummt er, und als er hochsieht, verzieht er unwillig die Mundwinkel. Entweder ignoriert die Brünette seinen offensichtlichen Vorwurf mit Absicht, oder sie bemerkt es nicht, weil sie dafür schon zu betrunken ist, jedenfalls macht sie eine filmreife Schnute und tritt auf Art zu. Ihre blutroten Nägel legen sich auf seine Lippen und spielen damit, wie man mit einem Baby spielen würde.

»Och, Arthurlein. Nicht beleidigt sein. Ich war ja am Stand. Ich hab nur ein klitzekleines bisschen früher zugemacht«, gurrt sie, und ich kombiniere haarscharf. Das ist also seine Mitbewohnerin Schrägstrich Wohngemeinschaft Schrägstrich Atelierteilhaberin. Ich sauge scharf die Luft ein, als mir das klar wird. Art hört es und dreht sich zu mir um.

»Spell, das ist Benice und ihre Freundin Megan. Benice, das ist Spell«, sagt er, und absurderweise warte ich darauf, dass er mich als seine Freundin vorstellt.

Tut er aber nicht. Stattdessen tritt eine peinliche Stille ein, Benice und Megan glotzen mich an, als wäre ich eben erst aufgetaucht. Irgendwann piepst Megan ein leises »Hi«, um sich dann sofort wieder an Art zu wenden. Sie hakt sich bei ihm unter und zieht ihn mit sich.

»Derek und Alex sind auch da.« Sie deutet auf das Lagerfeuer und die Strandparty und setzt sich mit Art am Arm in Bewegung. Benice stolpert durch den Sand hinterher, und ich bleibe zurück, wie eine Vollidiotin. Nach ein paar Schritten bleibt Arthur stehen und macht sich sanft, aber bestimmt von Megan los.

»Geht schon mal vor. Ich komme gleich«, sagt er in einem Ton, der keinen Widerspruch duldet, und Benice und Megan scheinen wenigstens das zu verstehen. Sie sehen zwar nicht wirklich glücklich aus, wenden sich aber ohne Protest um und wanken davon.

Art kommt zu mir zurück.

»Tut mir leid! Sie sind eigentlich total nett, aber wenn sie was getrunken haben, werden sie ziemlich anhänglich«, versucht er, die Situation zu retten.

Wir beide wissen genau, dass es ihm nicht gelingen wird. Schon beim Anblick der zwei hat sich ein Widerstand in mir breitgemacht, der mich jetzt wie eine Mauer umgibt. Ich stehe vor ihm, angespannt und wütend und zugleich dankbar, dass mir sein Charakter so schnell offenbart wurde.

Er ist ein Weiberheld. Wahrscheinlich hat er jeden Abend ein Date, mit ständig wechselnden Frauen, und ich bin nur eine unter vielen. Der Kuss war einer unter vielen und nichts Besonderes, schon gar nicht für ihn.

Innerlich schlage ich mir für meine Blödheit die Hand an die Stirn, äußerlich bin ich cool wie Eis.

Art will meine Hand nehmen, ich verstecke sie in meinen Hosentaschen.

»Kein Problem!«, sage ich großzügig und lächele freundlich. »Ich kenne das. Wenn man getrunken hat, meine ich.«

Das stimmt nicht. Ich war noch nie in meinem Leben betrunken. Meine Mutter ist mir das beste Beispiel für übermäßigen Alkoholgenuss, das mich für tausend Jahre und mehr davon abhält, zu trinken.

Art sieht erleichtert aus, bis er meinen Rückzug registriert. Es ist ein Signal, das ich mit meiner Körperhaltung aussende. Ich schlinge die Arme um meine Taille, ziehe die Schultern hoch, als wäre es plötzlich zu kühl für einen Abend am Strand, und laufe langsam von ihm weg auf die Promenade zu.

»Ich muss dann auch mal wieder«, sage ich im Gehen, hebe kurz die Hand zum Gruß und drehe mich um. Wenn ich nicht gleich hier wegkomme, fange ich an zu heulen. Vor Enttäuschung. Ich dachte, er sei anders als die anderen. Ich wollte ja nicht auf die leise Stimme hören, die sich die ganze Zeit schon fragt, was jemand wie er mit jemandem wie mir will.

»Spell! Jetzt warte doch mal!«, ruft Art, aber ich schüttele nur den Kopf. Es ist ein bisschen wie in diesem Märchen, in dem die Prinzessin vor dem Prinzen abhaut und vor lauter Hast ihren Schuh verliert.

Art setzt mir nach, ich werde schneller. Meine Sandalen versinken im Sand, als ich zu rennen anfange, und die feinen Körnchen treffen bei jedem Schritt meine Waden wie Nadelstiche. Wie eine Zwölfjährige renne ich über den Strand, weg von meinem Date, als wäre er ein Verbrecher, und noch während ich laufe, kommen mir die Tränen. Vor Scham über mein kindisches Verhalten, vor Zorn und vor Frust über den Fehlgriff.

»Spell! Das ist doch albern«, höre ich noch, dann biege ich um die Ecke auf die belebte Straße.

Und lasse Arthur und den Strand und das Mondlicht und den unbeschreiblichen Kuss einfach hinter mir.

SECHS

Ein penetrantes Klingeln dringt allmählich an mein Ohr, und nur mit Mühe kämpfe ich mich aus einem weiteren seltsamen Traum, in dem mein Dad in einer schwarzen Limousine mit abgedunkelten Scheiben davonfuhr, ohne sich noch einmal nach mir umzusehen.

Mit einem Ruck fahre ich aus dem Schlaf hoch, orientierungslos sehe ich mich um.

Ich liege auf meinem alten, klapprigen Liegestuhl, der Sonne nach zu urteilen, muss es später Nachmittag sein, Mister Spock döst ein paar Meter weiter im Schatten.

Neben mir auf dem Boden schrillt mein Handy. Ich taste danach, nehme das Gespräch an.

»Ja?«, sage ich und setze mich auf. Mein ganzer Körper fühlt sich an, als hätte ich einen Marathonlauf hinter mir.

»Spell?«

Es ist Zanna.

»Oh, hi«, erwidere ich, stehe langsam auf und betrete den Trailer. Ein Glas unter den Wasserhahn haltend, klemme ich mir das Handy ans Ohr und trinke in hastigen Zügen, weil mein Hals so ausgedörrt ist wie die Wüste in Nevada.

»Wolltest du nicht vorbeikommen und deine Einnahmen abholen? Ich habe alles fertig gemacht, und Süße: Du hast alles verkauft!« Der Geräuschkulisse nach zu urteilen, kramt Zanna in einer Schublade, ich kneife mir in den Nasenrücken, weil sich bohrende Kopfschmerzen ankündigen.

»Ja, hier habe ich es. Dreihundertsiebzig Dollar, Schätzchen!«, juchzt sie, und ich liebe sie dafür, dass sie sich über meinen Erfolg so freut. »Ist das nicht grandios? Für zwei Tage?«, plappert Zanna, und ich kann ein Grinsen nicht unterdrücken.

»Das ist super!«, sage ich und atme erleichtert aus. Das Geld hilft mir mehr als gut über den nächsten Monat. Wenn ich noch zusätzliche Schichten im *Sandsbay* übernehme, kann ich endlich die kaputte Markise ersetzen. Oder mir einen neuen Liegestuhl kaufen. Von dem alten Ding da draußen bekomme ich noch einen Bandscheibenvorfall.

»Ich springe schnell unter die Dusche, dann bin ich da.«

»Keinen Stress, Spell. Ich bin im Laden und packe die Sachen aus, die ich nicht verkauft habe. Komm, wann du magst«, sagt Zanna, und als ich auflegen will, schiebt sie noch etwas hinterher. »Ach, Spell. Ich habe am Stand einen Pinsel gefunden. So ein Riesending. Sieht irgendwie merkwürdig aus. Ist der vielleicht von dem Typen, der den Stand neben uns hatte? Du weißt schon, der, der aussieht wie ein südamerikanisches Modell?« Ich kann sie praktisch am Telefon zwinkern hören, und sofort fällt mir das katastrophale Ende des gestrigen Dates mit Art und mein unrühmlicher Abgang wieder ein. Ich schließe die Augen, als würde so mein kindisches Verhalten verschwinden, aber es bleibt hartnäckig in meinem Kopf, der wahrscheinlich auch davon so pocht.

»Ja, kann sein, dass der Pinsel ihm gehört. Ist sein Stand denn schon abgebaut?«, frage ich und hoffe inständig, dass Zanna ihm das Teil zurückgeben kann. Ich will ihm am besten nie wieder unter die Augen treten, so albern, wie ich mich benommen habe.

»Nein. Als ich vorhin gegangen bin, war da nur eine junge Frau, aber ihn habe ich nicht gesehen.«

Und schon wieder klappe ich die Lider zu. Benice will ich ja noch weniger begegnen!

»Ich ... kann ... ich ... will, ich weiß auch nicht«, stottere ich, und Zanna unterbricht mich.

»Ach, dann werfe ich das Ding eben weg! Er wird ihn schon nicht vermissen«, sagt sie, und ich lasse einen Schrei los.

»Nein!«, rufe ich, und Zanna holt durch die Leitung erschrocken Luft.

Immerhin schulde ich ihm sonst fünfhundert Dollar!

Dann doch lieber Benice. Schließlich tue ich nichts Verbotenes, und wo ist überhaupt mein Selbstbewusstsein hin, seit Art mir über den Weg gelaufen ist? So kenne ich mich gar nicht! Eigentlich bin ich stolz auf mich und mein Leben und meine Selbstbestimmtheit. Und die Meinung anderer interessiert mich in der Regel einen feuchten Kehricht.

»Ich hole ihn ab und bringe ihn an den Stand. Sie ist seine Geschäftspartnerin. Sie wird ihn Arthur geben«, sage ich jetzt ruhiger, und Zanna schnalzt mit der Zunge.

»Arthur also. Ein ulkiger Name. Wie ist er denn so, dein Arthur?«

»Er ist nicht *mein* Arthur. Er ist *ein* Arthur, und du brauchst gar nicht so zu kichern!«, erwidere ich schärfer als beabsichtigt, was mir postwendend leidtut. Ich sollte mich mal wieder zusammenreißen. Dieser Typ bringt mich völlig durcheinander!

Zanna übergeht meinen Tonfall großzügig, wir verabschieden uns, und ich atme tief durch, als ich aufgelegt habe.

Der Traum hat auch nicht wirklich zu einer guten Gemütsverfassung beigetragen. In letzter Zeit häufen sich die Albträume wieder. Nichts, was ich nicht gewohnt wäre, denn der Todestag meines Dads nähert sich. Aber es zerrt an meinen Nerven.

Und Art. Der zerrt auch an meinen Nerven.

Sein Kuss. Unser Kuss.

Bis ich gestern in einen unruhigen Schlaf fiel, spürte ich noch das Kribbeln auf meinen Lippen und das Ziehen in meinem Unterleib. Jedes Mal, wenn ich die Augen schloss, sah ich wieder sein Gesicht vor mir. Sein Mund, der sich auf meinen senkte, sein Geschmack, ein bisschen nach Pfefferminz und dem Salz des Meeres. Ich habe mich von links nach rechts gewälzt, es war heiß und klebrig, und auf meiner Haut bildete sich Schweiß, der sich mit den schwülen Gedanken vermischte, die sich im Halbschlaf einschlichen. Seine Hände auf mir, die Berührung so echt, dass ich leise aufstöhnte.

Dabei war es nur meine Decke, die sich zwischen meinen Beinen verhedderte und die ich schließlich wütend aus dem Bett warf.

Auch jetzt wieder stelle ich mir unwillkürlich vor, er könnte mich hier so sehen. Wie ich gerade nackt unter der Dusche stehe, wie die Wassertropfen auf mich herabprasseln und über meine Brüste und meine Schenkel perlen.

Ich öffne meine Augen, erschrocken über meine blühende Fantasie, das Shampoo läuft mir in die Augen, und das Brennen lenkt mich von diesen wirren Gedanken ab.

Resolut spüle ich mir die Seifenreste aus den Haaren, greife nach einem Handtuch und rubbele mich viel zu fest trocken. Als wollte ich mich selbst dafür bestrafen, dass mir dieser Kerl einfach nicht aus dem Kopf geht.

Eine Stunde später stehe ich mit Mister Spock auf der Promenade, wo die letzten Besitzer ihre Buden abbauen, in der Tasche knapp vierhundert Dollar und den Pinsel, den mir Zanna mit den Worten in die Hand drückte: »Wenn du ihn nicht willst, diesen Arthur, dann frag ich ihn, ob er mit mir ausgeht.« Sie brach über ihren eigenen Witz in Lachen aus, ich nicht. Ich war kurz davor, ihr zu antworten, dass sie sich dafür wohl hinten anstellen müsste, denn die Liste der Frauen sei lang, verkniff es mir aber gerade so.

Jetzt hole ich Luft und wappne mich für die Begegnung mit Benice.

Sie sieht nicht ganz so frisch aus wie gestern, als ich auf den Stand zulaufe, an dem sie Sachen zusammenpackt. Ihre Haare nachlässig zu einem Zopf gebunden, die Haut eher fahl und blass, bemerkt sie mich erst, als ich mich räuspere.

Benice unterbricht ihre Aufräumaktion, schiebt eine Kiste mit dem Fuß zur Seite, richtet sich auf und stöhnt dann leise.

»Puh. Das war wohl etwas zu schnell. Mir ist ganz schwindelig«, sagt sie und grinst schief. »Ja?«, fragt sie dann freundlich.

Sie erkennt mich nicht. Die fein geschwungenen Brauen in die Höhe gezogen, sieht sie mich abwartend an. Im Tageslicht ist sie zwar immer noch attraktiv, aber ihre Nase ist etwas zu groß für ihr Gesicht und die Lippen ein bisschen zu schmal. Ich räuspere mich noch einmal und greife in meine Tasche. Neben mir setzt Mister Spock sich brav hin, und ich bin froh um seinen moralischen Beistand, was total albern ist. Diese Frau hat mir nichts getan, sie weiß ja nicht einmal mehr, wer ich bin, und ich benehme mich, als hätten wir einen Wettbewerb laufen, den ich verloren habe.

»Interessieren Sie sich für die Bilder? Oder die Skulpturen?«, hilft mir Benice auf die Sprünge, weil ich stumm bleibe.

»Ähm, weder noch. Ich habe hier etwas, das Arthur gehört«, finde ich endlich meine Stimme, und sie klingt erstaunlich fest. Ich fische den Pinsel hervor und halte ihn vor mich, wie das Schwert eines Kriegers. Benice runzelt die Stirn.

»Sag mal, kenne ich dich nicht?«, sagt sie jetzt, und dann hellt sich ihr Gesicht auf. »Du bist doch Spell, oder?«

Statt einer Antwort recke ich ihr den Pinsel entgegen, Benice ignoriert ihn und schlägt sich an die Stirn.

»Tut mir leid wegen gestern!«, sagt sie und kommt hinter dem Stand hervor auf mich zu. Ich bin zu perplex, um zurückzuweichen, Benice nimmt das als ein Zeichen des Einverständnisses und umarmt mich ungefragt.

»Sorry! Gott, war Arthur vielleicht sauer!« Sie lässt mich los, legt nur eine Hand auf meinen Arm. »Irgendwie ist da gestern was aus dem Ruder gelaufen! Ich trinke sonst nicht so viel. Das war nur Dereks Schuld. Dieser Mistkerl! Weißt du«, sie zieht mich mit sich in den Stand und drückt mich kurzerhand auf einen Holzhocker, »er hat vor ein paar Tagen mit mir Schluss gemacht und mir das Herz gebrochen! Und dann taucht er bei dieser Party auf und sülzt mich voll, von wegen, das sei der schlimmste Fehler seines Lebens gewesen und er wolle mich zurück und so. Ich meine, hättest du da nicht auch ein paar Bier zu viel …?« Benice lässt den Satz unvollendet, streicht sich die losen Strähnen aus dem Gesicht und sieht mich hoffnungsvoll an.

Ich kann nichts sagen, weil mich ihre entwaffnende Ehrlichkeit und ihre Freundlichkeit völlig aus dem Konzept bringen. Sie ist tatsächlich nett. Und hat die gleichen Probleme wie alle anderen. Und sie steht auf einen gewissen Derek und nicht auf Art.

Noch nie hat mich ein Mensch so oft hintereinander in peinliche Situationen gebracht wie Art. Bei ihm ist nichts, wie es sein sollte, und meine ganzen Ansichten werden quergeschleudert.

»Ich war bestimmt schrecklich gestern Abend! So bin ich normalerweise nicht. Arthur hat es mir heute Morgen erzählt, und ich schäme mich entsetzlich«, unterbricht Benice meine Gedanken. »Er war ganz schön wütend, weil wir ihm sein Date vermasselt haben. Und er hat ja recht! Ich bin doch diejenige, die ihm dauernd in den Ohren liegt, dass er mal ein Mädchen ausführen soll, und dann das!« Benice klingt so jammervoll, dass sie mir mit einem Mal leidtut. »Bei seinem Aussehen könnte man ja denken, dass er sich vor Frauen kaum retten kann, aber Arthur ist so schüchtern«, redet sie weiter. »Oder eigentlich ist er nicht schüchtern, er ist einfach nur so fürchterlich verkopft und ernst. Er muss sich immer erst sicher sein, dass er das Richtige tut und niemandem damit schadet, und bis er alle Komponenten bedacht hat, ist die Gelegenheit längst verstrichen. Also, das macht er bei allem so. Nicht nur bei Frauen. Aber da ganz besonders nicht, wenn du verstehst«, verhaspelt sie sich und verstummt dann.

Ob das Art recht ist? Dass sie hier sitzt und mir das erzählt?

»Der ist aber süß!«, ruft Benice plötzlich, und Mister Spock trottet herbei. Sofort holt er sich seine Streicheleinheiten von Benice, die ihm verzückt das Fell krault.

»Ich hatte auch mal einen Hund. Daisy. Ein Cockerspaniel. Sie war so verwöhnt, dass sie mir das Eis aus der Hand geklaut hat.«

Benice lacht, und ich muss ebenfalls lachen. Sie ist eine seltsame Person. Offen und erfrischend ehrlich, dabei aber so herzlich, dass man es ihr nicht übel nehmen kann. Klammheimlich macht sich meine Abneigung ihr gegenüber vom Acker und weicht einer leichten Sympathie. Trotzdem vergesse ich nicht, warum ich eigentlich da bin und dass ich auch eigentlich schleunigst verschwinden wollte. Mit ihrem nächsten Satz macht Benice mir meine Eile noch deutlicher.

»Er müsste jeden Moment hier sein. Arthur, meine ich. Die Kisten kann ich unmöglich alleine schleppen, und schon gar nicht heute, mit diesem ausgewachsenen Kater«, sagt sie, und ich springe bei ihren Worten wie von der Tarantel gestochen auf.

»Ich muss dann mal los«, stoße ich hervor und werfe ihr den Pinsel in den Schoß. »Sag Art einen schönen Gruß und dass ich mich freue, dass sein Pinsel wiederaufgetaucht ist.« Energisch schiebe ich mir meine Tasche über die Schulter und schnipse nach Mister Spock. Ich will Art auf keinen Fall über den Weg laufen, auch wenn sich meine Vermutung über seinen Frauenverschleiß als Hirngespinst herausgestellt hat. Das war zu peinlich gestern.

»Willst du nicht kurz warten? Er ist sicher gleich da. Dann könnte ich meinen Fauxpas von gestern wiedergutmachen«, fleht Benice mit einem schiefen Grinsen, aber ich bin schon in der Budengasse angelangt. Abwehrend hebe ich die Hand.

»Nein, tut mir leid. Ich habe es wirklich eilig.« Ich

tippe mir auf das Handgelenk, als würde ich eine Uhr tragen, und zucke entschuldigend mit den Schultern. »Ist ja auch nicht schlimm. Er wollte ja nur seinen Pinsel. Hat mich gefreut, dich kennenzulernen«, rufe ich ihr noch zu, dann nehme ich die Beine in die Hand.

Wieder einmal, wenn es um Art geht.

Das ist doch ein Witz, denke ich und beschleunige meinen Gang.

SIEBEN

Docs Neugier wird mit jedem Blick, den er mir zuwirft, größer. Ich übe mich in der Kunst des Ignorierens, was mir nicht schwerfällt, denn die Bar ist gut gefüllt, und es ist ständig etwas zu tun.

Die Arbeit lässt mich die Zeit vergessen, zwischen den einzelnen Bestellungen, dem Cocktailmixen und dem Tischabräumen bleibt kaum eine Minute, um auf die Uhr zu sehen. Trotzdem spüre ich, wie Doc nur auf die passende Gelegenheit wartet, mir Löcher über mein Date in den Bauch zu fragen.

Irgendwann hält er es nicht mehr aus, und als ich Eiswürfel in einen Kübel fülle, kommt Doc zur Sache.

»Und? Wie war dein Abend gestern?«, fragt er kurz und knackig, ich reiße ungerührt die zweite Tüte Crushed-Ice auf und tue so, als wäre das eine Aufgabe, die meine ganze Konzentration erfordert.

»Spell? Jetzt sag schon!«, fordert Doc. Ich bezweifle, dass leibliche Eltern so penetrant wären.

»Schon mal was von Privatsphäre gehört?«, gebe ich zurück und knalle den Deckel der Truhe zu, als wolle ich dort meine Geheimnisse verstecken. Doc übergeht meine Frage, er versperrt mir immer noch grinsend den Weg zum Spülbecken. »Die hast du bei der Unterschrift deines Arbeitsvertrages abgegeben, schon vergessen?«, witzelt er, seine blauen Augen sehen mich treuherzig an. Ich muss ein bisschen lächeln, weil dieser Hüne tatsächlich gucken kann wie ein kleiner Junge.

Ergeben antworte ich, weil ich weiß, dass er vorher sowieso keine Ruhe geben wird.

»Es war nett«, sage ich und schlüpfe an ihm vorbei. Ich schnappe mir einen feuchten Spüllappen und flüchte mich aus der Bar zu den Tischen, die dummerweise alle blitzsauber sind. An den restlichen wird gerade gegessen, da kann ich wohl kaum mit meinem Sauberkeitswahn punkten. Leise seufzend wende ich mich wieder um und blicke direkt in Docs fragendes Gesicht.

»Nett?« Er hebt die Brauen. »Wie die kleine Schwester von scheiße?«

Ich verdrehe die Augen, sage aber nichts.

»Was hat der Typ angestellt? Dich auf billiges Fast Food eingeladen?« Doc kratzt sich an der Glatze. »Die Jugend von heute. Hat einfach nichts mehr auf dem Kasten! Ein paar schöne Blumen, die Autotür aufhalten, der Dame den Stuhl zurechtrücken? Weit gefehlt. Geschweige denn, dass einer von denen richtig tanzen kann! Dieses Gezappel zu einer Musik, die eigentlich nur Krach ist! Das hätte ich meiner Rosie mal antun sollen. Die hätte mich am langen Arm verhungern lassen, das kann ich dir sagen!«, grummelt er vor sich hin, und jetzt muss ich laut lachen. Ich kenne Rosie nicht mehr, sie ist vor langer Zeit an Krebs gestorben, aber sie muss Docs große Liebe gewesen sein. Wann immer er die alten Geschichten auspackt, legt sich ein wehmütiger Glanz über seine Augen, so voller Bewunderung und Wärme, dass ich diese Frau nur beneiden kann.

Aber weil einem die Liebe der eigenen Eltern oder eben der Ehefrau auf grausamste Art und Weise genommen werden kann, lasse ich mich darauf am besten erst gar nicht ein. Ich winke ab.

»Hör mal, Doc, es war okay. Ganz schön, aber nichts Besonderes und nichts, was ich wiederholen muss, ja?«, sage ich gespielt lapidar und verdränge schnell die Erinnerung an den Kuss, der für mich sehr wohl etwas Besonderes war. Aber war er das auch für Art? Ganz egal, was Benice behauptet, sie ist schließlich nicht er.

Doc stutzt bei meinen Worten, runzelt abermals die Brauen.

»Willst du mir erzählen, warum du ihn nicht wiedersehen willst?«, fragt er.

»Nein«, sage ich und greife nach einem Tablett. Was genau ich damit will, weiß ich noch nicht, aber es vermittelt zumindest den Eindruck, dass unser Gespräch hier beendet ist. Doc versteht meinen Wink mit dem Zaunpfahl nicht, er läuft mir einfach hinterher, als ich einmal die Theke umrunde, auf der Suche nach Beschäftigung.

»Aber wieso denn nicht?«, bohrt er.

»Darum«, antworte ich halbherzig, weil ich ja selbst nicht genau weiß, wieso.

»Das ist kein Grund!«

Fast könnte man meinen, Art wäre sein Sohn, mit dem er mich verkuppeln will, so hartnäckig, wie Doc sich gibt. Ich wirbele herum, das Tablett an die Brust gedrückt.

»Doch! Das ist ein Grund. Einfach darum!«

Das ist Kindergartenniveau, das höre ich selbst. Doc auch. Er schnaubt.

»Jetzt rück schon raus mit der Sprache, Spell! Was hat er getan? Da stimmt doch was nicht! Ich knöpfe ihn mir vor, das Bürschchen, wenn er sich danebenbenommen hat!« Doc bläht die Nasenflügel, sein Zeigefinger wackelt bekräftigend vor meinem Gesicht, und ich weiß, er denkt an Brandon und die miese Nummer, die er mit mir abgezogen hat.

Gerade will ich ihm antworten und ihn beruhigen, da höre ich ein leises »Hi« hinter mir.

Schon allein seine Stimme verursacht mir eine Gänsehaut. Aber noch mehr lässt mich der Schreck erstarren. Ich reiße die Augen auf, umklammere jetzt das Tablett so fest, dass meine Armmuskeln hervortreten, und halte die Luft an. Wie hat er mich gefunden, denke ich, bis mir einfällt, dass ich selbst Art erzählt habe, dass ich hier arbeite.

»Fuck!«, murmele ich tonlos, blicke Hilfe suchend zu Doc, der meine Reaktion völlig falsch interpretiert.

»Ich wusste es! Ist das der Mistkerl?«, stößt er hervor und ruckt mit dem Kopf über meine Schulter, in die Richtung, in der Art stehen muss.

»Nein!«, sage ich, dann »Ja«, und dann kann ich nur noch zusehen. Wie Doc die Augen verengt, mich sanft zur Seite schiebt und die Faust ballt. Er läuft an mir vorbei, ich drehe mich hastig um und sehe, wie

Art zögerlich grüßend die Hand hebt und sich ein süßes Lächeln auf seine Lippen stiehlt.

Das sofort verschwindet, als er registriert, dass Docs Aufmerksamkeit ihm gilt. Art macht verblüfft einen Schritt zurück, als Doc ganz dicht vor ihm stehen bleibt und ihm ins Gesicht schnaubt wie ein wütender Stier.

»Sie mag dich nicht! Und ich mag dich auch nicht. Nicht in ihrer Nähe und nicht in meiner Bar! Klar? Also verschwinde, bevor ich wirklich sauer werde!«, donnert er Art entgegen, dem die Verwirrung ins Gesicht geschrieben steht. Doch trotz Docs Größe und Statur und trotz seines drohenden Tonfalls weicht er nicht zurück. Im Gegenteil. Er richtet sich auf, verschränkt die Arme und bietet Doc Paroli.

»Und Sie sind?«, fragt Art ruhig, keine Spur von Angst in der Stimme. Das scheint auch Doc zu verunsichern, denn er wackelt kurz mit dem Kopf, fängt sich aber gleich wieder.

Er verschränkt ebenfalls die Arme, was ihn noch massiger erscheinen lässt.

Irgendwie bin ich unfähig, einzugreifen.

Als ein paar Gäste neugierig zu uns herüberblicken und zu tuscheln beginnen, bin ich endgültig mit dem sandigen Boden verwachsen und rühre mich nicht vom Fleck.

»Ich bin der Besitzer der *Sandsbay*«, sagt Doc dröhnend.

»Und Spells Bodyguard?«, erwidert Art ungerührt.

»Wenn du so willst, Bürschchen.«

»Ich bin kein Bürschchen. Und wenn Sie zu allen

Ihren Gästen so unhöflich sind, dürfte das Ding hier nicht lange überleben«, kontert Art und deutet auf die Strandbar.

Autsch!

Das hätte er besser nicht gesagt. Niemand kritisiert die *Sandsbay*, wenn es nicht den Tatsachen entspricht. Gäste, die aus unerfindlichen Gründen an Docs Kochkünsten, den Hygienestandards oder an seinen Mitarbeitern herummäkeln, verlassen die Bar schneller, als sie blinzeln können. Das habe ich selbst schon oft genug erlebt, und eigentlich amüsiert es mich meistens.

Heute nicht.

Heute sehe ich, wie es in Doc zu brodeln beginnt. Er presst seine Kiefer aufeinander, was das untrügliche Zeichen für einen bevorstehenden Wutausbruch ist, der seinesgleichen sucht, und man kann die aufgeheizte Stimmung zwischen den beiden förmlich mit den Händen greifen.

Und endlich bewege ich mich.

Ich muss das verhindern, sonst kann es richtig hässlich werden.

Mit drei Schritten bin ich bei ihnen, positioniere mich neben ihnen und gebe meiner Stimme einen festen Klang.

»Schluss! Hört auf damit, sofort!«, verlange ich resolut und recke das Kinn.

Mein scharfer Tonfall bringt die beiden zur Vernunft. Zwar blitzen Docs Augen noch, aber nach ein paar Sekunden hält er Arthur die Hand hin, die dieser ergreift.

»Arthur«, sagt Art.
»Man nennt mich Doc«, antwortet Doc und grinst. »Entschuldige. Wenn es um Spell geht, bin ich manchmal etwas hitzköpfig.«
Art grinst zurück. »Kein Problem. Ich verstehe das.«
Doc führt Art an die Theke, klopft auf einen Barhocker und reicht ihm die Getränkekarte, mit dem Hinweis, dass es selbstverständlich aufs Haus gehe.
Mich lassen sie einfach stehen, niemand entschuldigt sich für die unangenehme Situation eben.
Wutschnaubend stapfe ich auf die beiden zu.
»Ihr spinnt doch!«, fauche ich und knalle Doc mein Tablett auf die Theke. »Ich mache Feierabend«, schiebe ich noch hinterher, zerre an den Knoten meiner Schürze, die ich dann, als ich sie endlich offen habe, Art in den Schoß stopfe.
Doc ist viel zu überrascht, um etwas zu erwidern, und bis er den Mund aufmacht, laufe ich schon davon. Ohne meine Tasche und ohne Mister Spock, aber der wird mir früher oder später sowieso folgen.
Nach ein paar Schritten holt Art mich ein.
»Spell, warte doch«, sagt er und berührt mich sanft am Ellenbogen. Unwirsch schüttele ich seine Hand ab, drehe mich um.
Wenn er nur nicht so verdammt gut aussehen würde! Sofort springt mir das Herz in die Kehle, ich schlucke ein-, zweimal, damit ich mich auf meinen Ärger konzentrieren kann.
»Was?«, fahre ich ihn an.
Art legt den Kopf schräg, sein Blick taucht tief in meinen ein.

»Tut mir leid. Ich hab mich mitreißen lassen«, sagt er ruhig, und mir fällt ganz plötzlich siedend heiß ein, dass ich ja eigentlich Schuld an der ganzen Misere habe. Wenn ich mich nicht so unklar über Art geäußert hätte, wäre das alles gar nicht passiert. Ich beiße mir auf die Lippen, unterdrücke den Impuls, ihm das zu sagen.

»Ich wollte mich nur bedanken. Für den Abend, und dass du den Pinsel zurückgebracht hast«, sagt Art, und seine Stimme vibriert.

Auch ich kann es nicht leugnen. Es knistert zwischen uns, kaum dass wir uns auch nur fünf Minuten sehen. Die Luft ist elektrisch aufgeladen, sendet tausend Signale, die sich in körperlichen Reaktionen zeigen. Bei mir sind es rasende Schauer, die mir über den Rücken jagen, bei Art ist es sein Kehlkopf, der auf und ab rutscht, während er mir wie hypnotisiert auf den Mund starrt.

»Gern geschehen«, presse ich hervor, mache einen Schritt zurück. »Sonst hätte ich ihn ja am Ende vielleicht doch noch bezahlen müssen. Deshalb habe ich ihn dir gebracht. Nur deshalb«, stelle ich klar und lächele unverbindlich, wie die Empfangsdame einer Bankfiliale.

»Ach? Tatsächlich?«, erwidert Art und lächelt genauso unverbindlich zurück. »Das wäre nicht nötig gewesen. Schließlich hast du deine Schulden mit einem Date abgeglichen«, sagt er, und das überfreundliche Grinsen bleibt.

Ich schnaube ungläubig.

»Gut«, schnappe ich. »Dann wäre das ja geklärt.«

Ich höre mich an wie eine alte Zimtzicke, die am liebsten kleine Kinder zum Frühstück verspeist, aber Art übergeht meinen Tonfall wie ein Gentleman.

»Ja, das wäre geklärt«, sagt er ohne das geringste Bedauern in der Stimme, sein Lächeln wird breiter, in seinen Wangen bilden sich diese sexy Grübchen, und seine Augen leuchten verschmitzt. »Ich wollte dich nicht aufhalten«, sagt er und macht eine galante Geste in die Richtung, in die ich davonstapfen wollte.

Blödmann!

Ich drehe mich wortlos um und gehe.

ACHT

Ich falle im Traum.

Mein Dad streckt mir die Hand hin, will mich festhalten, aber seine Finger rutschen ständig ab, und letztendlich verlieren wir den Kontakt zueinander.

Oben dreht sich nach unten, unten nach oben, und der Aufprall ist unvermeidlich.

Ich plumpse aus dem Bett, auf den harten Boden, und schlage mir den Ellenbogen an, den ich gerade noch schützend vor die Stirn halte.

Mister Spock bellt und bellt, und mir platzt langsam die Hutschnur, weil ich mittlerweile jede Nacht schlecht träume und mich nach dem Aufwachen wie gerädert fühle. So schlimm wie in den letzten Wochen war es noch nie. Vielleicht sollte ich mir Schlaftabletten besorgen? Ich glaube, ich habe mal irgendwo gelesen, wenn man die nimmt, träumt man nicht mehr. Allerdings machen die abhängig. Das wäre nicht wirklich gut. Ich muss mir etwas anderes überlegen.

Mit einer Handbewegung bringe ich Mister Spock zum Schweigen, richte mich vorsichtig auf und werfe die Decke wieder auf mein Bett.

Scheint ein fantastischer Tag zu werden, wenn er schon so startet, denke ich, während ich Kaffee koche und mich mit der ersten Tasse draußen in den kaputten Liegestuhl lümmele.

Meine Gedanken wandern zurück zum gestrigen Abend.

Ich werde mich heute als Erstes bei Doc entschuldigen müssen, weil ich einfach so verschwunden bin. Auch wenn er sich unmöglich benommen hat, ist das noch lange kein Grund, ihn im Stich zu lassen. Hoffentlich war in der Bar nicht mehr allzu viel los, das würde mein schlechtes Gewissen wenigstens ein kleines bisschen mildern.

Natürlich schiebt sich auch Art in meine Grübeleien. Sein entspannter Ausdruck, als ich ihn ganz offen zurückgewiesen habe.

Es macht ihm nichts aus.

Das mit uns war ein Strohfeuer, eine nette Bekanntschaft, nichts, was sich lohnt, weiterzuverfolgen.

Er sieht das so, und ich sehe das so, und das ist gut so.

Auch wenn ich meine Mutter als den schlechtesten Ratgeber der Welt bezeichnen würde, in dieser einen Sache hat sie einfach recht.

Die Liebe ist tückisch.

Man kann ihr nicht trauen, denn sie schert sich einen Dreck, wenn der Mensch, an den man sein Herz hängt, plötzlich von einem Tag auf den anderen nicht mehr da ist. Die Liebe bleibt und tut weh.

Und das will ich auf keinen Fall.

Die *Sandsbay* ist die ganze Woche über proppenvoll. Man könnte glatt meinen, Doc hätte der halben Welt einen Freidrink verspochen. Doch auch der ganze Stress lenkt mich nicht von Art ab, der an der Theke sitzt und ein Wasser nach dem anderen bestellt.

Das ist das zweite Mal diese Woche, dass er hier vorbeischaut und mich mit seiner Anwesenheit nervös macht.

Aber ich lasse mir nichts anmerken, wirbele von Tisch zu Tisch, räume ab, nehme Bestellungen auf, serviere Drinks und Essen und bin mir bei jeder Bewegung seiner Blicke bewusst.

Gerade lacht Art über etwas, das Doc gesagt hat, der ihn wie jeden anderen Gast freundlich bedient und seine üblichen Witze macht.

Das Geräusch geht mir durch und durch, und ich spüre den unsinnigen Wunsch, er würde über etwas lachen, das ich gesagt habe. Geistreich und lustig und absolut umwerfend.

Leise schnaube ich vor mich hin, presse dann die Lippen aufeinander. Was tue ich denn hier, verdammt? Ich bin doch nicht wirklich eifersüchtig auf Doc? Außerdem gibt es gar keinen Grund, mich so anzustellen. Schließlich war es meine Entscheidung, Art nicht in mein Leben zu lassen. Damit sollte ich doch jetzt gefälligst auch klarkommen.

Entschlossen greife ich mir die dreckigen Gläser, lasse frisches Wasser ins Spülbecken und schrubbe, bis es nur so schäumt.

Aus dem Augenwinkel kann ich erkennen, dass Doc und Art zu mir herübersehen, und es kostet mich meine ganze Überwindung, so zu tun, als würde ich es nicht bemerken.

Doc, dieser Verräter! Er fällt mir hier eiskalt in den Rücken mit seiner neuen Bekanntschaft! Angestrengt spitze ich die Ohren und versuche zu verstehen, über was sie sich unterhalten, aber der Geräuschpegel und die Musik in der Bar machen das unmöglich.

Dann eben nicht! Es interessiert mich sowieso nicht.

Als ich ein Glas ein bisschen zu heftig in das Spülwasser tauche, zerbricht es. Eine scharfe Kante bohrt sich in meinen Zeigefinger, ich ziehe mit einem leisen Aufschrei die Hand aus dem Becken. Es ist kein besonders tiefer Schnitt, trotzdem quillt Blut hervor, und es brennt ein bisschen, aber Doc ist mit drei Schritten bei mir. Auch Art hüpft vom Barhocker, bleibt allerdings stehen und beobachtet Doc, der sich ein sauberes Küchenhandtuch schnappt und es auf die Wunde drückt.

»Halte fest«, sagt er und dreht sich zu einer Schublade, in der wir unseren Erste-Hilfe-Kasten aufbewahren.

Jetzt geht mein Blick doch zu Art, der immer noch neben seinem Hocker steht und zu uns herübersieht. Kaum dass ihn meine Augen gefunden haben, durchfährt mich ein Stromstoß.

Völlig reglos, die Arme an den Seiten herabhängend, die Hände leicht zu Fäusten geballt, wartet er auf ein Zeichen, ob es mir gut geht. Sofort knüpft sich ein unsichtbares Band zwischen uns, hält uns fest, aneinander, ineinander, miteinander. Es ist, als würde die Welt um mich herum schrumpfen, bis nur noch seine dunklen Augen existieren, die mich angespannt mustern.

»Alles okay?«, formt sein Mund tonlos, ich kann nur nicken. So sehr trifft mich sein Anblick. Mitten in meine Mitte, die sich zusammenzieht und wieder ausdehnt, pulsierend in meinem Herzschlag, der sich ganz dem leichten Lächeln hingibt, das sich vor Erleichterung auf seinen Lippen abzeichnet.

»Gut«, schiebt er lautlos hinterher, ohne unsere Verbindung zu unterbrechen. Das tut Doc.

»Zeig mal her«, dröhnt er in mein Ohr und nimmt behutsam das Küchenhandtuch weg. Ich zucke zusammen und wende mich zu ihm um.

»Es geht schon«, sage ich und schnalze mit der Zunge, denn Doc tut so, als hätte ich mir einen Finger abgeschnitten. Umständlich desinfiziert er die Stelle, klebt ein viel zu großes Pflaster auf den Schnitt und macht ein Gewese um nichts.

»Jetzt hör schon auf! Das kann man ja kaum erkennen«, versuche ich ihn aufzuhalten, aber Doc ist nicht zu bremsen. Er führt mich wie eine Schwerverletzte zu einem kleinen Hocker, zwingt mich, mich zu setzen.

»Du bleibst da sitzen, ich hole dir noch einen Schluck Wasser.« Sagt es und füllt neben mir einen Krug mit Eis, Limettenstücken und Wasser. Er hält ihn mir vor die Nase, mit einem Glas. »Mach kurz Pause«, befiehlt er, und ich schnaube ungläubig.

»Doc, das ist nicht nötig! Es geht mir gut!«, protestiere ich, aber Doc ist schon weg und dabei, einen Gast abzukassieren.

Wieder fliegt mein Blick wie im Zwang zu Art, der sich ebenfalls wieder gesetzt hat. Seine Arme liegen entspannt auf der Theke, er beobachtet mich völlig ungeniert. Mir wird heiß und kalt und schwindelig von seinen Gedanken, die ich lesen kann wie ein Buch. Er legt sie mir ganz offen zu Füßen. Die offensichtliche Anziehungskraft zwischen uns. Die Zuneigung zu mir, die aus seinem Gesicht spricht, und die unumstößliche Gewissheit, dass er auch morgen hier sitzen wird. Und übermorgen. Und die nächsten Tage, wenn ich das will und ihm eine Chance gebe.

Er gibt es mir in tausend kleinen Zeichen zu verstehen.

Seine leicht hochgezogenen Mundwinkel, die zarte Neigung seines Kopfes, die totale Konzentration auf mich, die mir klarmachen soll, dass er so schnell nicht aufgibt. Als ob er mich längst kennen würde und genau wüsste, was ich brauche, um Vertrauen zu fassen.

Irgendwann wird mir unter seinem intensiven Blick so kribbelig, dass ich wegsehen muss.

Mein Finger pocht nun doch ein wenig, und ein leichter Kopfschmerz kündigt sich an. Ich stehe vorsichtig auf, und auch wenn ich nicht gehen will, ist es vermutlich das Beste, meine Schicht zu beenden. Ich muss nach Hause, mich ausruhen und über Art und mich nachdenken. Ganz dringend.

Eine gute Stunde später liege ich im Bett, Mister Spock neben mir, und als ich wegdämmere, verfolgt mich Arts Lächeln.

Am nächsten Morgen erwache ich so frisch und ausgeruht wie seit Langem nicht mehr. Keine Albträume plagten mich, ich habe geschlafen wie ein Baby.

Als ich später am Tag meine Schicht antrete, sitzt Art schon an dem gleichen Platz wie gestern. Er plaudert mit Doc und steckt Mister Spock ein Leckerli zu. Erst dann nickt er mir zu, hebt dabei leicht die Finger, als wolle er mich nicht überfordern. Ich nicke unbeholfen zurück, insgeheim freue ich mich wie irre, dass er da ist.

In der Bar ist heute nicht viel los, und als die Dunkelheit hereinbricht und Doc alles unter Kontrolle hat, mache ich eine kurze Pause. Ich schnappe mir einen herumliegenden Stock und locke Mister Spock über den Strand zum Wasser hinunter.

Das mache ich oft, damit Spock ein wenig Auslauf während meiner Arbeitsstunden bekommt.

Die Wellen branden ans Ufer, Mister Spock jagt bellend dem Stock hinterher, mitten in die schäumende Gischt, und ich lache laut über seine ungelenken Versuche, den schwimmenden Ast aus dem Wasser zu fischen.

Ich spüre Arts Gegenwart, noch bevor er da ist. Es ist ein leises Kitzeln in meinem Nacken, das abgelöst wird von seinem Atem, als er an mich herantritt. Es ist seit dem Date der erste Moment, in dem wir alleine sind.

Er steht dicht neben mir, hüllt mich in seinen Duft, lässt mir allein mit seiner Anwesenheit den Atem stocken.

Eine Weile sagt er nichts, blickt wohl wie ich auf Mister Spock, bis mir seine Stimme einen Schauer über den Rücken jagt.

»Wie geht es deinem Finger?«, fragt er leise.

»Danke, gut«, wispere ich atemlos und bin froh um Mister Spock, der in diesem Moment angerannt kommt und mir den Stock zu Füßen wirft. Er sitzt ab, bettelnd um den nächsten Wurf, den Art übernimmt. Er bückt sich, hebt den Stock auf und wirft ihn weit in die Brandung. Mister Spock dreht sich um und ist so schnell wieder verschwunden, wie er gekommen ist.

Arthur steht neben mir und sieht ihm nach, dann wendet er seine Aufmerksamkeit mir zu. Er versenkt seinen Blick in meinen, streicht mir eine vom Wind verirrte Strähne hinters Ohr.

»Was ist das mit uns, Spell?«, fragt er ohne Einleitung, ohne Umschweife. Sein Blick bohrt sich in meinen, ein erwartungsvolles Glitzern darin, seine Finger fahren ganz langsam von meinem Ohr zu meinem Kinn herunter, verweilen dort, und als ich den Kopf senken will, hebt er es leicht an.

»Du spürst das doch auch«, flüstert er, und wenn es überhaupt möglich ist, wird sein Blick noch brennender. Ich schlage die Augen nieder, denn wenn er mich noch eine Sekunde länger so ansieht, kann ich für nichts mehr garantieren.

»Du weißt, dass ich nicht gehen werde? Ich komme jeden Tag. Bis du mir ins Gesicht gesagt hast, dass du nichts fühlst. Da drin«, er legt seine Hand auf mein Herz, so behutsam, dass ich hinsehen muss, um mich zu vergewissern, dass er mich tatsächlich berührt.

Wir starren uns an, sekundenlang, bis Arthur den Kopf zur Seite neigt. Er kommt näher und näher, schließt seine Augen, sein Mund nur Zentimeter von meinem entfernt, seine Hand streichelt meine Kontur.

Gleich wird er mich küssen, denke ich. *Und nach diesem Kuss werde ich ihm endgültig verfallen sein. Es wird kein Zurück mehr geben, ich werde mein Herz an ihn verlieren und damit zwangsläufig Gefahr laufen, dass es daran zerbricht. Vielleicht wird es nicht klappen mit uns. Vielleicht wird er mich verlassen, aus tausend und einem Grund, und ich werde einsam und traurig sein und diesen Schmerz erneut durchleben müssen.*

Die Panik, die mich plötzlich erfasst, passt so gar nicht zu dem romantischen Moment, aber das ist mir egal. Ich muss mich schützen, darf mich nicht hinreißen lassen.

In einer Affekthandlung stoße ich Art weg. Grob und viel zu heftig.

Wie eine Marionette, deren Fäden gerade erschlaffen, wankt er ein bisschen, als er zurückstolpert. Er blinzelt irritiert, findet nach ein paar Sekunden seinen Stand wieder.

»Was …?«, fragt er in die entstandene Leere, und sein Ton ist eine Mischung aus Verblüffung und Frustration, und auch seine ganze Körperhaltung spiegelt das wider. Er wirft die Arme in die Luft, stößt ein resigniertes Schnauben aus.

»Spell, was soll das? Was habe ich dir getan?«, präzisiert er seine berechtigte Frage. In meinem Gehirn herrscht immer noch so ein Chaos, dass mir keine vernünftige Antwort einfallen will. Art wartet, verschränkt die Arme vor der Brust, während ich in meinem Kopf tausend Sätze formuliere und wieder verwerfe.

Ganz sicher werde ich ihm nicht von meiner durchgeknallten Mutter erzählen, die mir mit ihren seltsamen Erziehungstipps ausgerechnet dann in den Sinn kommt, wenn er mich küssen will.

Aber wie soll ich mein komisches Verhalten sonst erklären? Er muss mich ja für verrückt halten! Dieses Wegstoßen und Anziehen, dieses Ja und dieses Nein. Das ist verrückt, das kann ich nicht leugnen.

Weil ich stumm bleibe, ergreift er das Wort. Und noch bevor er sich äußert, weiß ich, was er sagen wird. Ich habe den Bogen eindeutig überspannt.

»Okay. Ich hab's kapiert. Ich habe mich wohl getäuscht«, bestätigt er meine Vermutung und klingt jetzt ein winziges bisschen frustriert. Er fährt sich durch die Haare, schließt kurz die Augen, holt Luft, als er sie wieder öffnet.

»Hör zu, es tut mir leid. Ich habe da was missverstanden. Das mit uns. Mit dir und mir, meine ich.«

Obwohl seine Aussage ganz klar und deutlich ist, schimmert in seinen Augen doch noch ein Funken Hoffnung. Die Hoffnung, dass ich ihn stoppe und berichtige. Dass ich den Moment umkehre, ihn aus der Welt schaffe.

Als ich das nicht tue, wird sein Blick dunkel. In einem tiefen Atemzug hebt und senkt sich seine Brust, dann ist ausnahmsweise einmal er derjenige, der sich wortlos umdreht und geht.

Mister Spock prescht aus dem Nichts heran, rennt Art jaulend mit dem Stock im Maul hinterher, aber er nimmt keine Notiz von ihm. Stoisch läuft er davon, an der *Sandsbay* vorbei, in Richtung Promenade, bis er aus meinem Blickfeld verschwunden ist.

Ich sollte Erleichterung verspüren. Schließlich habe ich ihm nun endgültig klargemacht, dass ich für Liebe nichts übrighabe.

Aber statt Erleichterung verspüre ich eine Enttäuschung, so groß wie ein Ballon. Enttäuschung über mich selbst. Dass ich selbst noch nach all den Jahren eine Gefangene meiner Vergangenheit bin. Dass mich der Tod meines Dads und meine durchgeknallte Mutter immer noch so fest im Griff haben.

Dass diese Frau, die mich im Stich ließ, eine Macht über mich hat, die mein Leben bestimmt, obwohl sie darin längst keine Rolle mehr spielt.

Diese Erkenntnis trifft mich mit voller Wucht, und wenn ich diese Gelegenheit verstreichen lasse, wird sich das nie mehr ändern. Dann werde ich bis zum Ende meiner Tage an ihr hängen, mich von ihr fremdbestimmen lassen, und das will ich auf keinen Fall. Dagegen kämpfe ich seit Jahren, und nun tappe ich in die gleiche Falle wie immer?

»Komm, Spock!«, rufe ich und laufe los. Ich laufe über den Strand, hoch zur Promenade, da hin, wo ich Art das letzte Mal gesehen habe. Spock folgt mir kläffend, und als ich auf der Straße ankomme, bleibe ich abrupt stehen. Außer Atem blicke ich mich um, nach links, nach rechts, aber von Art keine Spur.

In diesem Moment wird mir bewusst, dass ich weder eine Handynummer von ihm habe noch seine Adresse. Ich weiß auch nicht, wie er mit Nachnamen heißt oder wo er sein Atelier hat.

Bis jetzt hat immer er mich gefunden, und jetzt ist er weg. Panisch fliegt mein Blick umher, durchsucht die Menschenmenge, die sich an diesem Abend hier tummelt, aber nirgendwo kann ich seinen Lockenkopf entdecken. Mit seiner Größe würde er hier definitiv herausstechen. Nach kurzer Überlegung wende ich mich nach rechts, meine hastigen Schritte halten mit meinem klopfenden Herzen mit, meine Angst schnürt mir die Kehle zu.

Nach einer Stunde bin ich am Ende. Ich bin alles abgelaufen, was Arthur in dieser Zeit hätte erreichen können. Ich habe in jede Bar und in jedes Restaurant gespäht, mein Kopf ist müde vom angestrengten Suchen. Auch Spock trottet neben mir her, die Zunge hängt ihm aus dem Maul, längst hat er keine Lust mehr auf das sinnlose Umherstreifen.

Art ist weg.

Wie ein Zauberkünstler hat er sich in Luft aufgelöst.

Ich sinke auf eine Mauer, in mir kämpft die Resignation gegen die Hoffnung, und irgendwann fällt mir Doc wieder ein, der sich sicherlich Sorgen macht.

Als ich in der Bar ankomme und ohne große Erklärungen nach Arthur frage, schüttelt er nur den Kopf. Er will nicht mal wissen, wo ich so lange war, sein Blick ist mitleidig und verständnisvoll.

»Der kommt morgen wieder. Ganz sicher, Süße«, sagt er nur und streicht mir über die Wange.

Das wird er nicht, denke ich, sage aber nichts.

Das habe ich mal gründlich versaut.

NEUN

Weil die Nächte eine einzige Qual sind, bin ich mittlerweile so müde, dass ich im Stehen einschlafen könnte. Die Schichten im *Sandsbay* kosten mich meine ganze Kraft, denn spätestens um neun wäre ich eigentlich reif fürs Bett. Ich versuche, mir vor Doc nichts anmerken zu lassen, aber ich glaube, dass er mich durchschaut.

Er bemerkt, dass ich jeden Abend darauf warte, dass Art auftaucht.

Mein Blick huscht ständig zu dem Platz an der Theke, an dem er saß, obwohl ich längst weiß, dass er nicht da ist. Ich scanne die Umgebung, suche den Strand ab, den oberen Abschnitt der Promenade, mustere schon von Weitem die Gäste, die auf die Bar zusteuern, und die Menschen, die an uns vorbeischlendern. Ich bin hektisch und fahrig, habe grottenschlechte Laune, und es vergeht kein Abend, an dem ich nicht eine Bestellung vergesse, ein Tablett fallen lasse oder abwesend in die Luft starre, bis mich ein Gast laut und unfreundlich darauf hinweist, dass er seit zehn Minuten nach der Rechnung verlangt.

Doc sagt nichts, er nimmt meine Stimmung gelassen, was ich ihm hoch anrechne.

Vor ein paar Tagen habe ich ihn gefragt, ob er vielleicht wüsste, wo ich Art finden kann. Ganz beiläufig, als ich Gemüse schnippelte, bevor die Bar öffnete.

»Über was habt ihr euch denn so unterhalten? Du und Art?«, begann ich meine Spionage, während ich die Avocados entsteinte. Doc blieb neben mir ganz ruhig, schnitt Hühnchen in Streifen.

»Ach, über alles Mögliche«, sagte er vage. »Nichts Besonderes.«

Ich nahm meinen ganzen Mut zusammen.

»Du weißt nicht zufällig, wo er wohnt? Oder wie er mit vollem Namen heißt?«

Doc hörte auf, das Hühnchen zu bearbeiten, sah mich an, ich hielt den Blick standhaft auf meine Arbeitsfläche gerichtet.

»Nein, Süße. Über so was haben wir nicht gesprochen. Tut mir leid.« Sein Ton war mitfühlend, ich wehrte ab.

»Ist auch nicht so wichtig. Ich wollte nur ein bisschen Konversation betreiben«, schwindelte ich und setzte ein beruhigendes Lächeln auf.

»Du könntest am Beachvolleyfeld nachfragen. Ich glaube, er hat erwähnt, dass er dort mit Freunden öfter spielt.« Doc strahlte erfreut, weil ihm dieses Detail eingefallen war, ich zuckte die Schultern.

»Wie gesagt, es ist nicht so wichtig. Wenn es sein soll, laufen wir uns sicher wieder über den Weg«, tat ich die Sache ab, weil ich da schon wusste, dass ich den Mut nicht aufbringen würde, auf dem Volleyballfeld nach Art zu fragen.

Schließlich war seine Botschaft deutlich. Er hat mich abgeschrieben, sonst wäre er nicht weggeblieben. Klarer geht es ja wohl nicht.

Auch Doc sagte nichts mehr, er sah das wohl genauso.

Heute habe ich meinen freien Tag und beschlossen, Zanna einen Besuch abzustatten, weil mir im Trailer die Decke auf den Kopf fällt.

Dass ich mich mit mir alleine nicht wohlfühle und nicht weiß, was ich mit meiner Zeit anstellen soll, wenn ich nicht arbeite, ist mir vorher noch nie passiert. Normalerweise sammele ich Treibholz für meine Schmuckstücke oder laufe mit Mister Spock stundenlang am Strand entlang. Oder ich liege faul in meinem Liegestuhl und lese den ganzen Tag. Aber als ich das heute Vormittag versuchte, erfasste mich nach fünf Minuten eine innere Unruhe, die selbst mit Schwimmen nicht zu besänftigen war.

Also stehe ich jetzt in Zannas Laden, schlendere von Regal zu Regal, betrachte hier die neue Ware, schiebe dort die Dekoration zurecht und höre Zanna hinter mir leise lachen.

»Sag mal, ist dir langweilig? So kenne ich dich gar nicht«, sagt sie und stellt mir ein Glas Wasser auf die Theke. Und bevor ich weiß, woher das kommt, platze ich mit der Geschichte von mir und Art heraus. Als ich fertig bin, fühle ich mich zehn Kilo leichter. Weil mein Mund ganz trocken ist, leere ich das Glas in einem Zug. Zanna kommt um die Theke herum. Sie lehnt sich mit verschränkten Armen dagegen, kaut auf ihrer Unterlippe.

»Also, ich will dir ja nicht den Mut nehmen, aber eigentlich ist es ganz einfach. Ich sehe das ganz pragmatisch. Wenn er nicht mehr aufgetaucht ist, bedeutet das nur eins.« Sie hält kurz inne, aus mir weicht jede Luft.

»Er steht nicht auf dich.« Sie sagt es ganz ohne großes Tamtam, zuckt dabei die Schultern, ich sacke neben ihr zusammen. Zanna drückt meinen Arm.

»Ach, Schätzchen. Tut mir leid, aber besser, du interpretierst da nicht allzu viel hinein. Ich habe noch keinen Mann kennengelernt, der sich eine Gelegenheit hätte entgehen lassen.«

Ich schüttle den Kopf und widerspreche.

»Aber Art ist nicht so. Benice hat gesagt, er ist total ernst und verkopft.« Angestrengt denke ich über den genauen Wortlaut nach. Wie hatte sie es formuliert?

»Sie beschrieb ihn nicht als Frauenheld. Eher so, als hätte er keine großen Erfahrungen. Und als sensibel und schüchtern.« Wow! Ich bin selbst über meine Interpretation überrascht. Fantasiere ich mir da nicht ein bisschen was zusammen?

Zanna lacht laut auf.

»Ja. Seine beste Freundin!«, ruft sie aus, und ihr Ton ist spöttisch. »Vor dieser Spezies würde ich mich ganz besonders in Acht nehmen, Spell! Freundschaften zwischen einem Mann und einer Frau funktionieren nur, wenn einer der beiden homosexuell ist! Glaub mir, sie steht auf ihn. Oder er auf sie!« Sie klingt vollkommen überzeugt, ich widerspreche abermals.

»Nein. Ich habe sie kennengelernt. Sie ist echt nett und in jemand anderen verliebt.«

Ist sie das? Dieser Typ, dessen Namen ich vergessen habe. Hatte sie nicht gesagt, er hätte Schluss gemacht? Zanna dreht sich zu mir.

»Hör mal, Spell. Ich kenne diesen Arthur nicht. Vielleicht hast du ja recht, vielleicht aber auch nicht. Das kannst nur du entscheiden. Und wenn du willst, kann ich mich gerne mal umhören, wer den Stand neben mir gemietet hatte. Das finde ich heraus. Aber, Schätzchen«, sie nimmt mich an den Oberarmen, sieht mich fest an, »verrenne dich nicht. Wenn Männer etwas wollen ...« Sie lässt den Rest des Satzes bedeutungsschwer in der Luft hängen, dann zwinkert sie. »Außerdem haben auch andere Mütter schöne Söhne.«

Ich nicke, finde das aber nicht. Wenn Zanna Art kennenlernen würde, würde sie das genauso sehen.

Ich bleibe noch eine Weile, und Zanna gibt ihr Bestes, um mich abzulenken. Ich helfe ihr, kleine Geschenkeschachteln mit hübschen Bändern zu umwickeln, sortiere eine Kiste mit handbemalten Knöpfen und tue auch sonst alles Mögliche, nur um nicht zurück zum Trailer zu müssen, obwohl mich das schlechte Gewissen drückt, weil ich Spock so lange alleine lasse.

Als Zanna gegen acht den Laden schließt und mich auf einen Eisbecher einlädt, kann ich nicht Nein sagen, und so sitzen wir kurze Zeit später auf der Terrasse einer kleinen Bio-Eisdiele, die auch vegane Sorten anbietet, löffeln schweigend an unseren riesigen Eisbechern und beobachten die letzten Strandgänger. Zanna deutet auf die Surfer, die mit dem Brett unter dem Arm und den halb heruntergezogenen Neoprenanzügen aus den Wellen zurückkehren. Mit vollem Mund zeigt sie ungeniert auf einen blonden Typen, der sein Brett gerade auf einen Pick-up direkt neben uns wuchtet.

»Der da zum Beispiel«, nuschelt sie aufgeregt. »Der ist doch süß!«

»Ja. Wenn man auf klein und gedrungen steht«, erwidere ich trocken, und Zanna prustet los. Ein Tropfen Vanilleeis läuft ihr aus dem Mundwinkel, sie wischt ihn mit der Serviette weg.

»Der ist ja wohl total heiß! Sieh dir seinen Body an!«, kommentiert sie meinen Spruch, ich schüttele den Kopf.

»Zu muskulös. Bei Arthur ist alles genau richtig. Nicht zu viel, nicht zu wenig«, seufze ich, und prompt tauchen Arts sehnige Arme, seine definierte Brust und sein Waschbrettbauch vor meinem geistigen Auge auf.

Zanna hebt die Brauen. »Das kann ja sein, Schätzchen, aber siehst du ihn hier irgendwo?« Sie macht eine ausschweifende Geste, ich werfe eine Serviette nach ihr.

»Du musst mich nicht extra darauf hinweisen«, sage ich schroffer als beabsichtigt, Zanna schnalzt mit der Zunge.

»Dann such ihn doch. Ich kriege raus, wie er heißt, und dann kannst du Detektivin spielen.«

Ich puste die Luft aus. »Lass mal. Wahrscheinlich hast du recht. Er wäre längst in der *Sandsbay* aufgetaucht, wenn er gewollt hätte. Ich hab ihn mit meinem dämlichen Verhalten vergrault.« Die Enttäuschung zeichnet sich wohl sehr deutlich auf meinem Gesicht ab, denn Zannas Blick wird mitfühlend. Ich werfe meinen Löffel auf den Tisch, habe keinen Appetit mehr auf den Eisbecher.

»Das ist alles nur *ihre* Schuld! *Sie* hat mich vollkommen verkorkst!«, schnaube ich wütend. Zanna legt ihre Hand auf meine.

»Spell, das stimmt nicht! Du bist ein wunderbares Mädchen! Klug und mutig und bildschön und ganz sicher nicht verkorkst. Gib deiner Mutter nicht diese Macht über dich.« Sie drückt meine Finger, um ihren Worten Nachdruck zu verleihen. »Das alles ist Jahre her, und du solltest das endlich hinter dir lassen.«

Ich weiß, sie hat recht. Nichtsdestotrotz hat es mir bei Art im Weg gestanden. Und jetzt geht er mir aus dem Weg. Oder besser ausgedrückt, er ist gar nicht mehr da, um mir aus dem Weg zu gehen.

»Weißt du, wenn er gelacht hat, dann hatte er hier so zwei Grübchen«, sage ich, fasse mir mit dem Finger an die Stelle neben meinem Mund und stiere ins Leere. »Das sah echt süß aus.«

»Spell! Man könnte fast meinen, ihr wart ein richtiges Paar!«, entgegnet mir Zanna laut, und ich sehe auf. Die Brauen nach oben gezogen, blickt sie mich skeptisch an. »Du kanntest ihn gar nicht!«

Das stimmt. Und doch fühlt es sich anders an. Es fühlt sich an, als würden wir uns seit Ewigkeiten kennen. Und wieder könnte ich mich für mein feiges Verhalten ohrfeigen. Er hat es mir ohne Umschweife ins Gesicht gesagt. Dass er es ebenfalls fühlt. Diese Anziehung, diese Verbindung, die alle meine Körperzellen zum Vibrieren gebracht hat und die Luft um uns herum elektrisch aufgeladen hat.

Und ich habe es verleugnet und damit alles kaputt gemacht.

Schon wieder formen sich die ewig gleichen Selbstvorwürfe der letzten Tage in Endlosschleife in meinem Kopf. Ich habe genug davon.

Ich schlage mit der flachen Hand auf den Tisch, richte mich mit einem Ruck auf. »Schluss damit! Ich werde mich doch hier nicht wegen eines Typen zum Affen machen, dessen Nachnamen ich nicht mal weiß!«, sage ich vehement. »Ich habe schließlich auch noch andere Probleme.«

Zanna nickt zustimmend, dann runzelt sie die Stirn. »Welche denn?«

Ich überlege kurz, rümpfe die Nase. »Keine Ahnung!«

Wir brechen gleichzeitig in ein Lachen aus, und für einen kurzen Moment vergesse ich Art.

Zanna und ich flachsen noch ein bisschen herum, doch als sie eine halbe Stunde später mehrmals ein Gähnen unterdrückt, brechen wir auf.

Auf dem Heimweg trödele ich mit Absicht. Ich laufe durch die Straßen, die sich langsam mit den Nachtschwärmern füllen. Überall wird gelacht und geredet, geflirtet und geküsst, und unbewusst suche ich in jeder größeren Menschenansammlung nach Arts Lockenkopf. Bis mir die Beine wehtun und es so spät ist, dass ich nun doch auch müde werde. Erst dann bin ich bereit, nach Hause zu laufen.

Mister Spock wird ziemlich beleidigt sein. Das kann

er gut. Er ignoriert mich dann stundenlang, reckt die Schnauze in die entgegengesetzte Richtung und weigert sich, in meinem Bett zu schlafen. Da kann ich mich auf den Kopf stellen und mit den Füßen wackeln, es hilft alles nichts. Erst wenn er gewillt ist, mir zu verzeihen, nähert er sich mir wieder an, als wäre nichts gewesen.

Schon von Weitem kann ich einen Lichtschimmer am Trailer ausmachen. Ich kneife die Augen zusammen, bleibe unschlüssig stehen, mustere angespannt die Dunkelheit und spitze die Ohren.

Ist da jemand am Trailer?

Aber alles kommt mir verlassen vor, ich spüre instinktiv, dass hier niemand ist. Meine letzten Zweifel werden zerstreut, als Mister Spock auf mich zustürmt, freudig mit dem Schwanz wedelt und keine Spur von Wachsamkeit zeigt. Spock würde bellen wie verrückt und sich drohend und knurrend vor mich stellen, wenn es einen Anlass dazu gäbe. Er ist die beste Alarmanlage, die man sich vorstellen kann, und weil er keine Anstalten macht, mich zu warnen, gehe ich zügig weiter. Als ich näher komme, sehe ich ein Symbol aus Kerzen im Sand. Es ist ein Pfeil, der auf meinen Trailer zeigt. Die Flammen flackern in der Brise, Mister Spock hüpft aufgeregt um mich herum.

»Ist ja gut, alter Junge«, murmle ich abwesend, und dann sehe ich es. An der Tür des Trailers hängt etwas. Ein Papier. Ein ziemlich großes Papier, stelle ich fest, als ich näher trete. Es ist eine Zeichnung.

Ich hole überrascht Luft, löse das Blatt vorsichtig von dem dünnen Klebestreifen, der es an der Tür fixiert. Mit dem Blatt in der Hand sinke ich neben den Kerzen in den Sand, der Lichtschein erhellt die Zeichnung auf dem Papier.

Es ist mein Gesicht. Das bin ich.

In der Mitte der rote Strich, der mein Gesicht teilt und der eindeutig auf Art hinweist.

Du lieber Gott, ich sehe wunderschön aus!

Wieder hat er mit blassen Farben gearbeitet, auf dem Bild bin ich so schön, dass mir der Atem stockt. Meine fein geschwungenen Brauen, das Grün meiner Augen, meine vollen Lippen und die gerade Nase. Meine langen, unbändigen Haare, die mein ovales Gesicht einrahmen, sogar der zarte Schwung meiner Ohren, alles so filigran und detailgetreu gemalt, dass es beinahe aussieht wie eine Fotografie.

Auf der einen Seite des Gemäldes bin ich eine wilde Amazone. Bunte Bänder schmücken mein verfilztes Haar, ich blicke stolz auf meinen Betrachter herab. In meinem Ohr steckt ein baumelnder Ohrring, meine Lippen sind tiefrot, und das Grün meines Auges wirkt dunkel und geheimnisvoll.

Auf der anderen Seite bin ich eher ängstlich. Ich runzele leicht die Stirn, der Ausdruck in meinen Augen ist argwöhnisch. Das Grün leuchtet hier viel heller, unterstreicht mein Misstrauen und passt perfekt zu den roséfarbenen, gekräuselten Lippen. Der rote Strich in der Mitte hebt den krassen Unterschied deutlich hervor. Insgesamt mache ich einen sehr vorsichtigen Eindruck, skeptisch und unsicher, aber trotzdem atemberaubend schön.

Das Talent von Art ist unglaublich.

Behutsam drehe ich die Zeichnung um, immer noch völlig gefangen von seinem Geschenk.

Auf der Rückseite hat er etwas geschrieben. Selbst seine Schrift ist eine Kunst. Die Druckbuchstaben sind breit und schwungvoll. Als ob Art genau gewusst hätte, was ich die letzten Tage getrieben habe, bereitet er meiner Suche ein Ende.

Einfach so.

Ich heiße Arthur de Meer. Meine Mutter ist Französin, ich kann nichts dafür. ;)

Ich wohne in der Bakerstreet, Nr. 67. Es ist die Wohnung im Dachgeschoss, ganz oben, du kannst sie gar nicht verfehlen, denn da gibt es nur die eine.

Mein Atelier befindet sich im Hinterhof. Wenn du in der kleinen Seitengasse geradeaus läufst, stößt du direkt darauf.

Ich bin da. Jetzt. Und die ganze Nacht. Weil du nicht da warst.

Komm, Spell.

Komm und zeige mir alle deine Seiten. Denn ich mag sie. Egal welche. Das weiß ich jetzt schon.

Art

Ich lasse das Papier sinken, starre auf seine Worte. Kraftvoll, selbstbewusst und unerschütterlich. Ich dagegen zittere am ganzen Leib und habe Gänsehaut, obwohl es kaum abgekühlt ist.

Noch einmal lese ich die Zeilen, ein warmes Gefühl breitet sich in mir aus.

Sanft streichele ich Mister Spock das Fell und flüstere ihm eine Entschuldigung ins Ohr, weil ich ihn schon wieder alleine lassen muss. Aber als ob er die Dringlichkeit verstehen würde, legt er sich in den Sand und schließt nur träge die Augen. Dann stehe ich mit wackeligen Beinen auf. Puste die Kerzen aus. Lege die Zeichnung in den Trailer.

Und laufe los.

ZEHN

Die Bakerstreet liegt in einem Viertel, das überwiegend von Künstlern bewohnt wird, hier gibt es etliche kleine Galerien. Die Gegend ist eher heruntergekommen, aber der Charme der Häuser besteht genau darin. Auch wenn die Gebäude alt sind, sind sie doch besonders.

Ich schlängele mich durch die bevölkerten Straßen, in der Hand mein Handy, das mir den Weg weist. Ich schnappe Gesprächsfetzen der Menschen auf, die vor den Bars stehen, aus denen Musik dröhnt, in der Hand ein Bier oder einen Wein, rauchend und fachsimpelnd über die Szene, und versuche, meine Nerven zu beruhigen. Innerlich bin ich so aufgewühlt, als tobe ein Hurrikan in meiner Brust, das Handy in meiner Hand zittert, als ich mich stetig dem roten Punkt auf dem Display nähere, der Arthur bedeutet.

Als ich in die Bakerstreet einbiege, bin ich so angespannt, dass ich kaum noch Luft bekomme. Die Straße ist mit Bäumen gesäumt, in denen vereinzelt Lichterketten hängen und die Nacht erhellen. Links und rechts stehen versetzt die Häuser, mit kleinen Treppen und hübschen, schmiedeeisernen Geländern, ein paar Autos parken davor. Wie in Trance setze ich mich in Bewegung, laufe, die Hausnummern absuchend, an verschiedenen Schaufenstern vorbei. Tattooläden wechseln sich mit Comicläden, kleinen Lebensmittelshops und Kunstgalerien ab.

Nach knapp fünfhundert Metern habe ich laut meiner App das Ziel erreicht. Arts Haus ist vier Stockwerke hoch, neben dem Eingang führt eine kleine Gasse in einen Hinterhof. Ich hole tief Luft, reibe meine schweißnassen Hände an meinem nackten Oberschenkel. Was nicht wirklich hilft, denn sie sind sofort wieder feucht.

Soll ich klingeln? Zögerlich laufe ich die Stufen zur Eingangstür, lese die Namensschilder. Ganz oben finde ich A. de Meer / B. Hart, und allein sein Name lässt mich trocken schlucken. Mit zittrigen Fingern verharre ich auf dem Knopf. Und wenn ich nun mit meinem Klingeln Benice wecke? Allerdings ist es gerade mal halb zwölf. An einem Samstag. Ist sie überhaupt da? Und wenn ja, schläft sie um diese Uhrzeit? Die Fragen wirbeln durch meinen Kopf, ich lasse die Hand sinken. Ich werde zuerst im Atelier nachsehen. Ja. Das ist eine gute Idee.

Hastig wende ich mich um, gehe die Treppe wieder hinunter, biege in die schmale Seitengasse, deren Häuserwände neben mir in die Höhe wachsen. Am Ende öffnet sich ein Hof, beleuchtet von bunten Lampions und mit alten Steinen gepflastert, in dem sich Kunstwerke sammeln. Skulpturen aus Metall, zwei Müllcontainer, die mit bunten Graffiti besprüht sind, an den Wänden lehnen Bilder, Fotografien, Leinwände. Eine alte Holzbank, auf der sich bestickte Kissen türmen, daneben brummt ein kleiner Kühlschrank, und auf einem dazugehörigen Tischchen tummeln sich leere Bierflaschen, ein Aschenbecher und zwei zerfledderte Zeitschriften. Direkt mir gegenüber befindet sich der Eingang zum Atelier. Eine schwere Stahltür, ebenfalls mit Graffiti bemalt. Kein Fenster, keine Klingel, nichts. Kein Geräusch dringt aus dem Innern, dafür ist die Tür viel zu dick, kein Anzeichen von Leben oder Art.

Ich hole tief Luft und lasse sie langsam wieder entweichen. Mein Herz rast in meiner Brust wie irre, als ich auf die Stahltür zulaufe, den Knauf drehe und sie aufziehe, bevor mich der Mut verlässt.

Sofort hämmert mir der tiefe Bass eines Songs entgegen. Es ist eine Version von *Wicked Game*, gesungen von einer Frau. Ihre Stimme hüllt mich ein, wickelt sich um mich, schwer und träge und voller Gefühl. Die Tür fällt hinter mir ins Schloss, ein dumpfer Schlag, der in der lauten Musik untergeht. Vorsichtig mache ich ein paar Schritte in den Raum, sehe mich zögerlich um. Das Atelier ist riesig, nur schwach erhellt ein Lichtschimmer das andere Ende des Raumes. Es riecht nach Ölfarbe und Terpentin, überall stehen Leinwände herum.

Und Bücher. Sie stapeln sich in Regalen, auf dem blanken Betonboden, auf einem langen Zeichentisch links von mir. Die Leinwände sind teilweise zwei Meter groß, die Farben laut und bunt und sanft und leise zugleich. Ehrfürchtig lasse ich meinen Blick umhergleiten, kann die Eindrücke unmöglich verarbeiten.

Meine Schritte verhallen in der lauten Musik, die beinahe hypnotisch von den hohen Wänden abprallt, als ich mich dem hinteren Teil des Ateliers nähere.

Da ist er.

Art kniet oberkörperfrei auf dem Boden über eine Leinwand gebeugt und malt. Seine Rückenmuskeln zeichnen sich deutlich ab, während er den Pinsel über die Leinwand zieht, ein feiner Schweißfilm glänzt auf seiner nackten Haut. Seine Locken fallen ihm wirr um den Kopf, und gerade, als ich mich bemerkbar machen will, dreht er den Kopf.

Er sieht mich, und es dauert einen Moment, bis er realisiert, wer ich bin. Oder wo er ist. Der konzentrierte Ausdruck in seinen Augen und die gerunzelten Brauen weichen dem Verstehen, dass ich tatsächlich gekommen bin, und ganz langsam beginnt er zu lächeln. Er springt behände auf die Füße, zieht einen Lappen aus seiner hinteren Hosentasche und wischt sich die Hände sauber, dann steckt er ihn wieder weg und bleibt stumm ganz ruhig stehen. Die Musik macht es uns sowieso unmöglich, etwas zu verstehen, aber das muss ich auch nicht. Sein Anblick ist genug für mich.

Mit zwei Schritten bin ich bei ihm, schlinge die Arme um seinen Nacken und presse ungestüm meine Lippen auf seine. Sie fühlen sich weich und warm an, sein Geruch schießt mir in die Nase. Nach Hitze und Schweiß, nach Farbe und Leinwand, nach Leidenschaft und Hingabe. Meine Hände fahren über seinen Hals, seine Schultern, meine Zunge schmeckt seine Lippen. Ich vergrabe die Finger in seinem Haar, stöhne auf und ziehe ihn noch näher an mich. Arts nackte Brust reibt an meinem Top, ich spüre seinen Herzschlag durch den dünnen Stoff, schnell und hart, und vertiefe unseren Kuss.

Meine Gefühle überschwemmen mich, ich kann mich nicht bremsen. Absolut hemmungslos gleiten meine Hände über seinen Rücken, hinab zu seiner Jeans, verhaken sich im Bund, streichen über seine Hüftknochen, über seine Bauchmuskeln, führen ein Eigenleben und kennen offensichtlich nur ein Ziel.

»Spell«, flüstert, stöhnt, wispert Art an meinem Mund, in meinen Ohren rauscht es so heftig, dass mir schwindelig wird.

»Spell!«, wiederholt er etwas vehementer, während ich mich an seinem Hosenbund zu schaffen mache. Ich fummele ungeschickt an den Knöpfen herum, mein ganzer Körper ein einziges außer Kontrolle geratenes Inferno, das nur er löschen kann, und bemerke erst ein paar Sekunden zu spät, wie er mich sanft, aber bestimmt von sich schiebt.

Wie im Rausch schießen meine Hände erneut nach oben, legen sich auf seine Brust, an seine Wangen, mein Mund drängt sich abermals an ihn, fiebrig und gierig, bis er mir Einhalt gebietet. Er zwingt meine Handgelenke nach unten, hält mich auf Abstand, schwer atmend, er wie ich.

»Warte«, stößt er hervor, ich schüttele heftig den Kopf.

»Nein!«, rufe ich aus, mit geschwollenen Lippen, einem Brennen zwischen den Beinen und einem Dröhnen im Schädel. »Ich will das. Ich will dich«, keuche ich. Mein Verstand hat sich komplett ausgeschaltet, was mich regiert, ist das Verlangen nach mehr. Zu allem Überfluss stoppt nun auch die Musik, und mein drängender Ausruf hängt in der Stille nach.

»Ich auch. Ich will das auch!«, erwidert Art, macht aber einen Schritt zurück, als müsse er sich vor sich selbst in Sicherheit bringen. »Unbedingt, Spell. Aber nicht so. Nicht so schnell.« Seine Brust hebt und senkt sich, er holt geräuschvoll Luft und fährt sich durch die Haare.

Und plötzlich komme ich zu mir. Ich sacke zusammen, meine Schultern rutschen nach unten, mir entschlüpft ein tiefer Seufzer. Ich schlage mir die Hand vor den Mund, und die Röte schießt mir ins Gesicht. So heiß, dass ich glühe.

»Es tut mir leid«, flüstere ich und schäme mich so entsetzlich, dass ich im Boden versinken will. Was war da bitte eben mit mir los?

Art kommt auf mich zu, hebt die Hand. »Nein, nein! So habe ich das nicht gemeint.« Er schlingt die Arme um mich, ganz zart, legt meinen Kopf an seine Halsbeuge und streicht mir über das Haar. Ich schließe die Augen, meine Arme hängen kraftlos an den Seiten herab, ich spüre seinen Herzschlag, der sich nach und nach wieder normalisiert.

»Lass es uns langsam angehen, ja? Das ist mir zu wertvoll, das mit uns beiden«, sagt er leise, und ich kann nur nicken.

Nie wieder will ich ihm in die Augen sehen. Das alles ist zu peinlich. Nie wieder werde ich den Kopf heben, nie wieder diesen Platz an seiner Halskuhle verlassen. Ich bleibe da einfach, bis die Zeit stehen bleibt oder jemand eine Maschine erfindet, die die letzten Minuten zurückspult und auf Anfang setzt.

Aber Art macht mir einen Strich durch meine Pläne. Er lacht nämlich leise und glucksend und melodisch, dann schiebt er mich ein Stück von sich.

»Hey? Kleines? Alles okay?«, fragt er. Ich lasse weiterhin den Kopf hängen, und der dichte Vorhang meiner Haare schützt mich vor seinem Blick.

»Mhmpf«, gebe ich zurück. Art hebt sanft mein Kinn an.

»Mach die Augen auf, Spell!«, verlangt er amüsiert, ich verneine stumm. Art lacht laut auf.

»Jetzt komm schon! Ich will dich ansehen!«

Ich öffne ein Auge, schiele zu ihm hoch.

»Das war ... ziemlich sexy«, sagt er und verzieht die Mundwinkel zu einem Grinsen. »Und heiß«, ergänzt er. »Sehr heiß sogar.« Sein Grinsen wird breiter, kleine Lachfalten bilden sich um seine Augen, die vor Vergnügen blitzen.

Ich schlage halbherzig nach seinem Oberarm, verziehe das Gesicht. »Hör auf! Sonst verschwinde ich«, drohe ich.

Art zieht mich wieder an sich.

»Auf keinen Fall! Außerdem war das ein Kompliment. Ich mag diese Seite an dir. So sehr, dass ich mich beinahe vergessen hätte.« Art küsst meinen Kopf, drückt mich fest an sich.

»Danke, dass du gekommen bist«, flüstert er in mein Haar, und jetzt sehe ich ihn doch an. »Ich dachte nicht, dass ...«, er zuckt hilflos mit den Schultern, »dass du Interesse an mir hast. Das war alles etwas verwirrend«, sagt er, und die Unsicherheit in seiner Stimme berührt mich zutiefst. Ihn plagen offenbar die gleichen Zweifel wie mich auch, das erleichtert mich irgendwie und nimmt mir den Druck, perfekt sein zu wollen. Schon allein für dieses Geständnis könnte ich ihn gerade wieder küssen, halte mich aber zurück. Stattdessen streiche ich ihm über die Wange, verharre dort, als Art seine Hand über meine legt.

»Ich habe mich dir gegenüber ziemlich blöd benommen«, gebe ich zu und sehe ihn fest an. Wenn er ehrlich zu mir ist, bin ich es ihm auch schuldig. »Ich habe so meine Probleme mit dem Vertrauen. Scheint an meiner Kindheit zu liegen«, scherze ich lahm, werde dann wieder ernst. »Und wenn ich überfordert bin, ergreife ich ganz gerne mal die Flucht. Es ist besser, du weißt das gleich von Anfang an.« Ich grinse schief, weil ich nun doch etwas verlegen bin, Art quittiert es mit hochgezogenen Brauen.

»Das habe ich gemerkt. Aber das musst du nicht. Nicht bei mir. Ich werde es dir so angenehm machen, dass du nie wieder woanders sein willst, kleine, süße Spell«, sagt er im Brustton der Überzeugung, als gäbe es gar keine andere Option, dann küsst er mich leicht auf die Nasenspitze.

»Soll ich dir das Atelier zeigen?«, fragt er, ich nicke, und er nimmt meine Hand.

»Kannst du dir vielleicht vorher ...«. Ich deute auf seinen bloßen Oberkörper und schlucke, als ich die Brustmuskeln, den flachen Bauch und die Linie der feinen Härchen betrachte, die im Bund seiner tief sitzenden Jeans verschwinden. »Was anziehen?«, vollende ich meinen Satz krächzend und mit leisem Bedauern.

Art sieht an sich herab. »Oh! Ja, sicher! Entschuldige«, sagt er hastig und läuft zu einem Stuhl, über dem ein Shirt hängt. Er streift es sich über und verhüllt den göttlichen Anblick mit schwarzem Stoff.

»Besser?«, fragt er zwinkernd, ich zucke mit den Schultern.

»Nein?«, antworte ich. »Aber deutlich sicherer.«

Art lacht, packt mich an der Hand und zieht mich mit sich. Er führt mich durch das Atelier und zeigt mir seine Bilder. Es sind so viele, sie sind so intensiv und durchdringend, dass ich nach einer Stunde völlig platt bin. Die schiere Kraft seiner Werke wirft mich aus der Bahn, und wenn ich vorher schon dachte, er sei talentiert, muss ich diesen Eindruck nun korrigieren. Er ist ein verdammtes Genie!

»Wie kannst du jemals etwas anderes tun als malen? Ich meine, brauchst du so profane Dinge wie Essen und Schlaf überhaupt?«, frage ich, während ich ein Bild betrachte, dass mir besonders gut gefällt. Ein alter Mann steht mitten auf einer Straße, um ihn herum rast das Leben. Dargestellt in Autos, die an ihm vorbeifahren, Menschen, die ihn mit gesenktem Kopf passieren, dunkle Wolken, die über ihm hinwegziehen. Und er steht da einfach nur, sieht dem Betrachter direkt in die Augen und direkt in die Seele. Zumindest fühle ich mich so, als würde er mir direkt in die Seele blicken und mich fragen, wie viel Zeit ich eigentlich noch vergeuden will, bis ich den wahren Sinn des Lebens verstehe.

»Das ist großartig, Art. Einfach großartig«, hauche ich. Art stellt sich hinter mich und schlingt die Arme um meine Taille. Er legt sein Kinn auf meiner Schulter ab, murmelt leise »Danke«.

»Kennst du ihn?« Ich deute auf den Mann, Art seufzt.

»Das war vor vier Jahren in L.A. Er ist überfahren worden. Er lief einfach auf die Straße, ohne nach links oder rechts zu blicken, und wurde sofort von einem Auto erfasst«, sagt er direkt an meinem Ohr. Ich wende mich erschrocken um.

»Du hast das gesehen?«

Er nickt. »Ich bin auf die Straße gelaufen, um ihm zu helfen, aber es war zu spät.«

Ich kann ihn nur mit großen Augen anstarren, und jetzt wird mir klar, warum der Mann auf dem Gemälde die Emotionen so echt herüberbringt. Die Resignation und die Lebensmüdigkeit. Das muss Art in ihm gesehen haben.

»Aber das ist Jahre her«, sagt er leichthin, überspielt die Traurigkeit, die eben über sein Gesicht gehuscht ist. »Willst du was trinken? Ich habe total vergessen, dir was anzubieten!«, lenkt er ab und läuft zu einer kleinen Küchenzeile. Einer winzig kleinen Küchenzeile. Eigentlich stehen da nur eine Kühlbox, ein hüfthoher Schrank und eine Kaffeemaschine. Art öffnet die Kühlbox, wühlt prüfend darin herum. »Ich habe Bier, eine Cola und«, er hebt eine Flasche in die Höhe, schraubt den Deckel auf und riecht daran, dann verzieht er das Gesicht, »Orangensaft, der schon schimmelt«, sagt er angewidert, schraubt die Flasche wieder zu und stellt sie auf den Boden.

»Köstlich, aber ich nehme dann doch lieber die Cola«, sage ich scherzhaft, schlendere zu einem alten, durchgesessenen Sofa und lasse mich darauffallen. Art kommt zu mir, nimmt neben mir Platz und reicht mir die Cola. Ich trinke einen Schluck, Art drückt auf seinem Handy herum, und die Musik beginnt wieder zu laufen. Sphärische Elektroklänge erfüllen den Raum, er legt den Arm um mich, und ich kuschele den Kopf an seine Schulter. So sitzen wir eine Weile, bis er sich mir zuwendet.

»Was hat deine Meinung geändert, Spell?«, fragt er, und ich wundere mich schon wieder, dass ich ihn auch ohne große Erklärungen verstehe.

Ich drehe ihm mein Gesicht zu, lasse den Kopf zurücksinken, um ihm besser in die Augen sehen zu können.

»Du. Du hast meine Meinung geändert. Schon längst, ich hatte nur Angst«, sage ich schlicht.

»Und jetzt? Jetzt hast du keine Angst mehr?«

»Nein.«

»Gut. Das musst du auch nicht. Ich werde dich nicht enttäuschen«, sagt Art, und ich wünsche mir nichts mehr, als dass er mich küsst.

Das tut er auch. Auf die Stirn. Keusch und züchtig.

Ich rolle die Augen. »Das ist doch jetzt nicht dein Ernst?«, frage ich grinsend. »Langsam bedeutet doch wohl nicht, dass wir uns für die Ehe aufsparen?«

»Ist das etwa ein Antrag, Miss?«, witzelt Art. Ich kneife ihn in die Seite. »Wir haben doch alle Zeit der Welt. Wir müssen nichts überstürzen. Ich kenne nicht mal deinen richtigen Namen«, sagt er empört, hält meine Hand fest, die sich abermals zwischen seine Rippen bohren will.

»Ich heiße Spell. Das ist keine Abkürzung. Ich heiße so«, sage ich und will mich aus seinem Griff befreien, was sich als sinnlos erweist. Arthur muss sich nicht mal bemühen, es ist ein Leichtes für ihn, mich abzuwehren. Dabei grinst er. Unverschämt und sexy.

»Spell und wie weiter?«, flachst er, während ich mich neben ihm winde.

»Das sage ich dir nicht. Du lachst sonst!«, keuche ich vor Anstrengung.

Art wirft mich nach hinten, beugt sich über mich und kneift ein Auge zu. Immer noch hält er meine Hände fest, als er mir Nachnamen aufzählt.

»Spoky?«, schlägt er vor.

Ich schüttle den Kopf.

»Winterborn?«

Wieder verneine ich.

»Mouse? Harder? Greenfeld?«

Ich komme aus dem Kopfschütteln gar nicht mehr raus.

»Oder heißt du vielleicht Rumpelstilzchen?«

Jetzt muss ich grinsen. »Spinnst du? Das ist ja schrecklich!«, sage ich kichernd. »Ich heiße Magic. Spell Magic«, gebe ich zähneknirschend zu, bevor er noch seltsamere Kombinationen aus dem Hut zaubert. Art lässt mich los, richtet sich auf.

»Is' nich' dein Ernst?«, sagt er verblüfft und gluckst.

Ich nicke. Langsam und nachdrücklich. »Doch. Ich sagte ja, du wirst lachen.«

Und das tut er. Lachen. Und es ist wunderschön. Er ist wunderschön.

»Vielleicht sollte ich dir einen Antrag machen. Nur damit du diesen Namen loswirst«, sagt er, als er sich beruhigt hat, und mein Herz macht absurderweise einen Satz.

So weit hat er mich also schon. Dass ich ihn vom Fleck weg heiraten würde.

Ich bin doch irre!

ELF

Im Morgengrauen bringt Art mich nach Hause. Wir haben die ganze Nacht geredet, über alles und nichts. Über seine Lieblingsfarbe, sein Lieblingsessen, seine Lieblingssongs. Über meine bevorzugte Schlafposition, über Schauspieler und Serien, die ich mag, über meinen Lieblingslehrer früher in der Schule.

Zwischendurch hatte ich ab und zu mal das Gefühl, ich müsste ihn schlagen, wenn er mich jetzt nicht sofort küssen würde, aber er hat mich dann jedes Mal so zum Lachen gebracht, dass ich mein Vorhaben nicht in die Tat umsetzen konnte.

Jetzt stehen wir vor meinem Trailer, hinter dem Horizont geht die Sonne auf.

»Schlaf eine Runde, süße, kleine Spell«, sagt er gerade und streicht mir die Haare aus meinem müden Gesicht. Dann steckt er die Hände in die Hosentaschen, dreht sich um und geht.

Er geht!

Ohne mich noch einmal in den Arm zu nehmen, oder wenigstens einem dämlichen Kuss auf die Stirn, den ich mir jetzt mehr als herbeisehne.

Ich bin zu verblüfft, um etwas zu sagen, starre ihm nur ungläubig hinterher.

Ist er verrückt? Wie hält er das aus?

Nach ein paar Schritten bleibt Art stehen, als überlege er, was er tun soll, wendet sich um und kommt zu mir zurück.

»Ich bin doch kein Heiliger«, murmelt er, greift mich um die Taille, zieht mich an sich und küsst mich. Impulsiv und wild und so richtig. Sofort reagiert mein Körper mit all meinen Sinnen, die ganze Sehnsucht der letzten Stunden bricht sich in einem langen Seufzer an seinen Lippen Bahn, und auch Art stöhnt leise. Seine Zunge verschmilzt mit meiner, in einem einzigen, gemeinsamen Atemzug, dann lässt er mich abrupt los.

»Bis später«, presst er hervor, seine Hände verschwinden erneut in seinen Hosentaschen, und diesmal läuft er rückwärts davon.

»Wann sehen wir uns?«, rufe ich ihm hinterher, Art zwinkert mir zu.

»Ich finde dich, kleine, süße, Spell. Immer«, sagt er, dann dreht er sich um und verfällt in einen lockeren Laufschritt. Ich sehe ihm nach, bis er nicht mehr zu erkennen ist.

Als ich den Trailer betrete und über die Zeichnung auf dem Boden stolpere, explodiert ein Ball aus Glück in meinem Magen.

Arthur de Meer ist verrückt nach mir!

Im Gehen streife ich mir die Klamotten ab, vollkommen nackt falle ich zu Mister Spock auf mein Bett und lege das Bild vorsichtig neben mich.

Die Morgenluft streift über meine erhitzte Haut und über mein erhitztes Gemüt und kühlt meine Gefühle so weit herunter, dass ich mit seinem Namen auf den Lippen in einen traumlosen Schlaf gleite.

Nach einem verschlafenen Tag komme ich etwas zu spät und leicht abgehetzt in der *Sandsbay* an. Doc sieht mich prüfend an, als ich meine Tasche in die Ecke knalle, mir eine Schürze schnappe und mein Blick sofort zur Theke gleitet, die verwaist und leer daliegt. Das heißt, natürlich sind Gäste anwesend, nur eben jemand ganz Bestimmtes nicht.

Wieso ist er nicht da? Eine kalte Angst packt mich im Nacken, das Schreckgespenst der Zweifel raunt mir unzählige Verführungen ins Ohr.

Er hat sich umentschieden.

Du bist nicht sein Kaliber. Du warst zu fordernd, zu kindisch, zu wankelmütig.

Er hat was mit Benice. Oder mit Megan. Oder mit beiden.

Du bist zu jung, zu dünn, zu hässlich, bis ich den imaginären Zeigefinger recke und dem Ganzen einen Riegel vorschiebe. Das ist doch albern!

Wahrscheinlich hat er noch etwas zu tun und kommt einfach nur später. Das ist alles. Ich atme tief durch, drehe mich lächelnd zu Doc und beginne mit der Arbeit.

»Tut mir leid. Ich hab verschlafen«, sage ich unbedacht, und Doc springt sofort darauf an.

»Verschlafen? Wie das? Es ist sechs Uhr abends?«, erwidert er irritiert, und ich verpasse mir innerlich einen Maulkorb. Aber Doc hat längst Lunte gerochen. Er stellt sich neben mich, füllt die Limetten, die ich neben ihm klein schneide, in einen Behälter.

»Was hast du gestern getrieben, dass du um diese Uhrzeit verschläfst?«, fragt er neugierig, aber dieses Mal behalte ich mein Geheimnis für mich. Dieser Schatz ist zu kostbar, um ihn jetzt schon zu teilen. Deshalb werde ich resolut.

»Das ist meine Sache. Ich hatte einfach Spaß, mehr nicht. Du sagst doch immer, ich solle mich mal normal für mein Alter verhalten. Das habe ich getan.« Ich werfe ihm ein strahlendes Lächeln zu, das ich nicht mal spielen muss, und Doc kapiert, dass er nichts mehr aus mir herausbekommen wird.

Außerdem wird die Bar voll, und wir kommen sowieso nicht dazu, uns zu unterhalten.

Als es dunkel wird und Art immer noch nicht aufgetaucht ist, werde ich doch nervös.

Habe ich was falsch gemacht? Oder habe ich ihn falsch verstanden? Er sagte doch ›bis später‹, grübele ich, während ich zwei Gäste abkassiere.

Aber als ich mich umdrehe und den Geldbeutel wegstecke, sitzt er da. An der Theke. Vor Erleichterung bleibt mein Herz beinahe stehen, setzt einen Schlag aus, dann pumpt es das Blut so schnell durch meine Venen, dass mir schwindelig wird. Ich haste zur Bar zurück, will wortlos an ihm vorbei, weil ich ein winziges bisschen wütend bin, aber Art packt mich am Handgelenk und hält mich auf.

»Ich habe dir doch gesagt, du kannst mir vertrauen«, sagt er leise und lässt mich sogleich wieder los, als er Docs Blick bemerkt, der länger als nötig auf uns ruht.

Den Rest des Abends unterhalten wir uns in einer

Sprache, die ich vorher nicht kannte. Sie ist so alt wie die Menschheit und so geheimnisvoll wie ein sagenumwobener Piratenschatz.

Es sind Blicke, so tief und innig, dass sie mir Schauer über den Rücken jagen. Es sind Gesten, so harmlos, dass sie niemandem auffallen und mich doch völlig aus der Bahn werfen.

Es sind Arts Hände, die locker auf der Theke liegen und meine Finger wie zufällig streifen, wenn ich ihm eine neue Schale Nüsse hinstelle.

Es ist sein leises Lachen, das er in meine Richtung wirft, wenn ich mich mit Doc über etwas streite und ihm ironisch Kontra gebe.

Es sind seine Augen, die jede meiner Bewegungen verfolgen und sich in meinen Rücken bohren, wenn ich Getränke auffülle oder zwischen den Tischen umherlaufe und leeres Geschirr einsammele.

Als sich meine Schicht dem Ende neigt, stehe ich so unter Strom, dass ich schreien könnte. Noch nie hat mich ein Mensch so sehr gefangen genommen wie Art, und ich weiß nicht, wie ich damit umgehen soll. Das Gefühl ist wie eine Droge, reißt mich mit, schleudert mich herum und stellt meine Welt auf den Kopf. Beängstigend, berauschend und absolut verwirrend.

Die letzten Gäste sind fort, Doc sorgt in der Bar für Ordnung, ich stelle die Tische und Stühle am Strand zusammen. Arthur kommt herüber und hilft mir. Die ersten Minuten teilen wir uns die Arbeit stumm, er stapelt die Liegen mit Leichtigkeit, und gemeinsam brauchen wir nur die Hälfte der Zeit, die ich sonst benötige. Als Doc den Müll zu den Containern bringt, zieht Art mich in seine Arme.

»Ich wusste nicht, ob Doc es wissen darf«, raunt er an meinem Ohr, sein Atem streift meine Haut. »Er ist so was Ähnliches wie dein Dad, oder?«, fragt er und sieht mich grinsend an.

Ich nicke. »Ja, irgendwie schon«, sage ich heiser, und sein Geruch vernebelt mir die Sinne.

»Dachte ich mir schon. Deshalb habe ich mich erst einmal zurückgehalten«, sagt Art. Sein Einfühlungsvermögen ist unglaublich.

Ich lege die Hände auf seine Brust. »Lass mir noch ein bisschen Zeit«, erwidere ich, und Art grinst.

»Bis du weißt, wie ernst ich es mit dir meine?«, schlussfolgert er amüsiert. Ich schnaube.

»Ja? Ja, vielleicht. Ist das schlimm?« Ich klinge zickig, Art übergeht es. Er reibt seine Nase an meiner. »Nein, süße, kleine Spell. Überhaupt nicht.« Dann lässt er mich los, er hat längst bemerkt, dass Doc zurückgekehrt ist. Er muss Augen am Hinterkopf haben, denke ich, als wir die letzten Ketten um die Möbel spannen und mit einem Vorhängeschloss verschließen. Bis Doc die Lichter ausschaltet und alles dichtmacht, verweilt Art bei Spock, wirft ihm Stöcke über den Strand und spielt Jagen und Fangen mit dem begeisterten Hund.

Doc tritt geräuschlos hinter mich. »Du magst ihn, oder?«

Ich zucke mit den Schultern. »Kann sein.«

»Gut. Das ist gut, Liebes. Er hat ein gutes Herz, das kann ich sehen«, sagt Doc, dann küsst er mich auf den Kopf. »Bis morgen«, verabschiedet er sich, hebt zu Art grüßend die Hand und stapft durch den Sand davon.

Art kommt mit Spock im Schlepptau auf mich zu.

»Kannst du Billard spielen?«, fragt er und grinst verschmitzt.

»Ein bisschen«, sage ich vage.

»Gut. Dann bringe ich dir bei, wie ein Profi es macht«, sagt er und nimmt mich bei der Hand.

Nachdem wir Spock am Trailer abgeliefert haben, landen wir in einer kleinen Spelunke in der Nähe von Arts Wohnung. Die Kneipe ist dunkel und heruntergekommen, es tummeln sich Studenten und Künstler, unverkennbar an ihrem Äußeren. Eine Mischung aus Hippie und Bohemian, laute Rockmusik tönt aus den Boxen. Art und ich stehen an einem der vier Billardtische, ich schwinge den Queue wie eine Waffe, während er die bunten Kugeln zu einem Dreieck zusammenschiebt. Kurz erklärt er mir die Regeln, dann macht er den ersten Stoß. Als er sich über die Kante beugt und mit seinem Queue die Kugeln anvisiert, rutscht sein Shirt nach oben, gibt den Blick frei auf seine Rückenmuskeln, die sich unter dem Schlag anspannen. Wie hypnotisiert starre ich darauf, auch als er längst fertig ist.

»Spell«, fragt er, ich kämpfe mit dem Verlangen, meinen Queue in die Ecke zu werfen und meine Hände stattdessen unter sein Shirt zu schieben, »du bist dran?«

Ich blinzele kurz, fange mich wieder. Räuspernd

bringe ich mich in Position. »Also, ich muss die mit der halben Farbe treffen?«, frage ich, jetzt doch interessiert, weil mein Ehrgeiz geweckt ist, und Art nickt. Ich schiebe mich so weit ich kann über den Tisch, muss mich auf die Zehenspitzen stellen, damit ich an die schwarze Kugel komme. Mein Rock rutscht hoch, aber weil ich so bei der Sache bin, lasse ich das Herumzupfen sein. Konzentriert kneife ich ein Auge zu, visiere die Kugel an, hole aus und stoße in die Luft. Ich habe nicht mal ansatzweise getroffen. Neben mir lacht Art leise auf, ich drehe mich verärgert zu ihm um.

»Kann ich noch mal?«, frage ich, Art schnaubt belustigt.

»Nein. Jeder hat nur einen Stoß!« Unbeeindruckt über die Schnute, die ich ziehe, macht er seinen nächsten Zug und versenkt eine Kugel. Er kommt um den Tisch herum, schnalzt mit der Zunge und zwinkert mir zu, als er an mir vorbeiläuft und sich zu seinem zweiten Stoß bereit macht. Ich funke dazwischen.

»Hey! Sagtest du nicht eben, jeder hat nur einen Stoß?«, protestiere ich laut und nehme ihm so schnell den Queue ab, dass er nicht reagieren kann. Mit einem Queue in jeder Hand laufe ich rückwärts vor ihm davon. »Demnach bin ich dran«, sage ich süffisant grinsend, Art folgt mir auf dem Fuße. Ich weiche ihm aus, bis mir die Wand im Rücken und Arthur vor mir den weiteren Fluchtweg versperren.

»Du hast mir nicht zugehört, als ich dir die Regeln erklärt habe, kleine Spell«, sagt er und drängt mich noch weiter zurück. Er ist mir so nah, dass ich den feinen Bartschatten auf seinem Gesicht erkennen kann. Fest umklammere ich die beiden Stäbe, bin nicht bereit, nachzugeben.

»Gib mir meinen Queue«, sagt Art und verengt die Augen.

»Nein.«

Art kommt noch näher, seine Hand fährt über meinen Bauch um meine Taille. Ich muss den Kopf zurücklegen, um ihm in die Augen sehen zu können, spüre seine Finger, die unter mein Top gleiten und unter meinem Rippenbogen liegen bleiben. Die Berührung schickt Blitze durch meinen Körper, ich schlucke trocken.

»Spell! Gib mir meinen Queue«, wiederholt er rau, ich rucke den Kopf von links nach rechts.

»Nein. Ich bin dran«, bleibe ich standhaft, auch wenn meine Stimme klingt wie die eines Vögelchens. Piepsig und viel zu hoch.

Art knurrt leise, sieht mir tief in die Augen. Sein Daumen streicht über meine bloße Haut an meiner Hüfte, hinterlässt eine Spur aus Feuer. Er neigt sich zu mir herunter, leckt sich über die Lippen. Ich öffne ganz leicht meinen Mund, recke mich ihm entgegen, schließe die Augen, warte angespannt auf seinen Kuss.

Und fühle, wie er mir den Queue abnimmt. Ganz ruhig und langsam, und bis ich die Augen aufreiße, ist er schon zwei Schritte von mir entfernt. Einen Mundwinkel nach oben gezogen, wackelt er mit dem Queue vor meiner Nase.

»Wenn man trifft, ist man noch mal dran. So lange,

bis man eben nicht mehr trifft«, erklärt er mit einem arroganten Grinsen, dreht sich um und landet drei Treffer hintereinander. Das wird er mir büßen!

Als er fertig ist, die Spitze seines Queues in aller Seelenruhe mit der blauen Kreide einreibt und mich dabei immer noch mit diesem überheblichen Lächeln ärgert, hole ich tief Luft.

Bitte. Er wollte es ja nicht anders. Die Zeit des Schonens ist vorbei.

Mit hoch erhobenem Kinn umrunde ich den Tisch, suche mir für den Anfang die leichteste Kugel, die ich mit einem eleganten Schlag ins Loch kullern lasse. Das mache ich mit den beiden nächsten genauso, und als auch die vierte Kugel ihr Ziel findet, entfährt Art ein verblüfftes Schnauben. Mit dem Blick zu ihm beuge ich mich über den Tisch, drücke den Rücken durch, knicke ein Bein ein und weiß genau, wie verführerisch der Anblick meines Pos in dem kurzen Rock ist. Der auch prompt nach oben rutscht und meine Schenkel fast bis zum Höschen freilegt.

Art starrt auf meinen Hintern, sein Kehlkopf rutscht nach unten.

»Könntest du bitte damit aufhören«, sage ich streng. »Das stört mich in meiner Konzentration.«

»Das ist die Absicht«, krächzt er, ich kräusele missbilligend die Lippen und hebe die Brauen.

»Das wird dir auch nichts nutzen. Ich mache hier die Bude dicht«, erwidere ich lapidar und stoße. In den nächsten Minuten versenke ich meine Kugeln in Rekordtempo, eine nach der anderen fällt in den Tisch, bis nur noch die schwarze übrig ist.

»Was, verdammt?«, entfährt es Art, der mir ungläubig zusieht, wie ich auch diese Kugel mit der Präzision eines Profispielers und einem leisen »Klack« verschwinden lasse. Anschließend richte ich mich auf, stelle den Queue in die dafür vorgesehene Halterung und wende mich an einen Art, der mich mit weit aufgerissenen Augen mustert.

»Ich kann das auch mit vorgegebenen Löchern. Du kannst bestimmen, wo ich sie einlochen soll. Kein Problem für mich«, sage ich locker, lehne meine Hüfte an den Tisch und betrachte meine Fingernägel.

Art kann vor lauter Überraschung immer noch nichts sagen.

Auch nicht, als ich an ihm vorbeilaufe und ihm einen Klaps auf den Po gebe. Und auch nicht, als ich mein Ohr ganz dicht an seines bringe und leise flüstere: »Unterschätze niemals eine Frau.«

ZWÖLF

Mit einem Bier und einer Cola sitzen Art und ich später auf einer Mauer, meine Beine baumeln entspannt, und wir lachen immer noch über seinen Gesichtsausdruck, als ich die Kugeln in ihr Ziel brachte.

»Heraus mit der Sprache! Wer hat dir das beigebracht?«, will er glucksend wissen, und mein Lachen bleibt mir augenblicklich im Hals stecken.

»Niemand Bestimmtes«, sage ich viel zu schnell, verschlucke mich fast an dieser faustdicken Lüge. Art bemerkt den Stimmungsumschwung sofort, hört auf zu lachen.

»Dein Dad?«, fragt er leise, ohne mich anzusehen, nimmt einen Schluck aus seiner Flasche.

Ich ziehe die Beine an, schlinge die Arme um die Knie und lege mein Kinn darauf ab. Vor meinem geistigen Auge formt sich die Gestalt meines Vaters, die blonden Haare, die ihm immer strubbelig vom Kopf abstanden, egal, wie oft er sie kämmte. Die grünen Augen, genau wie meine, seine kräftigen Arme, die mich auf den Billardtisch in unserem Keller hoben, als ich ungefähr neun war. Seine Begeisterung, wenn ich eine Kugel traf, und sein herzhaftes Lachen, wenn ich den Queue als Steckenpferd benutzte und behauptete, ich sei eine Prinzessin, die ihren eigenen Schimmel hätte.

»Mit elf habe ich ihn meistens geschlagen. Aber das störte ihn nicht. Er hatte Spaß am Spiel mit mir, nicht am Gewinnen«, sage ich und höre mich an, als würde ich eine Einkaufsliste herunterrattern. Art blickt in seinen Schoß, schließt die Finger um seine Flasche.

»Es tut mir leid, dass du deinen Dad so früh verloren hast«, sagt er. »Ich hatte nie einen, deshalb weiß ich nicht, wie das ist. Für mich ist er gestorben, da war ich nicht mal geboren.« Er setzt das Bier erneut an, trinkt und sieht dann in die Ferne. »Wenn ich mal Kinder habe, bekommen sie alles, was sie sich wünschen«, sagt er und nickt bestätigend.

Ich drehe den Kopf auf meinen Knien, mustere sein Profil. Der Wind bläst ihm die Strähnen in die Stirn, seine langen Wimpern senken sich, als er am Etikett der Flasche pult.

»Auch ein Pony? Und ein Zauberschloss im Garten? Und einen Schokospringbrunnen?«, frage ich grinsend, weil ich die Traurigkeit, die uns beide plötzlich umgibt, nicht ertrage. Mein Spruch verfehlt seine Wirkung nicht, Art muss grinsen. Er sieht mich an, rümpft die Nase.

»Okay, okay, vielleicht nicht alles auf einmal. Erst das Pony, dann den Schokobrunnen«, scherzt er, und ich atme erleichtert auf, weil er auf meinen Witz einsteigt.

»Hast du Hunger?«, fragt Art, und tatsächlich knurrt mir bei seiner Frage der Magen. Seit er sich ständig in meinem Kopf herumtreibt, nimmt das Essen einen geringen Stellenwert bei mir ein. Art hüpft von der Mauer, hält mir die Hand hin.

»Komm. Ich weiß, wo es die besten Burger gibt.«

Gegen eins bringt mich Art zurück zum Trailer. Mister Spock würdigt uns keines Blickes, als wir aus dem Dunkel auftauchen, und ich kann es ihm nicht verübeln. Schließlich habe ich ihn ein bisschen vernachlässigt, seit Art in mein Leben getreten ist.

Aber als wir uns zu zweit zu ihm in den Sand legen und ihm unsere geballte Aufmerksamkeit schenken, schmilzt sein Widerstand. Art schlägt vor, noch ein Stück mit Spock zu gehen, ich stimme zu, und noch während des Spaziergangs muss ich mehrmals herzhaft gähnen. Art hat den Arm um mich gelegt, schützt mich so vor der kühlen Brise, die vom Meer herüberweht, und bietet meinem müden Kopf eine willkommene Stütze. Behutsam lenkt er mich zurück zum Trailer. Dort angekommen, bitte ich ihn hinein, er wehrt ab.

»Du bist müde, Spell. Geh schlafen, ich geh nach Hause«, sagt er, ich ziehe ihn einfach hinter mir her.

»Sei nicht albern«, antworte ich und schubse ihn ungefragt auf mein Bett. »Ich will nicht, dass du gehst.« Ich klettere auf die Matratze, entledige mich meines Rockes und des Tops und liege, zack, nur in Unterwäsche neben einem stocksteifen Art.

»Was soll das werden?«, fragt er wackelig. Statt einer Antwort hebe ich seinen Arm und kuschele mich an seine Schulter.

»Das, was man so macht, wenn man Freund und Freundin ist. Körperliche Nähe, zusammen sein, sich anfassen und so. Und genau das will ich jetzt!« Mein Ton duldet keinen Widerspruch, das scheint auch Art zu kapieren. »Du kannst ja gerne dein komisches Keuschheitsding durchziehen«, murmele ich an seinem Hals, »aber das bedeutet nicht, dass wir uns überhaupt nicht berühren. Zumindest nicht für mich«, beende ich meine kleine Rede resolut, und Art atmet scharf ein, als ich mein nacktes Bein über ihn schiebe und meine Brüste in dem Spitzen-BH gegen seine Rippen drücken. Mir ist klar, dass er von seiner Position aus die perfekte Aussicht auf mein Dekolleté genießt, aber das soll mir nur recht sein. Er soll sehen, auf was er freiwillig verzichtet, und er soll wahnsinnig danach werden.

Ich lausche Arts Herzschlag, der trotz seines schnellen Tempos beruhigend auf mich wirkt, lasse mich von seinem Geruch nach der Sonne des Tages und seiner bloßen Anwesenheit langsam in den Schlaf gleiten.

»Das ist die reinste Folter. Das weißt du, oder?«, höre ich ihn noch zähneknirschend sagen, als mir die Augen zufallen.

»Dann ändere es doch. Liegt ja in deiner Hand«, murmele ich.

Art holt tief Luft. »Ich stehe zu meinem Wort. Immer«, ist seine Antwort.

»Selbst schuld«, ist meine Antwort. Dann bin ich weg.

Am nächsten Morgen ist Arthur nicht da.

Der Platz neben mir ist leer, ein kleiner Zettel liegt auf dem Kopfkissen.

Bin joggen. Ungefähr zweihundert Kilometer. Um meine Selbstbeherrschung wiederzufinden. Und mein Verlangen im Schweiß zu ertränken. Hier meine Nummer, wenn wir jetzt schon die Nacht miteinander verbracht haben. Ruf mich an, sonst komme ich mir vor wie ein abgelegter One-Night-Stand.
Art

Ich grinse breit. Er macht zumindest mal kein Geheimnis daraus, dass ihm seine Idee mit dem Langsam-Angehen anscheinend mittlerweile selbst blöd vorkommt.

Mir dagegen irgendwie nicht mehr. Insgeheim bin ich ihm dankbar. Ich spüre, dass es mich erleichtert, nicht darüber grübeln zu müssen, ob er nur mit mir ins Bett will. Außerdem macht es Spaß, ihm zuzusehen, wie er sich zusammenreißt.

Ich greife zu meinem Handy, wähle seine Nummer, und es dauert keine zehn Sekunden, bis er rangeht.

»De Meer?«, sagt er außer Atem.

»Ich bin's.«

»Hey!« Seine Stimme wird weich. »Ausgeschlafen?«

»Mhm. Und du?«

Art lacht leise. »Nicht wirklich. Ich glaube, ich habe kein Auge zugemacht heute Nacht.«

Jetzt lache ich.

»War mein Bett nicht gemütlich?«, necke ich ihn.

Art bleibt kurz still; als er dann spricht, ist sein Ton rau. »Doch. Sehr sogar. Aber ich konnte den Blick nicht von dir abwenden. Der Ansatz deiner Brüste, dein zarter Hals, der Schwung deiner Hüfte. Und nicht zu vergessen dein Po in diesem winzigen Höschen. Mein Kopfkino hat mir gestern einen Blockbuster vom Allerfeinsten serviert, das war einfach zu spannend«, gibt er ganz offen zu, und das wiederum macht mich sprachlos. »Ich weiß ja nicht, ob dir das schon mal jemand gesagt hat, aber du bist einfach verflucht sexy. Selbst wenn du schläfst. Und du kannst mich für verrückt erklären, aber gerade deshalb werde ich mir Zeit lassen. Damit du ganz genau weißt, wie ernst ich es mit dir meine«, schiebt er noch hinterher. Mir bleibt am Hörer der Mund offen stehen.

»Sag mal, bist du ein verirrter Märchenprinz oder so? Der sich in einen Frosch verwandelt, wenn es Mitternacht schlägt?«, spotte ich und meine es nur halb im Witz. Wo bitte findet man heutzutage noch solche Typen? Doch wohl ganz klar nur im Märchen!

Art lacht. »Keine Ahnung, welche Kerle du so kennst, aber wenn einem etwas besonders wertvoll ist, behandelt man es gut.«

»Hast du das mit deinen vorherigen Freundinnen auch so gemacht?«, entfährt es mir.

»Muss ich diese Frage beantworten, Detective Magic?«

»Ja.«

Eigentlich will ich es gar nicht wissen, denn noch bevor er etwas sagt, kocht der heiße Ball der Eifersucht in meinem Bauch.

»Ich hatte noch nie eine längere Beziehung, die diese Maßnahme gerechtfertigt hätte«, weicht er geschickt aus.

»Aber du hattest schon Freundinnen?«, bohre ich weiter und weiß selbst nicht, wieso.

»Ja, Mam. Ich weiß, was Sex ist, falls Sie darauf anspielen.«

Ich kann sein Grinsen förmlich hören. »Wie sieht es bei Ihnen aus, Detective? Irgendwelche Exfreunde, die es zu erwähnen wert wären?« Sein Ton ist immer noch spielerisch, mir schnürt es kurz die Kehle zu. Viel zu schnell verneine ich, Art stutzt.

»Quatsch, oder?«, fragt er, jetzt ernster.

Mist! Was sage ich denn jetzt?

»Spell?«

»Ja. Also nein. Also ja. Aber das war der totale Reinfall. Vergiss es«, wehre ich ab, das Gespräch nimmt einen Verlauf, den ich nicht will.

»Was hat er angestellt?«

Okay. Jetzt ist sein Ton richtig ernst. Das habe ich nun von meiner dämlichen Neugier. Ich seufze, Art rudert zurück.

»Du musst es mir nicht sagen. Ist schon okay«, sagt er, aber ich kann mir das beginnende Grübeln nur zu gut vorstellen. Schon senkt sich eine nachdenkliche Stille über unser Telefonat. Ich hole geräuschvoll Luft.

»Brandon. Er hieß Brandon«, sage ich, er unterbricht mich.

»Du musst das nicht tun, Spell. Es geht mich nichts an, ich verstehe das«, sagt er.

»Doch. Ich will. Ist auch keine große Sache. Es war auf einer Party. Wir waren seit ein paar Wochen zusammen, ich dachte, ich wäre verknallt, er war betrunken. Wir landeten in einem der Schlafzimmer, er wollte, ich nicht. Als ich mich erfolgreich gewehrt hatte, schlief ich dummerweise ein. Brandon zog mein Top hoch und meine Hose runter und machte Fotos. Die er dann in seinem Freundeskreis herumzeigte. Ich war das Pin-up-Girl des Monats. Tada!«, rufe ich aus. Art bleibt stumm. Eine ganze Weile. »Hör mal, ich bin selbst schuld. Wäre ich nicht eingeschlafen, dann …« Art unterbricht mich mit einem lauten »Stopp!«, ich halte mir den Hörer vom Ohr weg.

»Wow! Kein Grund, so zu schreien«, sage ich leise, Art entschuldigt sich postwendend.

»Ich wollte nicht laut werden, tut mir leid.«

»Schon gut.«

Wieder bleibt es still zwischen uns, eine unangenehme Stille, die man mit den Händen greifen kann.

»Ja dann«, sage ich irgendwann lahm. »Bis nachher?«

»Ich bin gegen fünf auf dem Beachvolleyplatz. Wir haben ein Spiel. Also kein richtiges, nur so zum Spaß. Aber ich will die Jungs nicht hängen lassen«, sagt Art.

»Oh. Okay. Dann … später in der Bar?«, frage ich kleinlaut. Ich hätte ihm das mit Brandon nicht erzählen sollen. Jetzt findet er mich dumm und leichtsinnig und weiß, dass Nacktfotos von mir auf den Handys von etlichen Jungs existieren. Damit kommt kein Typ klar.

»Ich dachte, du kommst und siehst zu? Dann stell ich dich kurz vor?« Jetzt klingt er kleinlaut.

»Ach so! Ja klar, gerne!« Ich könnte vor Erleichterung heulen. Art offensichtlich auch, als er viel zu überschwänglich »Cool« ausruft.

Wir legen auf, und ich könnte mich für meine Ehrlichkeit ohrfeigen. Manche Dinge sollte man doch besser verschweigen.

DREIZEHN

Art spielt Volleyball wie ein junger Gott. Außerdem läuft mir bei seinem Anblick das Wasser im Mund zusammen. Er trägt nur Badeshorts, seine Muskeln glänzen in der prallen Sonne, und egal, wie oft ich schlucke, der Drang, mich ihm hier und jetzt an den Hals zu werfen, verschwindet nicht.

Als ich ankam, benahm er sich wieder wie immer. Als hätte das unangenehme Telefonat nie stattgefunden, drückte er mir sogar einen schnellen Kuss auf den Mund, bevor er mich seinen Freunden vorstellte.

Die begrüßten mich freundlich und zuvorkommend, boten mir sogleich ein Getränk an und fragten, ob ich mitspielen wolle. Ich verneinte, bot mich aber an, den Schiedsrichter zu spielen.

Seitdem habe ich mehrere unklare Situationen geklärt, Auseinandersetzungen entschärft und Punkte gezählt.

Ab und zu sieht Art zu mir herüber, aber eigentlich ist er ganz im Spiel.

Am Ende steht es zwei zu null für Arts Mannschaft, und die Gegner gratulieren sich mit Handschlag.

Danach stehen wir noch eine Weile herum, die Jungs reißen Witze, leeren Wasserflaschen, und schließlich fragt Taylor, ob Art und ich heute Abend zur Strandparty kommen.

Art sieht fragend zu mir, ich zucke die Schultern.

»Ich muss arbeiten. Aber danach gerne, wenn du willst«, sage ich.

Taylor und die anderen freuen sich sichtlich, sofort entbrennt eine angeregte Diskussion über die Mädels, die dort anzutreffen sind. Art seilt sich von der Gruppe ab, nimmt mich in den Arm, legt das Kinn auf meinen Kopf.

»Wir müssen da nicht hin. Ich könnte uns auch was kochen. Bei mir zu Hause«, sagt er. Ich schmiege meine Nase an seine verschwitzte Wange und atme seinen Geruch ein.

»Sollte ich nicht erst duschen, bevor du das tust?«, grinst er mich von oben herab an, ich schüttle den Kopf.

»Ich mag das. Du riechst gut.«

Art hebt mein Gesicht an, legt seine Hände an meine Wangen. Dann legt er seine Lippen auf meine und küsst mich. Er schmeckt salzig und nach Sonnencreme, feine Sandkörner reiben zwischen unseren Mündern.

Hier will ich für immer stehen bleiben, denke ich. Für immer und ewig an seinen Lippen, in seinen Armen, ganz egal, an welchem Ort der Welt. Bedauerlicherweise beendet er den Kuss.

»Ich geh nach Hause, duschen. Nachher hole ich dich in der Bar ab, okay?«, sagt er leise, ich nicke.

Er lässt mich los, greift nach seiner Tasche.

»Bis dann«, verabschiedet er sich, ich wende mich seufzend um, weil ich mich beeilen muss, wenn ich pünktlich sein will.

Nach ein paar Schritten höre ich, wie er meinen Namen ruft. »Spell?«

Ich drehe mich um.

»Ich bin verrückt nach dir«, schreit er über den ganzen Strand.

Taylor und die anderen unterbrechen ihre Flachsereien, beginnen zu lachen.

Art wirft die Arme in die Luft. »Absolut verrückt!«, brüllt er, dann zeigt er seinen spöttelnden Freunden den Mittelfinger. »Neid muss man sich verdienen«, wirft er in ihre Richtung, dreht sich um und geht.

Ich sehe ihm ungläubig nach, fühle, wie eine leichte Röte mein Gesicht überzieht, und den ganzen Weg zur Bar lächele ich glücklich vor mich hin.

»Und wen kennst du da alles?«, frage ich Art, nachdem er mich abgeholt hat und weil ich ein kleines bisschen nervös bin, als uns schon von Weitem Musik entgegenschallt.

Art winkt ab. »Keine Ahnung. Du weißt doch, wie das ist. Da ist Gott und die Welt.« Er verstärkt den Druck seines Arms auf meiner Schulter. »Keine Angst, süße, kleine Spell. Ich lasse dich allein schon wegen der anderen Jungs nicht aus den Augen«, sagt er. »Nicht dass da einer auf dumme Gedanken kommt.«

Grinsend boxe ich ihm in die Seite. »Das gilt umgekehrt genauso«, sage ich, und Art antwortet mit einem zufriedenen: »Dann sind wir uns ja einig.«

Als wir ankommen, weiß ich sofort, dass es mir nicht gefallen wird. Die Party ist längst in vollem Gange. Es ist voll und laut, und Art wird überschwänglich von allen Seiten begrüßt. Wir werfen uns ins Getümmel, Jungs klopfen ihm auf die Schulter, Mädchen tänzeln angetrunken heran und drücken ihm Luftküsschen auf die Wangen, die Körper schlangengleich vor ihm wiegend. Alle erkundigen sich nach seiner Kunst, ehrfürchtig und bewundernd, und mir wird jetzt erst klar, dass er wohl so was wie eine Berühmtheit wegen seines Talents ist.

Ich fühle mich völlig deplatziert in meiner Jeansshorts und dem weißen Top. Die Mädchen tragen maximal ein durchsichtiges Hängerchen über ihren Bikinis oder enge Minikleider, die mehr enthüllen als verdecken. Ihre Haare schmücken bunte Bänder oder eingeflochtene Strähnen, Ketten und Schmuck glitzern und klimpern überall. Sie sind die pure Verführung, sprühen vor Attraktivität und schmachten Art an, als wäre er ein Filmstar. Und ich muss ihnen recht geben. Er sieht einfach abartig gut aus. Frisch geduscht, die Locken noch feucht, in einem weißen Shirt und einer verwaschenen Jeans. Und er riecht abartig gut. Sein Aftershave ist herb und ein bisschen zitronig, und weil er mich vorhin umarmte, hängt es auch an mir.

Gerade legt ihm ein dunkelhaariges Mädchen die Hand auf den Arm, streicht besitzergreifend darüber und beginnt eine Fachsimpelei über einen Maler, von dem ich noch nie gehört habe. Art bleibt höflich, aber distanziert, macht einen Schritt zurück, sodass sie den Kontakt zu ihm verliert. Demonstrativ nimmt er meine Hand, verschlingt seine Finger mit meinen, und als das Mädchen das bemerkt, erlischt ihr Interesse an dem Gespräch wie eine Kerze in einem

Sturm. Nach ein paar Minuten dreht sie sich weg, dafür rempelt uns ein ganz offensichtlich betrunkener Typ an, und seine schlechte Koordination trennt Art und mich. Kaum dass ich blinzele, stehe ich alleine in dem Gedränge und bereue meine Entscheidung, hierherzukommen, zutiefst.

Das ist nicht meine Welt. Neben mir übergibt sich ein Mädchen in den Sand, ich springe gerade noch so zur Seite. Ihre Freundin kommt herbeigeeilt, hält ihr mitfühlend die Haare aus dem Gesicht. Meine Hände werden feucht, Hilfe suchend blicke ich mich nach Art um, kann ihn aber nirgends entdecken.

Wie war das noch mal? Ich lasse dich nicht aus den Augen? Das hat ja prima geklappt, denke ich, drehe mich einmal um die eigene Achse und blicke direkt in sein Gesicht, der mit einem Bier in der Hand nur ein paar Meter entfernt bei Taylor und dem Rest der Gang steht. Er lächelt, hebt zwei Finger an die Augen, erst in seine Richtung, dann in meine. *Ich sehe dich,* formt er tonlos mit den Lippen, ich hebe zweifelnd die Brauen, dann puste ich resignierend die Luft aus.

»Hey, Spell!«, höre ich hinter mir, als auch schon Benice auf mich zustürmt. Wie das letzte Mal hat sie keine Hemmungen, mich zu umarmen. Ihre Haare kitzeln meine Wange, als sie mich drückt, mich dann von sich schiebt und breit lächelt. »Schön, dass du da bist! Komm, ich stelle dich meinen Mädels vor!«, ruft sie aus, und bevor ich protestieren kann, zieht sie mich mit. Ich blicke mich zu Art um, der den Daumen in die Höhe reckt und nickt, ich zucke hilflos die Schultern, stolpere Benice hinterher.

Wir stoßen auf eine Gruppe von Mädchen, unter denen ich auch Megan erkenne. Benice stellt mich enthusiastisch als Arts Freundin vor, ich werde lachend und kichernd in den illustren Kreis aufgenommen, irgendjemand reicht mir einen Becher mit einer blauen Flüssigkeit darin. Alle sind supernett, nur Megan sieht mich komisch an.

Die Mädels bombardieren mich mit Fragen. Wie ich Art kennengelernt habe? Auf welche Uni ich gehe und welche Kunst ich mache? Welchen Künstler ich besonders verehre, und so schnell, wie sie fragen, kann ich gar nicht antworten. Megan sieht sich wohl bemüßigt, mich zu unterstützen, denn sie übernimmt das für mich.

»Gehst du überhaupt auf die Uni?«, fragt sie laut in die Runde, und die Mädchen unterbrechen ihre Fragerei. Megan legt den Zeigefinger an den Mund, als denke sie angestrengt nach.

»Ich hab dich hier noch nie gesehen. Das ist doch seltsam. Wenn du auf die Uni gehen würdest, wären wir uns doch sicher schon mal über den Weg gelaufen?«

Sie ist eine von denen, die die Kunst der Falschheit perfekt beherrschen. Denn obwohl sie es freundlich sagt, ist die Spitze kaum zu überhören.

Benice winkt ab. »Das ist doch scheißegal«, sagt sie, und auch wenn ich das nett finde, kann ich mich doch selbst verteidigen.

Wozu ich aber heute keine Lust habe. Deshalb drehe ich mich einfach nur um, laufe rückwärts davon.

»War nett mit euch, Mädels«, sage ich und hebe

grüßend die Hand. »Aber Art wartet auf mich. Ich muss dann mal wieder.« Mit diesem Satz stapfe ich davon, in der Gewissheit, dass das Megan die nächsten Stunden am meisten beschäftigen wird: Art und ich und dass er auf mich wartet.

Als ich zu den Jungs zurückkehre, zieht Art mich sofort an sich und küsst mein Haar.

»Wo warst du so lange?«, fragt er leise.

»Ich war mit Benice unterwegs«, antworte ich, und es scheint ihm zu genügen. Er nimmt einen Schluck von seinem Bier, reibt mir den Oberarm.

»Und du? Alles okay?«, frage ich und sehe ihn an. Art lächelt.

»Alles bestens«, bestätigt er. »Jetzt, wo du wieder da bist.«

Unsere Blicke versenken sich, ich fixiere ihn sekundenlang, und plötzlich kann ich es nicht mehr abwarten, mit ihm alleine zu sein.

»Lass uns gehen«, sage ich heiser, Art nickt.

»Okay«, sagt er nur, leert sein Bier, und es ist klar, was ich will.

Ihn.

VIERZEHN

Wortlos betreten wir seine Wohnung. Er macht nicht mal Licht im Flur. Kaum dass er die Tür hinter uns geschlossen hat, hänge ich auch schon an ihm.

Weil ich weiß, dass Benice nicht da ist, habe ich keine Hemmungen.

Ich werfe mich ihm an den Hals, schlinge die Arme um seinen Nacken, lande mit meinem Mund so heftig auf seinem, dass unsere Zähne aneinanderschlagen. Wir stolpern rückwärts, Arts Kopf knallt gegen die Wand, mein Schienbein trifft schmerzhaft auf seines. Mein Ellenbogen prallt gegen einen Schrank, mein Kinn gegen seines, bis Art dem ganzen Einhalt gebietet. Er packt mich an den Schultern, hält mich von sich weg.

»Okay! Okay, Spell, du kriegst, was du willst, aber doch bitte, ohne dass wir in die Notaufnahme fahren müssen, ja?«, sagt er atemlos, ich nicke wie in Trance. Art nimmt meine Hand, führt mich durch den dunklen Flur in sein Zimmer. Leise schließt er die Tür, ohne mich loszulassen, dirigiert mich zum Bett. Während ich mich setze, knipst er eine Nachttischlampe an, der Schimmer beleuchtet das Zimmer nur schwach. Er steht direkt vor mir, streift sich das Shirt ab. In dem diffusen Licht treten seine Muskeln ganz deutlich hervor, seine zusammengepressten Kiefer, seine Augen, die mich fragend ansehen.

Meine Antwort sind meine Fingerspitzen, die sanft über seine Bauchmuskeln streichen, er holt scharf Luft, als meine Hände zu seinem Herz hochfahren und da liegen bleiben.

»Danke, dass du nicht lockergelassen hast«, sage ich leise, ohne seinen Blick zu verlieren. Ich spreize die Finger, direkt über seinem Herz, bedecke seine verletzlichste Stelle mit meiner ganzen Handfläche. Art rührt sich nicht, schließt die Augen, ich erhebe mich auf die Knie, rutsche an ihn heran. Und küsse ihn.

So zart, so leicht wie Schmetterlingsflügel legen sich unsere Münder aufeinander, flattern und zittern unter der Berührung, fast als hätten wir Angst, unter der Last unserer Gefühle zu Staub zu zerfallen. Nur unsere Münder verbinden uns, unsere Lippen voll und schwer von der Erwartung, die über allem liegt.

Und die Art bricht, indem seine Zunge meine findet. Indem er seine Hände über meine Arme gleiten lässt, sie nach oben hebt, mir langsam das Top über die Rippen zieht, es mir über den Kopf streift.

Ohne unseren Kuss zu unterbrechen, drückt er mich nach hinten, ich falle auf das Bett und direkt ins Nirvana. Über mir Art, seine Finger, die mit fiebrigen Bewegungen über meinen Hals fahren, sich durch meine Haare wühlen, über meine Brauen streichen. Seine Zunge, die mich schier wahnsinnig werden lässt, wie sie sich mit meiner verbindet, feucht und heiß und ohne Pause.

Art rutscht auf das Bett, sein Knie schiebt sich zwischen meine Schenkel, er stützt die Arme neben mir ab. Mein Atem geht mittlerweile so schnell, dass ich das Gefühl habe, jeden Moment zu hyperventilieren. Das Verlangen, das in mir aufsteigt, ist so gewaltig, dass es über meine Sinne hinwegrauscht wie ein Erdbeben. Es erschüttert mich in meinem tiefsten Innern, an Plätzen, von deren Existenz ich vorher gar nichts wusste.

»Oh Gott!«, hauche ich, als Art meinen Kopf nach hinten biegt, seine Lippen über meinen Hals fahren. Als sie mein Schlüsselbein erkunden, mich seine Locken im Gesicht kitzeln. Meine Brust hebt und senkt sich wie die einer Ertrinkenden, als er meinen BH aufhakt und mit den Fingerknöcheln über die Rundungen streicht. Sofort werden meine Brustwarzen hart, aber selbst für diese heftige Reaktion kann ich mich nicht schämen. Ich bin ein einziges wildes Inferno, vollkommen isoliert von der Welt, einzig nur noch verbunden mit Arts Mund, der mich überall küsst, erkundet, schmeckt. Vage spüre ich, wie er mir die Jeans aufknöpft und sie mir auszieht, ich revanchiere mich mit der gleichen Idee. Zumindest versuche ich es, aber meine zittrigen Hände rutschen ab, ungeschickt fummele ich herum, bis Arthur aufhört, mich zu liebkosen, und mich sanft festhält.

»Spell«, sagt er leise.

Ich öffne die Augen, Blitze zucken über mein Sichtfeld, und es dauert einen Moment, bis ich wieder scharf sehe. Über mir Art, der mir liebevoll über die Wange streichelt, meine Arme fallen kraftlos auf das Bett.

»Ich werde heute nicht mit dir schlafen.«

»Gefällt es dir nicht?«, stoße ich hervor, in das Ziehen in meinem Unterleib mischt sich eine immense Enttäuschung über seine Aussage.

Art lächelt, legt seine Hände um meinen Kopf, als bilde er einen schützenden Kokon.

»Doch. Mehr als das. Kannst du das nicht fühlen?«, fragt er, und jetzt erst spüre ich seinen rasenden Herzschlag, bemerke den glänzenden Schleier über seinen Pupillen, rieche das Begehren, das aus all seinen Poren strömt.

»Aber es gibt genug, was wir tun können«, stößt er nun hervor, und seine Hände gehen erneut auf Wanderschaft. Er vergräbt seinen Kopf an meinem Hals, seine Finger spielen mit meinen Nippeln.

»Das zum Beispiel«, flüstert er, und seine Hüfte drückt gegen mein Becken, und durch den Stoff der Jeans beweist er mir sehr deutlich, dass er ganz bei der Sache ist. Er küsst meine Halsschlagader, die unter seinen Lippen pocht, während er feine Linien über meinen Bauch malt. Aus den Linien werden Kreise, aus den Kreisen werden Spiralen, die sich nach unten bewegen, ich biege mich ihm entgegen, damit er das Ziel schneller findet. Das tut er dann auch, und als er die feuchte Wärme spürt, holt Arthur zischend Luft.

»Oder das«, presst er hervor, und plötzlich bin ich seine Leinwand, die er mit den glühendsten Farben, die die Menschheit jemals gesehen hat, ausfüllt.

Ich vergesse mich vollends, stöhne, keuche, fiebere mit ihm, Arts Atem bläst mir heiß in den Nacken, als er mich sanft antreibt und dabei keine einzige Sekunde an sich selbst denkt.

Bis ich endlich explodiere, heiser aufschreie, mich winde wie eine Katze und dann in mich zusammensacke.

Ich weiß nicht, wie lange mir die Ohren klingeln, als stünde ich mitten auf einem Weihnachtskonzert. Wie lange meine Lider festgeklebt sind und ich unfähig bin, mich zu rühren. Es müssen Stunden sein, in denen sich in meinem Kopf alles dreht, mein Herz einen Dauersprint hinlegt und mein Unterleib pulsiert, als führe er ein Eigenleben.

Auch Art bewegt sich neben mir keinen Millimeter. Seine Hand liegt locker auf meinem Bauch, sein Atem wird langsam ruhiger. Als mir klar wird, dass er keinesfalls die Erlösung dieser Grenzerfahrung gefunden hat, drehe ich ruckartig den Kopf, und jetzt gehen meine Augen doch auf.

Art sieht mich an, mit einem leichten Grinsen auf den Lippen; die wirren Locken auf seinen Unterarm gebettet, spielen die Finger seiner anderen Hand träge mit meinem Haar.

»Es tut mir leid!«, rufe ich aus und schlage mir die Hand vor den Mund.

»Tatsächlich?«, sagt Art. »Das ist aber schade.« Sein Grinsen wird breiter. Er stützt den Kopf in seine Hand, betrachtet mich amüsiert. »Das hat sich eben ganz und gar nicht so angehört.«

»Oh Gott!«, murmele ich und werfe mir den Unterarm über das Gesicht.

»Das trifft es schon eher. Das habe ich eben gehört. Mehrmals sogar«, neckt mich Art weiter, ich stöhne auf. »Und das auch«, jetzt mischt sich ein leises Lachen in seine Stimme.

Behutsam nimmt er meinen Arm weg, bedeckt meine geschlossenen Lider mit hauchzarten Küssen.

»Was machen wir denn jetzt?«, frage ich piepsig, in Anspielung auf ihn und seine Erregung, Art küsst mich auf den Mund.

»Nichts. Ich bin ein großer Junge, Spell. Ich werde es überleben«, antwortet er leichthin, rollt sich auf den Rücken, streckt einladend den Arm aus, in den ich mich einrolle. »Also vielleicht«, schiebt er hinterher, ich richte mich erschrocken auf und sehe ihn an. Aber Art grinst immer noch, ich schnappe mir ein Kissen und werfe es ihm an den Kopf. Er lacht, zieht mich zu sich.

»Du bist wunderschön, weißt du das?«, sagt er plötzlich ernst, streicht mir über die Brauen. »Ich habe dich beobachtet. Du hast geleuchtet, Spell.«

Ich werde rot, als ich daran denke, wie mich die Leidenschaft überschwemmt hat und Art das genau gesehen hat, er aber schüttelt den Kopf.

»Tu das nicht, Spell. Nicht dafür«, verlangt er und legt meine Hand auf sein Herz. »Du hast mich berührt. Ganz tief da drin. Das war fantastisch.«

Wir blicken uns in die Augen. Ich bin kurz davor, ihm zu sagen, dass ich ihn liebe, und kann es mir gerade noch so verkneifen.

Ich muss völlig verrückt sein! Ich kenne ihn kaum länger als ein paar Wochen!

Art macht den Mund auf, holt Luft und will etwas sagen, bleibt dann aber doch stumm. Hatte er etwa den gleichen Impuls? Kurz warte ich mit angehaltenem Atem, aber schließlich fragt er nur, ob ich Durst habe. Ich nicke, denn meine Kehle ist wie ausgedörrt, und Art steht auf. Er geht aus dem Zimmer, ich schlüpfe in meine Unterwäsche und sein Shirt, das er achtlos auf den Boden geworfen hatte, dann tapse ich ihm auf nackten Füßen hinterher.

Die Wohnung ist nicht groß, aber was ich auf den ersten Blick erkennen kann, ist sehr gemütlich. Direkt Arts Zimmer gegenüber liegt das Wohnzimmer, die Straßenbeleuchtung gibt die schemenhaften Umrisse einer Couch, eines niedrigen Tisches und eines großen Bücherregals an der Wand preis. Ich wende mich nach links und finde die Küche, in der Art am Kühlschrank steht und den Inhalt inspiziert.

»Hast du auch Hunger?«, fragt er in die geöffnete Tür, holt einen Eierkarton, Käse und Tomaten heraus.

»Ich könnte einen Bären verdrücken«, sage ich und nehme auf einem der Stühle Platz, die sich bunt gewürfelt um den riesigen, zerkratzten Holztisch gruppieren. Neugierig sehe ich mich um, während Art den Gasherd anschaltet, Eier und Käse in einer Schüssel verrührt und Tomaten klein schneidet. Er arbeitet konzentriert, mit dem Rücken zu mir, irgendwann beginnt er leise zu pfeifen.

Die Wände zieren grobkörnige Schwarz-Weiß-Fotografien von verschiedenen Orten in L.A., die den Touristen in der Regel verborgen bleiben. Am Kühlschrank hängen Polaroids, ich stehe auf und sehe sie mir an. Darauf zu sehen sind Arthur, Benice und Megan. Offensichtlich haben sie einen Ausflug gemacht, denn alle drei tragen einen Rucksack auf dem Rücken, Wanderstiefel und ein breites Grinsen. Auf einem anderen Bild stehen Art und Benice Arm in

Arm vor dem Atelier, blicken stolz in die Kamera und recken den Daumen in die Höhe. Auf dem nächsten haben sie ganz offensichtlich eine Party gefeiert. Mein Blick huscht interessiert über die Spaßfotos, ich muss lachen, über Art, der verrückte Grimassen schneidet, bis er an einem Foto hängen bleibt.

Megan und Art, wie sie sich küssen. Ich verschlucke mich, huste trocken, Art dreht sich um.

»Alles okay?«, fragt er besorgt, dann sieht er, auf was ich starre. Er legt das Messer weg, dreht das Gas ab und kommt zu mir.

»Das ist ... das war ... wir haben gewettet«, sagt er dann und fährt sich durch die Haare. »Das war nichts Ernstes. Nur dieser Kuss, wegen diesem blöden Flaschendrehen. Benice fand das irgendwie witzig, und ich hatte einen im Tee. Du musst dir keine Sorgen machen. Ich empfinde nicht das Geringste für Megan«, faselt er, ich wende mich ihm zu und grinse.

»Hey, ist schon gut«, sage ich. »Du hattest ein Leben vor mir, kein Problem. Ich auch.«

Art atmet erleichtert aus, grinst jetzt auch.

»Puh, gut. Ich dachte schon, du würdest stinkwütend werden.«

Ich schüttle lachend den Kopf.

»Ich würde stinkwütend werden, wenn dieses Foto in der Zukunft liegen würde«, sage ich und küsse ihn. Art erwidert meinen Kuss, und obwohl es noch keine halbe Stunde her ist, bekomme ich sofort Gänsehaut und ein nervöses Flattern im Magen.

Aber Art scheint wirklich Hunger zu haben, denn er schiebt mich resolut von sich.

»Ich muss erst essen, süße, kleine Spell. Mag sein, dass du ohne Nahrung auskommst, ich nicht«, stellt er klar, und keine Viertelstunde später dampft ein köstliches Omelett auf meinem Teller.

»Wo hast du kochen gelernt?«, frage ich mit vollem Mund und verzücktem Gesichtsausdruck, als der erste Bissen meine Kehle hinabrutscht. Es schmeckt köstlich, hat genau die richtige Konsistenz, und die frische Petersilie, die er noch darübergestreut hat, ist das Tüpfelchen auf dem i.

»Meine Mutter hat darauf bestanden, dass ich einer dieser Männer werde, die sich selbst versorgen können«, sagt Art. Er hebt die Hand, zählt an den Fingern ab. »Kochen, waschen, Hemden bügeln. Putzen, Knöpfe annähen, Babysitten, diverse Reparaturen im Haushalt, und wenn es sein muss, stricke ich dir auch einen Schal. Mum war da gnadenlos.« Er grinst, schiebt sich die nächste Gabel in den Mund.

»Wow!«, sage ich erstaunt, Art winkt ab. »Ist halb so wild. Sie war eben alleinerziehend und konnte es sich nicht leisten, mich von vorne bis hinten zu bedienen.«

»Sie ist bestimmt stolz auf dich, weil du so begabt bist, oder?«

Art nickt, rollt die Augen. »Sie muss es jedem, wirklich jedem auf die Nase binden.«

Ich lache. »Würde ich auch, wenn ich sie wäre. Freust du dich auf das neue Semester?«, frage ich, kratze den letzten Rest des Omeletts auf meinem Teller zusammen, Art lässt das Besteck sinken, wischt sich den Mund ab und sieht mich mit einem Mal komisch an.

»Ja, schon«, sagt er langsam, schiebt den Teller weg. »Hör mal, Spell, ich muss dir was sagen.« Weiter kommt er nicht, denn plötzlich dringt der schrille Klang eines Telefons zu uns herüber. Einen Moment sehen wir uns nur an, dann springe ich auf.

»Das ist meins«, sage ich, renne in Arts Zimmer. Es ist drei Uhr nachts, und sofort fallen mir die schlimmsten Szenarien ein.

Doc, der einen Unfall hatte.

Zanna, die von einem Verrückten entführt wurde.

Die Tierarztklinik, wegen einem verletzten Mister Spock.

Dann halte ich inne.

Das ist doch Quatsch!

Niemand würde mich um diese Uhrzeit deswegen anrufen. Doc und Zanna haben Familie, und Mister Spock trägt nicht mal einen Chip im Ohr.

Ich wühle in meiner Tasche herum, bis ich das klingelnde Ding finde, und starre auf den Namen, der mir entgegenblinkt.

»Ist alles in Ordnung?«, höre ich Art, der in der Zimmertür steht. Weil ich nicht antworte, tritt er hinter mich.

»Spell?«

Schnell stelle ich den penetranten Ton aus, stecke das Telefon weg, in den Tiefen meiner Tasche brummt es tonlos weiter.

»Willst du nicht rangehen?«, fragt Art irritiert, ich grapsche nach meinen Sachen. Hastig streife ich mir meine Hose über, suche hektisch nach meinem Top und meinen Flipflops.

»Hey, Spell? Was ist denn los?« Art hält mich am Arm, ich schüttle ihn unwirsch ab.

»Nichts! Ich muss ... ich muss gehen!«, stottere ich, bin schon auf dem Flur, als er mir hinterherkommt.

»Jetzt warte doch mal! Was ist passiert?«

Ich kann ihm nicht antworten, ein Kloß von der Größe einer Orange steckt in meinem Hals.

»Nichts. Alles okay«, werfe ich ihm über die Schulter zu, sehe gerade noch, wie Art im dunklen Flur steht, ungläubig und erschrocken. Dann knalle ich die Haustür hinter mir zu, fliege die Stufen herunter, über die Straße, durch die schwarze Nacht.

Ich renne vor meinem eigenen Telefon davon, das immer noch hartnäckig in meiner Tasche vibriert.

FÜNFZEHN

Natürlich steht er im Morgengrauen mit zwei Bechern Kaffee und Donuts vor meiner Tür.

»Hey«, sagt Art zur Begrüßung. Ich reibe mir die müden Augen und muss furchtbar aussehen nach nur zwei Stunden Schlaf. Die aufwühlende Nacht klebt schweißfeucht an meinem Körper, meine Shorts sind zerknittert, meine Haare völlig zerzaust, und mein Kopf fühlt sich an, als wäre er mit Watte gefüllt. Er küsst mich trotzdem leicht auf die Nasenspitze, ich deute auf den Strand.

»Wollen wir uns runtersetzen? Ich brauche ein bisschen Abkühlung«, sage ich, und Art nickt.

Vorsichtig nehme ich ihm den Kaffee ab, puste in den Becher, und wir laufen zum Wasser. Dort angekommen, umspülen die Wellen meine Füße, das kalte Nass und der Kaffee klären meinen Geist.

Art lässt sich unter einer Palme in den Sand sinken, und nach ein paar Minuten nehme ich neben ihm Platz. Eine ganze Weile nippen wir schweigend an unserem Kaffee und beobachten den Sonnenaufgang.

Art drängt mich nicht, fragt nicht, lässt mir so viel Freiraum, wie ich brauche, und irgendwann habe ich das Gefühl, wenn ich es jetzt nicht erzähle, platze ich.

»Das war meine Mum am Telefon«, sage ich, ohne ihn anzusehen.

»Okay«, sagt Art, trinkt einen Schluck.

»Sie ist in einem Wohnheim in L. A., und jedes Mal, wenn sie sich meldet, was ungefähr einmal im Jahr passiert, heißt das nichts Gutes«, mache ich weiter. Aus dem Augenwinkel sehe ich, wie Art nickt. »Sie ist ...«, ich suche nach einem Wort, weil ich es einfach nicht beim Namen nennen kann, »also, sie ist ... krank!«, stoße ich hervor, und der Damm bricht. Es sprudelt nur so aus mir heraus. »Psychisch, verstehst du? Sie ist Alkoholikerin und psychisch krank. Deshalb ist sie in diesem Wohnheim. Und wenn sie mich anruft, steuert sie auf einen Zusammenbruch hin. Das ist immer so! Die können sie dort nicht einsperren oder den ganzen Tag beobachten, und dann haut sie ab und besorgt sich irgendwo was zu trinken und ist wochenlang verschwunden!« Meine Stimme überschlägt sich, ich fuchtele wild mit den Armen durch die Luft. »Sie landet auf der Straße und säuft und schläft unter der Brücke. Entweder greift die Polizei sie auf, oder sie landet früher oder später im Krankenhaus.« Ich ziehe die Beine an, lege die Stirn auf die Knie und spüre, wie in mir die Tränen aufsteigen. »Ach, Scheiße!«, rufe ich gedämpft zwischen meinen Schenkeln, Art legt die Hand auf meinen Rücken. Er streicht darüber, langsam und beruhigend, ohne etwas zu sagen.

»Ich wollte das nicht mehr! Ich wollte nicht mehr wegen ihr weinen oder mir Sorgen machen!«, sage ich wütend und hebe den Kopf. Die Tränen wegblinzelnd, sehe ich ihn an. Sein Blick ist mitfühlend, ohne mitleidig zu sein, verständnisvoll und voller Aufmerksamkeit.

»Sie macht alles kaputt! Immer!«, fauche ich trotzig und wische mir mit einer zornigen Geste die feuchten Augen. Art reicht mir eine Serviette aus der Donutschachtel, ich putze mir geräuschvoll die Nase.

»Warum ist sie krank?«, will er wissen, als ich fertig geschnäuzt habe.

Ich zucke die Schultern. »Weil mein Dad gestorben ist«, sage ich, korrigiere mich dann aber. »Sie war schon immer so. Labil und sensibel. Meine Mum ist eine ganz zierliche, zerbrechliche Person. Als Kind war mir das nicht so bewusst, weil mein Dad das von mir ferngehalten hat, aber als er weg war«, ich schlucke den dicken Kloß in meiner Kehle entschlossen hinunter, »als er starb, da wurde mir das klar. Ihre ständige Abwesenheit. Dieser leere Blick und die vielen, vielen Tage, die sie nur im Bett verbracht hat. Mit zugezogenen Vorhängen und Tabletten oder einer Flasche Gin. Mein Dad hat dann immer so getan, als wäre nichts, aber das war es eben doch. Sie war damals schon krank, er wollte das nur nicht sehen. Er hätte sich kümmern müssen, anstatt so zu tun, als wäre alles prima!« Ein Hauch Bitterkeit schleicht sich in meinen Ton, und sofort bekomme ich ein schlechtes Gewissen. Wie kann ich das sagen, nachdem er sich nicht mehr wehren kann?

»Wie ist er gestorben?«, fragt Art, ich hole tief Luft.

»Das war meine Schuld«, sage ich und schließe die Augen. »Wir hatten einen Ausflug gemacht. Zum

Wandern. Er wollte längst nach Hause, weil er sich nicht gut fühlte. Es war sehr heiß an dem Tag. Aber ich habe ihn so gedrängelt, noch bis zum Aussichtspunkt zu laufen, dass er nachgab. Er gab bei mir immer nach, ich war seine Prinzessin.« Mir stockt die Stimme, auch Arts Streicheln hat aufgehört. Als ich weiterrede, ist es nur noch ein Flüstern. »Ein Aneurysma in seinem Gehirn. Es ist geplatzt, auf dem Parkplatz, gerade als wir ins Auto steigen wollten. Er war sofort tot.«

Als Art spricht, ist seine Stimme fest und kräftig.

»Du weißt, dass das Blödsinn ist. Das ist nicht deine Schuld. Es ist niemandes Schuld, Spell«, sagt er, und obwohl ich die Logik hinter seinen Worten verstehe, kann ich sie nicht in mein Herz lassen. Ich schüttle vehement den Kopf.

»Nein. Wenn ich nicht so gebettelt hätte, hätte er sich nicht überanstrengt!«

»Glaubst du das wirklich?«, fragt Art leise. »Was hättest du anders machen sollen?«

»Ich weiß es nicht!« Ich schlage die Hände vors Gesicht, weil die Tränen ungehindert fließen. »Keine Ahnung! Wenn wir zu Hause gewesen wären, dann hätte sie mir seinen Tod nicht all die Jahre vorwerfen können!«, schluchze ich.

Art zieht mich an sich. Er umgreift meine bebenden Schultern, birgt meinen Kopf an seiner Brust, ich höre seinen Herzschlag an meinem Ohr, der mir in seinem steten Rhythmus Sicherheit gibt.

»Hat sie das getan?«, vibriert seine Stimme an meiner nassen Wange.

Ich nicke. »Immer und immer wieder. In den Wochen nach seiner Beerdigung war es am schlimmsten. Ich war selbst völlig verwirrt und habe mich so alleine gefühlt. Sie war total blau, als sie es mir das erste Mal ins Gesicht schrie.« Ich richte mich auf, weil meine Nase so verstopft ist, dass ich keine Luft mehr bekomme. »Und ich weiß ja mittlerweile, dass es nicht richtig ist. Dass sie krank ist. Aber da drin«, mit der Faust schlage ich mir auf die Brust, »das Ding da drin will es einfach nicht kapieren!«

Mein Kinn zittert, als Art seinen Finger darunterlegt und mich zwingt, ihn anzusehen. Erst als er sicher ist, dass ich ihm zuhöre, spricht er.

»Du trägst keine Schuld, Spell. Nicht eine Sekunde. Verstehst du mich?« Der Blick seiner dunklen Augen hält mich, ordnet die wirren Gedanken, die durch mein Gehirn schießen. »Du warst zwölf! Ein Kind! Du hättest jemanden gebraucht, der dir hilft, diesen Verlust zu bewältigen!« Als ich zögerlich nicke, nickt er auch. »Und wenn du mich brauchst, bin ich für dich da, okay?«, sagt er, dann küsst er mich. Ganz zart und vorsichtig. Es ist, als würde er eine heilsame Salbe auf die Wunde streichen, als würde sein behutsamer Kuss sie verschließen.

Als er sich von mir löst, tut Mister Spock sein Übriges, damit sich ein Lächeln auf unsere Gesichter stiehlt. Er prescht nämlich in vollem Tempo vom Trailer zu uns herunter und wirbelt Sand auf, als er sich auf mich wirft. Als hätte er mich Jahre nicht gesehen, schlabbert er mir über das Gesicht, sein Schwanz wedelt stürmisch und trifft Art an der Nase. Ich habe

Mühe, ihn abzuwehren, und das Lächeln verwandelt sich in einen Lachanfall, der mir den letzten Rest Druck von der Brust nimmt. Nach einer Weile gebiete ich Spock Einhalt, schiebe ihn resolut von mir, und er trollt sich zu einem schattigen Platz am Trailer.

Und dann reden wir. Ganz in Ruhe.

Ich erzähle Art von der Zeit nach dem Tod meines Vaters. Von der unendlichen Trauer und wie sehr ich ihn vermisse. Von der Pflegefamilie, in der ich landete, als meine Mutter einmal eine Woche lang nicht nach Hause kam und schließlich mit einer Alkoholvergiftung ins Krankenhaus eingeliefert wurde. Von den vielen Nächten, in denen ich mich in den Schlaf weinte, und den vier Stiefgeschwistern, die mir das Leben zur Hölle machten. Von der netten Dame vom Sozialamt, die mir schließlich einen Platz in einem betreuten Wohnheim besorgte, und von dem letzten Mal, als meine Mutter mich anrief und mich so runterputzte, dass ich einen Zusammenbruch bekam.

Wir liegen im Sand, blicken in den Himmel, die Finger verschränkt, und obwohl ich gerade meine nicht allzu glückliche Kindheit ausbreite, bin ich absurderweise glücklich.

»Mein Dad wollte mit mir die Golden Coast abfahren. In einem Cabriolet«, sage ich und kann das erste Mal darüber reden, ohne dass es mir das Herz zerreißt. »Er wollte mir zeigen, wie es ist, wenn einem der Fahrtwind durch die Haare streicht und dir das blaue Meer und die fantastische Küste das Gefühl der totalen Freiheit vermitteln. Er hatte sogar schon ein Zelt gekauft«, ich richte mich auf, male begeistert ein

Quadrat in die Luft, »so ein Ding, das du nur werfen musst, und dann baut es sich von alleine auf. Kennst du die?«, frage ich enthusiastisch, Art grinst mit hinter dem Kopf verschränkten Armen zu mir hoch.

»Ja klar. Nur wenn du sie wieder zusammenfalten willst, wird es lustig«, erwidert er.

»Irgendwann mach ich das mal. Die Küste entlangfahren, mit einem Zelt«, sage ich ohne die übliche Traurigkeit, die sich an dieser Stelle normalerweise einstellt. Art sagt nichts, und weil mir plötzlich schrecklich heiß ist, springe ich auf.

»Wollen wir ins Wasser?«, frage ich und streife schon die Shorts ab. Nur in Unterwäsche hüpfe ich vor Art auf und ab, der erhebt sich gemächlich. Seine Blicke wandern über meinen Körper, er zieht eine Braue nach oben.

»Bei diesem Anblick ist eine Abkühlung eine sehr gute Idee«, meint er trocken, entledigt sich seines T-Shirts und nimmt mich an der Hand. »Bei drei?«, ruft er, zählt, und wir stürzen uns in die Wellen. Das Wasser schlägt über mir zusammen, kalt und erfrischend, und als ich auftauche, zieht mich Art sofort in seine Arme. Ich schlinge die Beine um seine Taille, lege mein Kinn auf seiner Schulter ab und schließe die Augen. Haut an Haut treiben wir durch die Wellen, und die sanfte Bewegung des Wassers lässt unsere Hüften provozierend aneinanderstoßen.

An meinem Ohr beschleunigt sich sein Atem, meine Schenkel reiben an ihm, und ich spüre ganz deutlich seine Erregung durch mein Höschen. Mit geschlossenen Augen drücke ich meine Lippen auf die Stelle zwischen seinem Hals und seinen Schulterblättern, sauge vorsichtig an der salzigen Haut, Art stöhnt leise auf.

Auch mein Atem wird schneller, als Art mich zurückbiegt, über meinen nassen BH streicht, meine Brüste sanft aus den Körbchen hebt und seine Daumen um die freigelegten Brustwarzen kreisen lässt. Ich lege den Kopf nach hinten, treibe schwerelos im Wasser und genieße seine Liebkosungen, und die Hitze staut sich in meinem Unterleib. Mit einem Ruck richte ich mich auf und küsse ihn, weil ich es nicht mehr aushalte.

Unsere Münder finden sich, salzig und feucht und hungrig nach dem anderen, und wie von selbst fährt meine Hand nach unten. Zwischen uns, zu ihm und gleichzeitig zu mir.

»Spell«, keucht Art, als meine Finger unter den Bund seiner Shorts schlüpfen.

»Schhh«, befehle ich ihm flüsternd. »Dieses Mal bin ich dran.«

Art widerspricht nicht, beißt mir sanft in die Unterlippe, als ich ihn mit meiner ganzen Hand umfasse. Seine Arme schließen sich fester um meine Taille, seine Finger graben sich in meine Wirbelsäule, er unterbricht den Kuss und lehnt seine Stirn an meine.

Er stöhnt im Rhythmus meiner Bewegungen, der Ton ist rau und heiser und gibt mir die Bestätigung, dass ich das, was ich tue, richtig tue. Meine Knöchel reiben an meinem Höschen, steigern auch meine Leidenschaft, stimulieren ihn und mich, und das Gefühl ist so unglaublich schön, dass ich immer schneller werde. Ich steuere uns auf den Höhepunkt zu, bestimme das Tempo und die Intensität, und Art lässt mich machen. Irgendwann presse ich meinen Mund auf seinen, weil ich irgendeinen Halt brauche. Ich brauche etwas, auf das ich mich stützen kann, und wenn es nur seine Lippen sind, die warm und fest auf meinen liegen, als mich die Erschütterung erfasst. Arts Hand fährt in meine Haare, krallt sich darin fest, ein letztes Keuchen, in das sich mein Name mischt, verlässt seine Kehle, dann umklammern wir uns zitternd im warmen Wasser. Die Herzen in unserer Brust rasen, wir ringen minutenlang nach Luft. Nach einer kleinen Ewigkeit bedeckt Art meinen Hals mit federleichten Küssen, in einer Spur, die auf meinem Mund landet. Dort wird der Kuss tief und innig, das intime Nachspiel eines berauschenden Zusammenspiels.

»Du bist unglaublich«, murmelt er dann. Die Hände um mein Gesicht, sieht er mich an. »Weißt du das?«

Ich lächele glücklich. »Ja. Weiß ich«, sage ich süffisant und wackele mit den Brauen. Art lacht, ich löse mich langsam von ihm, und ein stechender Schmerz schießt durch meine Schenkel. Ich verziehe das Gesicht.

»Das ist ja wie Hochleistungssport«, sage ich und reibe mir die Muskeln, die sich in der Position von eben verkrampft haben. Meine Zehen graben sich in den sandigen Meeresgrund, vorsichtig strecke ich die Beine.

»Komm schon, alte Oma. Ich bringe dich an Land«, neckt mich Art und reckt mir den Rücken entgegen. »Steig auf«, sagt er grinsend, ich klammere mich nur zu gerne an ihn. Mit mir huckepack watet Art durch die Brandung, am Ufer fallen wir beide völlig erschöpft in den nassen Sand.

»Mich wirst du nicht mehr so schnell los«, sagt Art.

»Du mich auch nicht«, sage ich.

Dann halten wir die Klappe.

SECHZEHN

Die nächsten Tage schwebe ich auf einer Wolke aus purem Glück. Art und ich verbringen jede freie Minute miteinander. Allerdings stellt sich mein kompletter Rhythmus auf den Kopf. Wir sind die Nächte über wach, reden, dösen, essen, und am Tag schlafen wir, bis ich meine Schicht in der *Sandsbay* antrete. Das ist die einzige Zeit, in der wir ein paar Stunden getrennt sind. Meistens taucht er gegen Ende meiner Schicht auf, unterhält sich mit Doc oder den Gästen, hilft beim Aufräumen, und wenn alles erledigt ist, verschwinden wir.

Doc sieht uns grinsend zu, wenn wir uns necken und schamlos flirten, wenn Art mir einen schnellen Kuss auf die Lippen drückt oder mich kurz in seine Arme zieht. Er mag Art, und er mag, wie sehr Art mich mag. Das macht mich absurderweise stolz und bestärkt mein Gefühl, dass ich Art vertrauen kann. Seit der Nacht der Strandparty hatte ich keinen einzigen Albtraum mehr, und keine beunruhigenden Anrufe haben mein Telefon klingeln lassen. Vielleicht hat meine Mutter sich wieder gefangen, oder das Wohnheim hat doch ein Auge auf sie, jedenfalls werden meine Befürchtungen nicht bestätigt, und schon bald rückt der eine Anruf in den Hintergrund.

Mit jedem Tag, der vergeht, wächst mein Vertrauen in Art und in unsere Beziehung. Er wird mich nicht verlassen. Das beweist er mir mit jeder noch so kleinen Geste.

Vielleicht ist die Liebe doch etwas Beständiges, und ich muss es einfach zulassen.

Gerade sitzen wir bei Guiseppe. Doc hat mich heute früher entlassen, weil in der Bar nicht viel los war, und Art hatte Lust auf Pizza. Die letzten Reste liegen auf einem großen Teller zwischen uns, ich knabbere an einem übrig gebliebenen Randstück und höre Art zu, der mir von seiner Highschoolzeit erzählt.

»Na ja, ich war nicht der beliebte Quarterback, wenn du das meinst«, sagt er und verzieht das Gesicht. »Ich war eher ein Außenseiter. Lang und dünn und sportlich eher Durchschnitt.«

Ich lache laut auf, weil ich das nicht glauben kann. »Wie jetzt? Du warst nicht der Highschoolstar, den alle Mädchen anhimmelten?«

»Nicht wirklich«, gibt Art grinsend zu. »Das kam erst später«, zwinkert er. »Ich hatte es mit der Kunst, aber du kannst dir ja vorstellen, wie sehr das die Mädchen beeindruckte.« Er gluckst, ich hebe die Brauen.

»Das sieht heute anders aus.«

Art nickt. »Ja. Lustig, wie sich die Begehrlichkeiten ändern.«

»Und das Äußere«, sage ich und streiche ihm über den Oberarm. Über die Muskeln, die selbst im entspannten Zustand deutlich zu erkennen sind. Art sieht mir bei der Berührung in die Augen, sofort legt sich ein Schleier darüber. Wir befummeln uns dauernd. Am laufenden Band haben wir Körperkontakt, und wenn wir alleine sind, haben wir Sex. Zwar haben wir noch nicht miteinander geschlafen, diese Grenze überschreitet Art nicht, egal, wie sehr ich es mir wünsche, aber alles andere ist kein Tabu. Ich entdecke mich mit ihm, wir entdecken uns gegenseitig, und die Erfahrungen sind so unglaublich, dass ich mich manchmal kneifen muss, um mich davon zu überzeugen, dass ich nicht träume.

Er ist einfühlsam und gleichzeitig wild, leidenschaftlich und aufreizend langsam, manchmal zurückhaltend, manchmal kann er es kaum abwarten. Diese vielen Facetten machen mich ganz schwindelig und reizen mich nur umso mehr, ihn zu reizen. So wie jetzt.

Ich beuge mich über den Tisch, wohl wissend, dass er mir so problemlos in den Ausschnitt glotzen kann, und küsse ihn. So richtig. Mittlerweile kenne ich ihn so gut, dass ich allein an seinem Atem erkennen kann, wie sehr ich ihn errege. Unsere Zungen treffen sich, heiß und schnell, bis sich ein Gast am Nebentisch laut räuspert.

Ich löse mich von Art, grinsend, mit speichelfeuchten Lippen, und sinke langsam auf meinen Stuhl zurück.

»Wir kriegen hier noch Hausverbot«, sagt er rau, den Blick tief in meinen versenkt.

»Dann musst du eben für mich kochen«, sage ich ebenso rau, lecke mir über den Mund. Art grinst zurück.

»Ob ich dazu komme, ist die Frage«, antwortet er.

Weil Guiseppe an unseren Tisch tritt und uns ein Tiramisu hinstellt, kühlt mein Verlangen nach Art ein winziges bisschen ab. Wir teilen uns den süßen Nachtisch, landen dann irgendwo bei unseren Zukunftsvorstellungen.

»Wir könnten gemeinsam einen Laden aufmachen«, sage ich, während die zuckrige Masse in meinem Mund zergeht. »Ich verkaufe meinen Schmuck und du deine Bilder. Wir könnten im Trailer wohnen, mit Spock, und uns einen Scheiß um den Rest scheren.« Ich lasse den Löffel fallen, lege mir die Hand auf den vollen Bauch. »Aber das geht ja leider nicht, weil deine Semesterferien bald vorbei sind«, sage ich dann und kann die alberne Enttäuschung nicht aus meiner Stimme verbannen. Ich weiß, dass es vollkommen bescheuert ist, was ich da sage, aber die Angst, was geschieht, wenn er wieder auf die Uni geht, sitzt mir im Nacken. Dabei ist er in L. A. und nicht aus der Welt. Es ist praktisch um die Ecke.

Aber es ist auch nicht die Entfernung, die mir zu schaffen macht. Eher das Leben, das Art dort hat. Ohne mich, mit Hunderten von Freunden, die ich nicht kenne, und einem Alltag, in dem ich keine Rolle spiele. Ich sehe ihn nicht an, als ich das sage, und bemerke erst spät, dass er mich nicht korrigiert. Er ist genau genommen ziemlich still, und das schon eine ganze Weile.

Ich hebe den Blick und erschrecke über den Ausdruck auf seinem Gesicht. Irgendwie versteinert.

Ich bin zu weit gegangen! Herrgott, ich plane hier eine Zukunft, als wären wir verheiratet! Als wäre ich ein verfluchter Klammeraffe, der ihm die Luft zum Atmen nimmt. Schon wird mir ganz übel, was sicher nichts mit dem Tiramisu zu tun hat, das plötzlich schwer in meinem Magen liegt.

»Sorry!«, sage ich zitternd. »Das ist natürlich Quatsch! Ich spinne hier nur rum«, versuche ich mich an einem kläglichen Spaß, aber Arts Blick bleibt ernst.

»Das hört sich richtig gut an, Spell. Ich möchte nämlich auch keine Sekunde mehr ohne dich sein«, sagt er leise und voller Wärme, und aus mir entweicht langsam die angehaltene Luft.

Im Gegensatz zu mir holt Art aber tief Luft und will mir offensichtlich noch etwas sagen, wird aber von einem spitzen Schrei unterbrochen. Wie aus dem Nichts steht plötzlich Benice an unserem Tisch, vor Freude kreischend. Der Gast neben uns stöhnt schon wieder genervt auf.

Ich auch, was man allerdings nicht hören kann, weil Benice sich kichernd auf mich wirft.

Sie umarmt mich in gewohnter Manier voll Begeisterung und tut das Gleiche danach bei Art. Dann zieht sie sich einen Stuhl heran und nimmt ungefragt Platz.

»Ich wusste, ich finde euch hier! Man könnte ja glauben, ihr habt die Stadt verlassen«, plappert sie los, greift nach Arts Löffel und dem Tiramisu. Beim Reden kratzt sie die Reste zusammen und verdreht genüsslich die Augen, als sie sich den Bissen in den Mund schiebt. Art sieht kurz zu mir, hebt bedauernd die Schultern, ich lächele ihn beruhigend an.

»Ich stalke dich schon seit Tagen! Du gehst nicht mal an dein Handy, mein Freund!«, sagt Benice vorwurfsvoll und stupst Art an. »Du erinnerst dich? Wir haben ein Atelier? Du malst?«, fragt sie und grinst. Art nimmt über den Tisch meine Hand, wendet sich dann ihr zu.

»Hab ich nicht vergessen. Ich nehme mir nur mal eine Auszeit, wenn's recht ist?« Er klingt höflich, aber bestimmt, Benice rudert zurück. Sie wedelt mit den Armen vor uns herum.

»Schon okay, kein Problem. Ich wollte dir nur sagen, diese Galerie bei uns um die Ecke. Du weißt schon, die Frau mit diesen ganzen Tattoos!« Benice rutscht auf ihrem Stuhl nach vorne, beugt sich verschwörerisch zu uns. »Sie hat mir 'ne Ausstellung angeboten. Also uns. Dir und mir. Wir kamen die Tage ins Gespräch, und ich hab sie ins Atelier mitgenommen und …«

Art fällt ihr ins Wort. »Du hast *was*?«

Selbst ich erschrecke über seinen scharfen Ton. Benice und ich sehen ihn konsterniert an. Art wird versöhnlicher.

»Benice, du weißt, dass ich das nicht mag! Du hättest mich fragen können.«

»Wie denn, wenn du nicht mal an dein Telefon gehst? Und zu Hause bist du auch nur noch, wenn ich schlafe. Wenn du überhaupt auftauchst!«, grummelt Benice, und ich muss ihr recht geben. Art und ich haben uns dermaßen abgekapselt, selbst ich habe mich schon gefragt, wann er eigentlich arbeitet. Nicht dass ich das zur Sprache gebracht hätte.

Jetzt rudert Art zurück.

»Ja«, sagt er zerknirscht. »Das stimmt. Tut mir leid. Ich bin eben beschäftigt.« Er blickt zu mir, und auch Benice entgeht der liebevolle Ausdruck in seinen dunklen Augen nicht.

Ihre Stimme wird weich.

»Hört mal, ihr Turteltäubchen, ich gönne euch das ja. Aber, Art, das ist eine Riesenchance für mich! Du hast dir schon einen Namen gemacht, ich meine, immerhin ist sogar die …« Jetzt unterbricht Art sie, und mir wird langsam schwindelig von ihrem Schlagabtausch.

»Schon gut, Benice! Ich hab verstanden! Was ist denn ihr Vorschlag?«, kommt er zum Punkt.

Benice streicht sich die Haare aus dem Gesicht, holt Luft.

»Es ist genial! Einfach genial! Sie bietet uns ihre Galerie für übernächsten Samstag an. Sie sorgt für alles, Arthur! Die Gäste, das Essen, die Getränke und den DJ! Wir müssen uns um nichts kümmern, nur unsere Kunstwerke aussuchen!« Benice strahlt, und auch auf Arthurs Gesicht stiehlt sich ein Lächeln.

»Das ist wirklich großartig!«, bestätigt er ihre Begeisterung.

»Ja, oder? Ich meine, wenn wir da was verkaufen, Art, dann kann ich das Geld zurücklegen und mir das Atelier vielleicht noch ein wenig länger leisten. Das wäre echt der Wahnsinn! Sie hat sogar Beziehungen zur Presse! Sie kennt den Chefredakteur von der *Daily Post*, stell dir das vor!«

Auch ich lasse mich von Benice' Euphorie anstecken. Die *Daily Post* ist unsere größte Zeitung hier im Umkreis.

»Das ist ja genial!«, sage ich, und Benice schenkt mir sofort ihre ganze Aufmerksamkeit.

»Spell, du kannst dir gar nicht vorstellen, wie sehr ich mich gefreut habe! Sie ist wirklich supernett und war total angetan von meinen Skulpturen!«

Benice verwickelt mich in ein Gespräch über ihre Kunst, ich höre ihr gebannt zu. Auch ihr Talent muss außergewöhnlich sein. »Sie will nicht mal Provision, Art!«, beendet Benice ihren Monolog. Art nickt anerkennend.

»Wie genau soll das ablaufen?«, fragt er interessiert, und schon sind sie in eine Fachsimpelei vertieft, in der ich nur jeden zweiten Satz verstehe. Sie reden über einen roten Faden, über das Zusammenspiel ihrer Werke und wie man sie am besten kombiniert. Ich beobachte Art, und mir wird ganz warm ums Herz. Seine Augen leuchten, er erzählt mit seinen Händen, seine Attraktivität trifft mich mit voller Wucht. Er hat sich ein paar Tage lang nicht rasiert, der Bart steht ihm ausgesprochen gut. Sofort denke ich an das kratzige Gefühl, wenn er mich am ganzen Körper küsst, ich denke an meine Finger, die durch seine Locken fahren, die er sich gerade aus der Stirn streicht, ich denke an seine geschlossenen Augen, wenn meine Lippen seine finden.

Ich schlucke trocken und konzentriere mich mit aller Macht auf Benice, die mich fragend ansieht.

»Das wäre doch okay für dich, oder?«, sagt sie, und ich habe keine Ahnung, von was sie gesprochen hat.

»Was?«, sage ich dämlich, und beide brechen in Lachen aus.

»Ihr seid echt verrückt nacheinander, oder?«, kichert Benice, ich werde rot. »Du hast überhaupt nicht zugehört, stimmts?«, will sie wissen.

»Nein«, gebe ich zerknirscht zu und muss grinsen. Art greift wieder nach meiner Hand. Er verschränkt unsere Finger, sein Daumen streichelt meinen.

»Du musst das nicht machen, Spell. Ist kein Problem für mich. Dann nehme ich einfach ein paar andere Bilder. Ich habe genug«, sagt er liebevoll, ich verstehe immer noch nur Bahnhof.

»Aber diese Serie ist einfach genial, Art!«, wirft Benice ein, und ich hebe die Hand.

»Stopp! Von was redet ihr?«

Jetzt wird Art rot, was mich total überrascht.

Ich habe ihn noch nie so verlegen gesehen. Fragend blicke ich zu Benice, und weil er nichts sagt, setzt sie zu einer erlösenden Erklärung an.

»Arthur hat dich gemalt. Und diese Bilder würden für die Ausstellung perfekt passen.«

»Echt?«, sage ich verblüfft, Art nickt.

»Ja«, antwortet er, lächelt dann schief. »Das war, nachdem ich dich das erste Mal gesehen hatte. Ich konnte nicht aufhören. Du gingst mir nicht mehr aus dem Kopf. Es sind nur ein paar Bilder, und wie gesagt, ich habe viel Auswahl.« Er zuckt die Schultern, ich weiß gar nicht, was ich sagen soll.

»Das …«, stottere ich, Benice springt mir zur Seite.

»Spell, die Bilder sind der Wahnsinn! Vertrau mir!«, sagt sie verzückt, legt sich die Hand auf die Brust.

»Du siehst irre schön aus! Er hat dich so gut getroffen, als hättest du ihm Modell gestanden!«

Nach ihrem Ausbruch bleibt es am Tisch kurz still, Art beißt sich auf die Lippen. Als niemand etwas sagt, räuspert er sich.

»Benice, ich denke nicht, dass Spell ...« Aber bevor er seinen Satz beenden kann, springe ich wie von der Tarantel gestochen auf. Mein Bein stößt an das Tischbein, es klirrt, ein scharfer Schmerz schießt mir ins Knie. »Nein!«, rufe ich laut, und jetzt verliert der Herr am Nebentisch endgültig die Geduld.

»Kann man hier nicht mal in Ruhe essen?«, poltert er und sieht mich böse an. Mit heißen Wangen nehme ich langsam wieder Platz, beuge mich dann zu Benice und Art.

»Nein«, wiederhole ich flüsternd. »Ich will das! Mach das! Das ist ...«, ich hole Luft, »toll! Das ist einfach toll, Art, und es wäre mir eine außerordentliche Ehre«, ende ich feierlich, und wie eine eingeschworene Gemeinschaft grinsen wir drei uns gegenseitig an.

»Dann ist es abgemacht?«, fragt Benice in die Runde, legt ihre Hand in die Mitte. Ich nicke, schiebe meine auf ihre, Art legt seine auf meine.

»Abgemacht!«, wiederhole ich Benice' Worte.

»Du siehst die Bilder erst zur Ausstellung«, gibt Art mit hochgezogenen Brauen zu bedenken. »Das macht mich sonst fürchterlich nervös vorher.«

Obwohl ich das schade finde, stimme ich zu.

»Was bleibt mir anderes übrig?«, frage ich scherzhaft, Benice sieht mich an.

»Nichts«, erwidert sie trocken, sodass wir wieder in Gelächter ausbrechen.

Später laufen Art und ich Hand in Hand am Strand entlang. Über uns leuchten die Sterne, eine leichte Brise fährt mir durch die Haare.

»Du hast mich wirklich so oft gemalt?«, frage ich leise.

»Mhm«, sagt Art.

»Obwohl du mich gar nicht kanntest?«

»Mhm.«

Er bleibt stehen, nimmt mich in den Arm, ich kuschele mich an seine Brust.

»Findest du das komisch?«, fragt er ebenso leise.

»Nein«, antworte ich ehrlich. »Ich finde das unbeschreiblich schön.«

Art atmet hörbar auf. »Okay, gut! Nicht dass du denkst, ich wäre ein verrückter Psycho oder so. Es ist nur so, wenn mich was beschäftigt, dann muss ich es malen. Das hilft mir.« Er verstummt, ich blicke auf.

»Bei was hilft es dir?«

Er nimmt mein Gesicht in seine Hände, seine Berührung ist warm und sanft.

»Malen schenkt mir Ruhe«, sagt er, und seine Daumen streichen über meine Schläfen. »Es befriedigt meine Sehnsucht nach dem Gesehenen. Es erdet mich und macht mich mutig. Malen macht mir klar, was ich will.« Wir sehen uns an, das Mondlicht spiegelt sich in seinen Augen. »Dich. Ich will dich, Spell.«

Schon recke ich mich ihm entgegen, will ihn küssen, aber Art hält mich auf Abstand.

»Ich mag dich, Spell. Sehr sogar. Du weißt das, oder?«, flüstert er.

Stumm nicke ich, kann nichts sagen, sonst schreie ich heraus, dass ich ihn liebe.

Und das will ich auf keinen Fall.

Er muss es zuerst sagen, damit ich es glauben kann. Sonst ist es nur eine Erwiderung auf mein Geständnis, und das ist mir zu wenig.

Vielleicht fühlt er sich sonst gezwungen, vielleicht will er nur höflich sein. Also muss ich den Impuls unterdrücken, was mir furchtbar schwerfällt.

Zum Glück hilft mir Art dabei, weil er mich nun doch küsst. Mit so viel Gefühl, dass mir die Knie weich werden und sich die Welt um mich herum in Luft auflöst.

Soll er mich malen bis ans Ende aller Tage, denke ich, dann versinke ich in ihm.

SIEBZEHN

Was ich bei der ganzen Sache nicht bedacht hatte, war, dass ich Art die nächsten Tage nicht zu Gesicht bekomme. Er und Benice arbeiten rund um die Uhr im Atelier, und weil ich die Bilder vorher nicht sehen darf, kann ich mich dort nicht blicken lassen.

Einerseits freue ich mich für ihn, andererseits vermisse ich ihn so sehr, dass es beinahe körperlich wehtut. Mir wird bewusst, wie glücklich ich die letzten Wochen mit ihm war und welchen Platz er in der kurzen Zeit in meinem Leben eingenommen hat, und das ist beängstigend. Ohne ihn ist es einfach nur schrecklich. Die einzigen Lichtblicke sind unsere Telefonate, wenn er mal Pause macht. Oft reden wir dann zwei Stunden am Stück, und ich erwähne mit keiner Silbe, dass er mir fehlt, weil ich ihn nicht ablenken will.

Tapfer versuche ich meine Sehnsucht einzudämmen, indem ich im Trailer Ordnung schaffe, was ehrlich gesagt längst überfällig ist. Ich spüle schmutziges Geschirr, räume Müll zusammen und bringe meine Wäsche zum Waschsalon. Dort starre ich in die Trommel, mit den Gedanken bei Art und mir und seinem Körper, und merke, wie ich im Waschsalon scharf werde. Verstohlen rutsche ich auf dem Plastikstuhl herum und habe das Gefühl, dass mir jeder in den Kopf gucken kann. Als die Wäsche fertig ist, verlasse ich fluchtartig das Gebäude.

Art bringt mich einfach völlig durcheinander!

Zurück im Trailer, verstaue ich die frische Wäsche und schmuse eine Runde mit Mister Spock, als mein Blick auf mein Schatzkästchen fällt.

Auch das habe ich seit Wochen nicht mehr hervorgeholt und verspüre nun das dringende Bedürfnis, das nachzuholen.

Ich schiebe Spock sanft von mir, stehe auf und öffne die alte Blechkiste.

»Hey, Dad«, flüstere ich, als würde er mich hören können. Mein Blick gleitet über meine gesammelten Erinnerungen, und feierlich greife ich nach der Zeichnung von mir, die Art an meiner Tür hinterlassen hatte, und breite sie auf dem Tisch aus.

»Ich habe jemanden kennengelernt.« Ich räuspere mich und tue so, als wäre dieses Gespräch real. Als würde mir mein Dad tatsächlich zuhören, wie das Väter eben so tun, wenn ihre Töchter einen Jungen mit nach Hause bringen.

In Wirklichkeit habe ich nicht die leiseste Ahnung, wie so was ablaufen würde, ich hatte ja nie ein Beispiel. Deswegen kann ich meiner Fantasie freien Lauf lassen, was doppelt Spaß macht. Vor meinem inneren Auge sehe ich meinen Dad bei meinen nächsten Worten verständnisvoll lächeln.

»Er heißt Arthur, nach dem Erfinder von Sherlock Holmes. Du weißt schon, dieser Meisterdetektiv. Und er ist Maler. Das hier«, ich streiche zärtlich über das

Gemälde, »das bin ich, wie man unschwer erkennen kann. Das hat er mir am Trailer hinterlassen, als ich mir unsicher war, ob ich etwas von ihm will.« Hier würde mein Dad leicht erröten und verlegen hüsteln, ich würde albern kichern.

»Jedenfalls ist er fantastisch«, erzähle ich weiter. »Er sieht umwerfend aus! Und er ist klug und witzig und liebevoll und unfassbar talentiert! Mit ihm kann ich über alles sprechen, Dad. Über dich und Mom und die Zeit nach deinem …« Ich breche ab, weil ich schlucken muss, hole tief Luft und sammele mich kurz. »Ich bin mir sicher, du würdest ihn mögen. Und er dich. Art würde dich fragen, ob er mit mir ausgehen dürfte. So ist er. Er weiß, was sich gehört.« Ich nicke bekräftigend, Spock sieht zu mir herüber und spitzt die Ohren, als würde er sich fragen, mit wem ich mich unterhalte.

»Schau mich nicht so an! Er muss das wissen, okay?«, sage ich in seine Richtung, Mister Spock legt den Kopf ab, blinzelt nur. Ich wende mich wieder meiner Kiste zu und krame das T-Shirt meines Vaters hervor. Ich halte es mir an die Nase, nehme einen tiefen Zug. Allerdings riecht es nach all der Zeit nur noch nach Staub und nicht mehr nach meinem Dad.

»Er mag mich, hat er gesagt«, wispere ich. »Sehr sogar. Das ist es doch, oder, Dad? Das Wichtigste? Dass er mich mag und ich ihm vertrauen kann?« Mittlerweile bin ich ganz leise, das Shirt wird feucht von den Tränen, die mir nun doch über das Gesicht laufen. »Du hast immer gesagt, du wärst da. Du wärst für mich da, wenn es mir schlecht geht und wenn es mir gut geht. Du hast es nicht geschafft. Aber Art schafft es. Er macht das, Dad. Du musst dir keine Sorgen machen! Ich hab jemanden gefunden, Dad. Ich bin nicht mehr alleine«, schluchze ich in den Stoff, wohl wissend, was für ein merkwürdiges Bild ich gerade abgebe. Auch Art kann die Lücke, die mein Vater hinterlassen hat, nicht stopfen. Niemand kann das. Aber ich will, dass mein Dad weiß, dass ich zurechtkomme. Dass ich nicht mehr länger einsam bin und dass ich lieben kann. Auch wenn Mom ihr Bestes getan hat, um diesen Glauben zu zerstören. Mister Spock kommt angetrabt, stupst mich mit der Schnauze ans Schienbein. *Hör auf!*, befiehlt er mir mit seinen Augen, als ich ihn durch einen Tränenschleier hindurch ansehe. Er reibt seinen Kopf an meinem nackten Bein, ich bücke mich und schlinge die Arme um seinen Hals. Sein weiches Fell tröstet mich, sein warmer Hundekörper holt mich nach und nach zurück. Irgendwann werden meine Schluchzer leiser, meine Tränen versiegen, und obwohl meine Augen geschwollen sind, fühle ich mich befreiter als noch vor einer Stunde. Entschlossen löse ich mich von Mister Spock, wische mir über das Gesicht.

»Schluss damit!«, sage ich laut, putze mir geräuschvoll die Nase, rücke mich wieder zurecht.

Dad ist tot. Er ist tot, und ich werde ihn nie wiedersehen.

Aber mein Leben geht weiter. Und er hätte sicher nicht gewollt, dass ich unglücklich bin. Ich sollte das endlich begreifen.

Ich rolle die Zeichnung zusammen, verstaue sie mit dem T-Shirt in der Blechkiste und schließe vorsichtig, aber bestimmt den Deckel.

Zukunft, Vergangenheit, Gegenwart.

Wörter für Ereignisse, die vor einem liegen, die längst passiert sind und die in diesem Augenblick geschehen.

Für Atemzüge, die man tut, für Entscheidungen, die man trifft, für Erinnerungen, die man schafft.

Aufgehoben in einer Kiste, während die Sekunden vorbeiticken und man sich die Augen aus dem Kopf heult.

»Ich liebe dich, Dad«, sage ich und schiebe die Schatztruhe unter den Tisch.

Den Rest des Tages verbringe ich mit Faulenzen und meiner Schicht im *Sandsbay*, und als ich danach erschöpft ins Bett falle, ist meine Nacht ein weiteres Mal traumlos.

Am nächsten Tag bekomme ich überraschend Besuch von Zanna.

Schon von Weitem erkenne ich sie an ihrem leuchtenden Haar, und als sie am Trailer ankommt, ist ihr Gesichtsausdruck gespielt tadelnd.

»Ich dachte, du seist ausgewandert. Nach Sibirien oder so«, begrüßt sie mich, und das schlechte Gewissen zwickt mich. Doch als ich mich entschuldigen will, winkt Zanna ab. Sie lässt sich in einen Stuhl unter dem Vordach des Trailers fallen und fächelt sich Luft zu. »Lass gut sein, Spell. Ich kann mir schon denken, wer dahintersteckt.« Sie zwinkert mir zu. »Ich verzeihe dir, wenn du mir haarklein jede Einzelheit erzählst«, sagt sie und grinst dabei breit. Ich lache ebenfalls, hole uns etwas zu trinken und komme ihrem Wunsch nur zu gerne nach. Es sind jetzt fast acht Tage, in denen ich Art nicht gesehen habe, und über ihn zu sprechen ist eine solche Wohltat, dass ich kaum zu bremsen bin. Zanna hört mindestens so begeistert zu, wie ich erzähle, fragt an den richtigen Stellen nach, lacht, seufzt verzückt und teilt meine kindische Schwärmerei, als wäre sie meine gleichaltrige Highschoolfreundin.

»Ja, und am Wochenende hat er diese Ausstellung. Und weil er bis dahin so viel zu tun hat, haben wir uns jetzt seit fast acht Tagen nicht gesehen.« Ich stöhne so mitleidig, dass Zanna mir über den Handrücken streicht.

»Und was für Bilder stellt er aus?«, fragt sie. Ich beginne zu strahlen.

»Mich«, sage ich.

»Wie? Dich?«

»Er hat mich gemalt. Und die Bilder sind offensichtlich so gut, dass die Besitzerin der Galerie genau diese ausgesucht hat.« Ich kann den Stolz in meiner Stimme nicht verbergen, werde aber trotzdem rot. Zanna reißt die Augen auf.

»Wow! Es muss ihn ja mächtig erwischt haben. Und du siehst die Bilder erst, wenn er die Ausstellung hat? Das ist ja total romantisch!«, ruft sie aus, klatscht in die Hände, dann hält sie plötzlich inne. »Was ziehst du an?«, fragt sie unvermittelt. Ich runzle die Stirn.

»Wann?«

»Zur Ausstellung!«

»Äh …« Ich zucke die Schultern. »Eine kurze Hose? Ein Top? Flipflops?«, zähle ich auf. »Ist doch egal. Das, was ich eben immer trage.«

Zanna schüttelt bei jedem Wort den Kopf, als könnte sie mich so aufhalten, weiterzusprechen. »Oh nein, Schätzchen! Auf keinen Fall!« Sie steht auf, geht in den Trailer, ich folge ihr.

Drinnen sieht sich Zanna um, reißt meine Schranktür auf. Wenn man das Schrank nennen kann. Eigentlich ist es nur ein schmales Regal mit wenigen Fächern. Prüfend fährt ihr Blick über den Inhalt, sie dreht sich zu mir.

»Wo sind deine Kleider?«

»Kleider?«

»Diese Dinger? Kurz, luftig, sexy? Ein typisches Stück Stoff für Frauen?« Die Brauen so weit oben, dass sie beinahe im Haaransatz verschwinden, sieht sie mich fragend an, ich sehe ebenso fragend zurück.

»Du hast kein einziges Kleid?«

Ich verneine, Zanna prustet die Luft aus. »Okay. Das ist …«, sie schließt den Schrank, nimmt mich an der Hand, »das ist gar kein Problem. Wir gehen zu mir. Ich hab da ein paar Sachen, die könnten dir gefallen.«

Ich komme nicht mal dazu, Nein zu sagen. Zanna schleift mich hinter sich her, hakt sich auf dem Weg in die Stadt bei mir unter. »Keine Sorge, Spell. Du hättest mir das gleich sagen sollen. Dann hättest du dir das ganze Grübeln sparen können«, redet sie auf mich ein, ich lege verstohlen die Stirn in Falten.

Grübeln? Von was redet sie denn da? Ich habe mir nicht im Geringsten Gedanken darüber gemacht. Art mag mich so, wie ich bin. Eigentlich mag er mich am liebsten ohne Klamotten, denke ich innerlich kichernd, als wir bei Zanna ankommen. Sie schließt die Tür zu ihrer kleinen Wohnung im Erdgeschoss auf, schiebt mich sofort in ihr Schlafzimmer und drückt mich aufs Bett.

»So. Du bleibst hier sitzen und musst gar nichts tun«, erklärt sie mir, dann wendet sie sich geschäftig ihrem Kleiderschrank zu. Geübt begutachtet sie die einzelnen Stücke, legt den Kopf schief, zieht Bügel heraus, hängt sie wieder weg, stapelt eine Auswahl über ihrem Arm. Mit dem Rücken zu mir plappert sie dabei vor sich hin. »Nicht so brav. Aber auch nicht zu sexy. Es muss eine interessante Mischung sein«, murmelt sie. Ich betrachte derweil meine Füße und wackele gelangweilt mit den Zehen.

Nach einer gefühlten Ewigkeit ist sie fertig. Sie dreht sich zu mir um, hält die Kleider in die Höhe.

»Na, was sagst du?«

»Vielleicht sollte ich das erst mal anprobieren?«

»Ja. Das ist eine gute Idee!«

Ich erhebe mich, nehme Zanna die Sachen ab, gehe in ihr angrenzendes Badezimmer und hänge die Bügel an einen Haken an der Wand.

»Kann ich auch eine Einladung haben?«, höre ich sie aus dem Nebenraum. Ich stecke den Kopf aus der Tür.

»Äh, klar! Hör mal, Zanna, ich denke nicht, dass das so eine große Sache wird. Das ist eher was ganz Kleines, Intimes«, sage ich, während ich in das erste Dress schlüpfe. Es ist türkisgrün und viel zu weit. Die Träger rutschen mir über die Schultern, und der Ausschnitt klafft weit über meiner viel kleineren Oberweite. Ich raffe den Stoff um meine Hüfte, trete aus dem Bad, und sofort fängt Zanna an zu lachen.

»Ihre Durchlaucht Prinzessin viel zu dünn«, sage ich näselnd und knickse theatralisch vor Zanna. Die wedelt abwehrend mit der Hand.

»Zieh das aus! Das ist ja grauenvoll!«, ruft sie grinsend, ich drehe mich im Kreis.

»Warum? Ich finde es sehr passend. Für ein kleines Mädchen, das eine Erwachsene spielen will?« Ich wickele das Kleid um mich, bis ich mir vorkomme wie in einen Teppich gerollt. Zanna kann sich vor Lachen kaum noch halten.

Auch die nächsten vier Stücke sind nicht wirklich eine Attraktion. Unter anderem ein Hosenanzug, in dem ich aussehe wie eine Mittvierzigerin, die eine steile Karriere als Businessfrau anstrebt, und ein roter Rock, mit dem ich problemlos als Zwillingsschwester von Rotkäppchen durchgehen könnte.

Vollkommen erschöpft falle ich in Unterwäsche auf Zannas Bett.

»Ich hab keine Lust mehr«, sage ich, und auch Zanna scheint den Mut verloren zu haben. Sie legt sich neben mich, wir starren an die Decke.

»Ich brauche nichts, Zanna. Das geht schon in Ordnung. Für Art sowieso, und außerdem ist das, wie gesagt, keine große Sache!«, sage ich, aber Zanna widerspricht mir.

»Nichts da! Du bist der Star dieser Ausstellung, und das solltest du auch zeigen!«

Zanna erhebt sich vom Bett. »Und deshalb, junge Dame, musst du einfach absolut umwerfend aussehen.« Sie läuft zu einer Kommode, zieht eine Schublade auf. »Nicht dass du nicht schon umwerfend wärst.

Aber warum sollten wir dich nicht noch ein bisschen aufpeppen?«, fragt sie süffisant und wirbelt zu mir herum. Sie hält ein schwarzes Etwas in die Höhe, ein Kleid, so winzig, dass ich die Augen zusammenkneife.

»Was soll das sein?« Mein Ton ist mehr als skeptisch.

»Meine Geheimwaffe«, antwortet Zanna, wackelt mit den Brauen. Sie wirft mir den Hauch eines Nichts zu, es landet auf meinem Gesicht. »Schlüpf mal rein.«

Seufzend beuge ich mich ihrem Wunsch. Der Stoff ist so zart, dass ich ihn kaum spüre. Schwarze Spitze schmiegt sich um meine Beine, endet kurz über meinen Knien, der Ausschnitt vorne ist eher gerade geschnitten, dafür hinten rückenfrei und tief. Sehr, sehr tief, dem Lufthauch nach zu urteilen, der meine Haut streift.

Ich zupfe und ziehe am Saum, Zanna atmet laut ein.

»Das ist es, Spell!«, sagt sie und schlägt die Hände vor den Mund. »Du siehst einfach fantastisch aus!«

Ich drehe mich zum Spiegel und kann nicht glauben, dass ich das bin.

Das kann unmöglich sein.

Das da im Spiegel ist eine Frau, die in Manhattan in einer Bar einen Cosmopolitan bestellt, die ellenlangen Beine elegant übereinanderschlägt und den Barkeeper mit einem Hundert-Dollar-Schein bezahlt.

Das ist eine Frau, die auf einer internationalen Modenschau in der Front Row sitzt.

Das ist eine Frau, die in Paris ein Museum besucht und fließend Französisch spricht.

Oder es ist eine Frau, die zu einer Kunstausstellung geladen ist, in der ihr Antlitz die Wände zieren wird.

»Wahnsinn!«, flüstere ich, als Zanna hinter mich tritt und mir die Haare hochhält.

»Wir müssen sie feststecken. Irgendwie so«, sagt sie und klemmt mir kurzerhand eine Spange in den dicken Zopf. »Damit man deinen schönen Rücken sieht.«

Wir blicken beide in den Spiegel, meine grünen Augen leuchten, auf Zannas Gesicht liegt ein stolzer Ausdruck.

»Fast wie für einen Abschlussball, Schätzchen«, sagt sie leise, ich drehe mich um und umarme sie.

»Danke«, murmele ich an ihrem Hals.

In diesem Moment ist sie mehr als meine Freundin. Sie ist meine Mutter, meine große Schwester, meine Familie.

»Gern geschehen«, sagt Zanna, und ich höre, wie gerührt sie ist.

Ein leichtes Kribbeln steigt in mir auf. Ich drehe mich wieder zum Spiegel und betrachte mich in diesem Kleid, das meine Kurven betont, stelle mir vor, wie ich die Ausstellung betrete, wie sich die Köpfe zu mir herumdrehen, wie Art mich erblickt und ihm der Atem stockt. Unwillkürlich knicke ich die Hüfte, schiebe das Becken vor, stütze die Hand in die Taille und mache einen Schmollmund. Neben mir grinst Zanna.

»Okay. Du hast verstanden, was ich meinte«, sagt sie und schnalzt mit der Zunge.

Ja. Das habe ich wohl. Ich zwinkere mir selbst zu und kann kaum erwarten, dass endlich Samstag ist.

ACHTZEHN

Alles ist weg.

Meine Selbstsicherheit, die Koketterie vor Zannas Spiegel, die Vorfreude.

Übrig geblieben sind schweißnasse Hände, ein wild klopfendes Herz und das Gefühl, dass ich völlig overdressed bin.

Zanna war heute Nachmittag da, brachte mir das Kleid, schminkte mich dezent, überreichte mir passende Ohrringe und lackierte mir die Nägel blutrot. Sie steckte mir die Haare locker nach oben, gab mir Schuhe, so hoch, dass es mir schwindelte, besprühte mich mit Parfüm, im Duft schwer und sinnlich.

Das kleine Täschchen fest an meine Seite gepresst, stehe ich nun knappe zehn Meter vor der Galerie und wünsche mich ans andere Ende der Welt. Oder wahlweise auch in eine kurze Shorts, ein leichtes Top und flache Sandalen.

Vor der Galerie ist die Hölle los, dabei dachte ich, ich sei viel zu früh. Kleine Grüppchen sammeln sich auf dem Gehsteig, Licht fällt auf die lachenden Gesichter, auf die Gläser in ihren Händen, auf ihre schicke Garderobe, Musik schallt mir aus der offenen Glasfront entgegen.

Du liebe Zeit! Warum hat Art mich nicht vorgewarnt? Warum habe ich mich dazu überreden lassen, dass ich auf diesen vermaledeiten Bildern zu sehen bin? Warum hat er mich nicht abgeholt, warum habe ich mich nicht in einem Karton reingeschmuggelt, warum habe ich mich von Zanna zu diesem Outfit überreden lassen?

Und warum, verdammt, habe ich ihn nicht ein Mal noch vor der Ausstellung gesehen?

Das haben wir tatsächlich nicht mehr geschafft. Der Stress wurde für ihn und Benice mit jedem Tag eher mehr als weniger.

Erst stimmte was mit der Lichtinstallation nicht. Dann änderte die Galeriebesitzerin die Anordnung der Kunstwerke. Dann fiel der DJ aus, und Art organisierte einen Freund, der sich auf die Schnelle bereit erklärte. So ging das am laufenden Band, und plötzlich war die Zeit vorbei, ohne dass wir uns gesehen hatten.

Das steigert meine Nervosität ins Unermessliche, zusätzlich zu der Tatsache, dass da drinnen in mehrfacher Ausführung Porträts von mir hängen. Vermute ich, denn ich weiß es ja nicht mal genau.

In meiner kleinen Tasche brummt es aufdringlich, ich fische mein Handy heraus. Es ist Zanna.

»Ich komme später! Tut mir leid, aber Fred hat mich aufgehalten!« Sie klingt gestresst, dabei ist es nicht sie, die hier an einer Straßenecke steht und sich vor Angst nicht bewegen kann.

»Spell?«

»Mpf«, krächze ich.

»Bist du noch nicht drin?«, fragt Zanna. Ich schüttele den Kopf, bis ich registriere, dass sie mich nicht sehen kann. »Nein«, stoße ich hervor, umklammere das Telefon so fest, als wäre es ein Juwelenschatz.

»Geh rein, Süße! Du siehst fabelhaft aus, und dein Freund ist der Star des Abends. Und du! Du bist der Star des Abends!«, schiebt sie noch hinterher und hätte mich nicht extra daran erinnern müssen. Ich sage nichts, Zanna schon. »Wenn du dich nicht sofort in Bewegung setzt, erzähle ich Arthur von dem Abend, als wir in der Karaokebar waren! Als du gesungen hast und dich die Leute ...« Ich unterbreche sie rüde. »Ist schon gut! Ich gehe ja!«, fahre ich sie an, Zanna kichert leise. »Bis gleich«, sagt sie, dann legt sie auf. Ich stecke das Handy weg, hole tief Luft. Sie hat ja recht. Ich benehme mich albern, und außerdem wartet Art bestimmt schon.

Oder auch nicht, weil er mit Hunderten von kunstgebildeten Menschen spricht, die alle klüger und interessanter sind als ich. Spell Magic, die nicht mal eine Uni besucht und in einer Strandbar arbeitet.

Okay. Hier ist Schluss. Ich bin, wie ich bin, und wenn das jemandem nicht passt, ist das nicht mein Problem. Das war es noch nie, und auch Art und seine Kunst und seine Kunstfreunde werden mich nicht dazu bringen, es zu einem zu machen.

Ich straffe die Schultern, recke mich zu meiner vollen Größe und laufe los.

Die erste Hürde, die Menschenmenge vor der Galerie, schaffe ich ohne große Probleme. Ich erklimme die Stufen, sehe nach unten, darauf bedacht, nicht zu stolpern. Musik empfängt mich bei meinem zögerlichen Schritt in die Galerie. Nina Simone singt, ihre Stimme schwer und kräftig in dem riesigen, offenen Raum. Sie legt sich sofort auf meine bloßen Arme, auf meine nackten Beine, auf meinen ganzen Körper und hüllt mich ganz und gar ein.

Als ich sicher bin, dass ich einen festen Stand habe, hebe ich den Kopf und blicke direkt auf Art, als hätten wir es verabredet. Er steht im hinteren Ende des Raumes, umringt von Menschen, die auf ihn einreden, und es verschlägt mir den Atem.

Herrgott, er sieht umwerfend aus!

Groß und schlank und muskulös und supermännlich.

Er trägt einen schwarzen Anzug, ein blütenweißes Hemd, eine schmale Krawatte und Sneakers. Die Hände locker in die Hosentasche gesteckt, plaudert er entspannt mit den Gästen, nickt, lächelt höflich, schüttelt Hände.

Ich kann mich nicht vom Fleck bewegen, weil mich sein Anblick bis ins Mark erschüttert.

Offensichtlich hatte ich vergessen, wie unfassbar attraktiv er ist, denn sonst würde ich hier nicht rumstehen, als hätte mich ein Zauberspruch zur Salzsäule erstarren lassen. Selbst als ich meinem Gehirn befehle, mich zu rühren, passiert einfach nichts. Die Leute drängeln sich an mir vorbei, entschuldigen sich freundlich und nichts sagend und stürzen sich in die Party, während ich nach einem Fluchtweg suche.

Ich kann das nicht!

Das ist nichts für mich.

Diese ganze Aufregung! Die grellen Lichter, die vielen Menschen, die sich um die Bilder und Skulpturen scharen, Art, der viel zu beschäftigt ist, um sich auch nur eine Sekunde um mich kümmern zu können.

Das ist sein Abend, und ich sollte ihn nicht ruinieren mit meiner Unsicherheit und meinem Kleinmädchengetue. Abrupt wende ich mich um, stolpere die Treppe auf den hohen Absätzen geradewegs wieder hinab, einzig mit dem Wunsch, so unauffällig wie möglich zu verschwinden.

Art wird schon verkraften, wenn ich nicht da bin. Wir sehen uns einfach morgen, wenn er ausgeschlafen hat und ich Jogginghose und Turnschuhe trage.

Ich haste die Straße entlang, lasse den Lärm und die Galerie hinter mir, als mich jemand behutsam am Arm fasst.

»Ich dachte, weglaufen gilt nicht mehr?«, sagt Art leise, dreht mich zu sich um. Sofort werden mir die Knie weich, sein Geruch erwischt mich mit voller Wucht.

»Wo wolltest du hin, Spell Magic?«

Oh Gott! Seine Stimme! Sanft und rau und voller Wärme. Er zieht mich an sich, seine Hände fahren über meinen nackten Rücken, umfassen meine Taille. Ich schlucke und schlucke, um einen Ton herauszubringen, was sich als sinnlos erweist. Mein Kopf sinkt an seine Brust, so erschöpft, als hätte ich gerade eine Vierzehn-Stunden-Schicht hinter mir.

»Ich habe dich vermisst«, murmele ich, Art lacht zärtlich.

»Dann verstehe ich erst recht nicht, warum du Abhauen für eine gute Idee hältst«, erwidert er und hebt mit seinem Finger mein Kinn an. Und als sich unsere Blicke treffen, beginne ich zu brennen. Das Feuer entfacht sich in meinem Magen, lodert so hell auf, als hätte jemand ein Streichholz in ein trockenes Reisigbündel geworfen, und übernimmt die Kontrolle. Ich stürze mich auf Arts Lippen, als hinge mein Leben davon ab, als gäbe es keine Alternative, als ihn jetzt und gleich zu küssen. Und genau so ist es. Es gibt keine Alternative, nur seinen Mund, der meinen berührt, wie nach einem hundertjährigen Schlaf.

Wir knutschen, wild, haltlos und völlig verrückt, mitten auf der Straße, wo er doch eigentlich bei seiner Ausstellung sein sollte.

Atem, der schneller geht, meine Hände, die sich unter sein Sakko schieben, Finger, die am Saum meines Kleides nesteln, eine Sehnsucht nacheinander, die hier in diesem Moment ganz sicher nicht zu befriedigen ist. Wir stolpern rückwärts, prallen gegen eine Hauswand, der kurze Schmerz, der durch meine Wirbelsäule zuckt, mindert meine Leidenschaft nicht im Geringsten. Geflüsterte Worte, kaum zu verstehen, mit Zungen, die verschmelzen.

»Ich muss zurück«, stößt Art irgendwann hervor, in all dem Geseufze und Gestöhne, und ich will es eigentlich gar nicht hören.

»Nein«, antworte ich, egoistisch und völlig unpassend, vergrabe meine Hände in seinen Locken, schlinge ein Bein um seine Hüfte.

»Gott, Spell, hör auf damit!«, presst Art hervor, seine Hand streicht über meinen Oberschenkel, suchend, bis er an mein Höschen stößt. Seine Erregung drückt sich an mich, pocht zwischen uns, heiß und dringlich, und plötzlich wird mir bewusst, was ich da tue.

Ich halte Art von dem vielleicht wichtigsten Abend in seinem Leben fern. Diese Erkenntnis klärt mir die Sinne so weit, dass ich mich von ihm löse. Weil mir die Hauswand den Ausweg versperrt, mache ich einen Schritt zur Seite, schiebe Art von mir.

Ich halte meine Hände an seine Brust, spüre seinen heftigen Herzschlag unter meinen Fingern.

»Du hast recht«, keuche ich mehr, als dass ich spreche, schüttle den Kopf. »Du musst zurück.« Meine Stimme ist heiser, als hätte ich ein Rockkonzert besucht, und Art sieht aus, als wäre er der Sänger gewesen. Die Haare verstrubbelt, die Pupillen geweitet und dunkel wie die Nacht um uns herum, seine Krawatte hängt schief, das Hemd hängt ihm halb aus der Hose. Ich bin nicht besser dran. Mein Kleid ist hochgeschoben, Strähnen haben sich aus der Hochsteckfrisur gelöst und kitzeln mich an der Wange.

Sekundenlang stehen wir schwer atmend voreinander, dann beginnen wir gleichzeitig zu lachen und fallen uns in die Arme, darauf bedacht, das Feuer nicht erneut zu entfachen.

»Ich hatte solche Sehnsucht nach dir«, sagt Art. »Scheiß auf die Leute da drinnen!«

Ich grinse ihn an, schlage ihn spielerisch gegen die Brust. »Ich auch nach dir. Aber wir sollten deine Gäste nicht länger warten lassen.«

Er nickt, legt den Arm um mich. Im Laufen richtet er sich die Krawatte, ich mir das Kleid. Kurz bevor wir die Galerie erreichen, bleibt Art doch noch einmal stehen. Er nimmt mein Gesicht in seine Hände.

»Ich will, dass du ehrlich bist«, sagt er, blickt mich

intensiv an. »Wegen der Bilder. Sei ehrlich, Spell. Sag mir, was du davon hältst. Die meisten da drin wollen mir Honig ums Maul schmieren. Das kann ich nicht gebrauchen. Ich will wissen, ob sie dich bewegen. Das ist mir wichtig, okay?«

Auch ich nehme sein Gesicht in meine Hände.

»Ich verspreche es«, sage ich und küsse ihn fest auf den Mund.

Dann betreten wir Hand in Hand die Galerie.

Schon Minuten danach bin ich völlig überwältigt. Die Ausstellung ist grandios.

Ich bin da. In allen Variationen. Es ist, als hätte mich Art mein Leben lang begleitet. Als kenne er mich von Beginn meiner Zeit an. Komplett unfassbar und absolut irrsinnig. Und wunderschön. Benice' Skulpturen passen dazu wie die Faust aufs Auge. Sie wirbelt zwischen den Gästen herum wie eine Fee aus einer anderen Welt, ihr Lachen glockenhell, ihre Gesten weit ausholend und begeisternd, ich sehe ihr mit Bewunderung und Erstaunen zu.

Art lässt mich den ganzen Abend über nicht los, er hält meine Hand, stellt mich etlichen Leuten vor, deren Gesichter und Namen sich vermischen, sodass ich sie mir unmöglich alle merken kann. Zanna ist da und wieder weg, ich werde mit Komplimenten überhäuft, Einladungen werden verteilt, für Vernissagen, private Essen oder Theateraufführungen, und Art beantwortet alle Anfragen souverän und charmant.

Es wird gefachsimpelt, ein Fotograf mischt sich unauffällig unter die Leute und knipst, was das Zeug hält. Champagner fließt in Strömen, Häppchen werden auf Silbertabletts herumgereicht, die in dem pinken, blauen und orangen Licht blitzen, ich werde Dinge gefragt, über die ich mir nicht im Geringsten Gedanken mache.

Ob ich als Arthurs Muse eine gewisse Macht über ihn besitze?

Ob ich einen Anteil am Verkaufserlös erhalte?

Ob ich ebenfalls in der Kunst tätig bin und ob ich die guten Gene meiner Mutter oder meinem Vater zu verdanken hätte?

Die Fragen flirren durch meinen Kopf, überfordern mich in ihrer Indiskretion, und Art rettet mich mehr als ein Mal. Er drückt meine Hand, als Zeichen, dass er sich darum kümmern wird, und das tut er dann auch. Gekonnt zieht er die Aufmerksamkeit auf sich, antwortet an meiner Stelle, schiebt sich schützend vor mich oder führt die ganz Aufdringlichen an die Bar.

Ein Mann, der sehr wichtig aussieht, spricht mich auf eine Karriere als Model an, steckt mir eine Visitenkarte zu, erzählt mir, wie außergewöhnlich mein Teint, meine Augenfarbe, die Form meiner Nase seien. Er fuchtelt mit seinen Händen vor mir herum, als wolle er einen Scherenschnitt von mir anfertigen, ich weiche verstohlen zurück. Sein Atem riecht nach Alkohol, er kommt mir viel zu nah, bis Art sich einmischt und mich kurzerhand einfach mitnimmt. Selbstsicher schlängelt er sich durch die Gästeschar, ans andere Ende des Raumes, wo es ein kleines bisschen ruhiger ist; dort angekommen, lehnt er mich an eine Säule. Er stützt die Hände neben meinem Kopf ab und küsst mich. Lange und langsam, und als wir den Kuss beenden, legt er seine Stirn an meine.

»Ich muss gleich gehen. Die Galeriebesitzerin hat für Benice und mich und die wichtigsten Lokalgrößen einen Tisch in einer angesagten Bar reserviert.« Er klingt müde, ich streiche ihm über die Wange. »Du musst nicht mit, wenn du nicht willst«, sagt er. »Ich sehe, dass dir dieses ganze Theater nicht wirklich gefällt.«

Ich will protestieren, Art hält den Finger an meinen Mund. »Spell, ich habe dich in allen Facetten gemalt, da kannte ich dich noch gar nicht richtig. Du musst nichts sagen, ich weiß auch so, dass dir der Zirkus hier zu viel ist.« Er grinst schief. »Mir ehrlich gesagt auch. Dieses ganze Getue«, Art schnaubt, »das ist so albern.«

Ich lache, küsse ihn auf die Nasenspitze.

»Gott, ich bin so froh, dass du hier bist«, sagt Art und schließt kurz die Augen.

»Schade. Ich dachte, wir verbringen die Nacht zusammen«, sage ich. »Aber ich verstehe das natürlich. Das ist wichtig für dich«, mildere ich meine Enttäuschung ab, weil ich es auch so meine.

Art rückt ein Stück von mir ab, sein Blick wandert bewundernd an mir herab, dann wieder herauf. »Habe ich dir eigentlich schon gesagt, wie absolut atemberaubend du heute Abend aussiehst?« Seine Stimme ist belegt.

»Nicht dass ich wüsste«, sage ich kokett, und plötzlich ist das Gefühl von vor Zannas Spiegel wieder da. Verführerisch schiebe ich mein Becken nach vorne, bis es Arts streift, dränge mein Knie an seinen Schritt, fahre mit dem Bein an seinem auf und ab und halte dabei seinen Blick. Arthur entfährt ein leises Stöhnen, er zieht mich fest an sich. Sein Mund wandert über meine Wange zu meinem Ohr, sein warmer Atem hinterlässt eine Spur aus Begierde auf meiner Haut. Er schiebt seine Hand unter mein Kleid, legt sie warm zwischen meine Beine, auf mein Höschen, und reibt langsam über den feinen Stoff.

Jetzt stöhne ich.

»Ich hole dich morgen früh ab. Pack ein paar Sachen zusammen. Für zwei, drei Tage. Wir machen einen Ausflug, du und ich«, flüstert er mir ins Ohr, verstärkt kurz den Druck seiner Handfläche, was ein Flattern meiner Lider zur Folge hat. Dann lässt er mich abrupt los und rückt von mir ab.

Keine Sekunde später wirbelt die Galeriebesitzerin um die Säule.

»Hier bist du!«, ruft sie. Art fährt sich durch die Haare, richtet seinen Krawattenknoten, wendet sich ihr dann lächelnd zu, als wäre nichts gewesen, während ich mich noch von meinem pochenden Schoß und meinem klopfenden Herzen erholen muss.

»Ich wollte dir noch jemanden vorstellen«, säuselt die Galeriebesitzerin, deren Name mir im Moment einfach nicht einfallen will. Was auch egal ist, weil sie mich sowieso gänzlich ignoriert. Sie hängt sich an Arts Arm, schleift ihn mit, und ich höre gerade noch, wie sie schwärmt, dass jedes Bild verkauft wurde. Sie plappert irgendetwas von Paris und der Sorbonne und seinem überragenden Talent, und dann sind sie weg.

Als ich mich wieder einigermaßen unter Kontrolle habe, stoße ich mich von der Säule ab, hole tief Luft, und weil ich Zanna nirgends mehr entdecken kann, dränge ich mich Richtung Ausgang. An der Tür drehe ich mich noch einmal um, finde Arts Blick, der mich verfolgt, während eine Frau auf ihn einredet. Er hebt die Hand, die eben noch an meinem Schritt lag, an seinen Mund und streicht sich damit über die Lippen. Dann grinst er unverschämt.

Puterrot im Gesicht und mit einem knappen Gruß wende ich mich um, wackele die Stufen hinunter und winke nach einem Taxi.

Auf den Dingern gehe ich keinen Meter mehr.

NEUNZEHN

Ein lautes Klopfen an der Trailertür weckt mich. Orientierungslos blinzle ich, stütze mich auf die Ellenbogen, brauche einen Moment, um zu mir zu kommen. Die Decke von den Füßen strampelnd, stehe ich auf, laufe zur Tür und schließe auf.

»Wow! Und wenn ich jetzt der Postbote gewesen wäre?«, fragt Art belustigt und sieht mich mit hochgezogenen Brauen an. Ich blicke an mir herab und lasse einen spitzen Schrei fahren. Dann kreuze ich die Arme vor meinem blanken Busen, kneife die Beine zusammen. Ich trage nur das Höschen von gestern, das mehr zeigt als verbirgt. Art lacht lauf auf.

»Nichts, was ich nicht kennen würde, süße, kleine Spell«, sagt er locker, wedelt mit einer Papiertüte vor mir herum. »Wie wär's? Du ziehst dir was über, ich serviere dir einen Bagel?« Ich nicke, lasse die Arme sinken und kann ein Gähnen nicht unterdrücken. Nachdem ich einen Schritt zur Seite gemacht habe, um Art einzulassen, tapse ich zum Schrank und angele nach einem Shirt.

»Wie viel Uhr ist es?«, frage ich, weil ich mich fühle, als wäre ich erst vor zwei Stunden ins Bett gegangen.

»Sechs.«

Ich fahre herum. »Was?«

Art grinst süffisant.

»Hast du überhaupt geschlafen?«, will ich wissen, während er die Bagels auspackt.

»Ein bisschen«, antwortet er vage.

»Was willst du schon so früh hier?«

»Dich entführen. Hab ich doch gestern gesagt.« Er beißt genüsslich in einen Bagel, deutet auf meine Schlafecke. »Hast du gepackt?«

Ich schüttle den Kopf. »Nein? Wann hätte ich das tun sollen?«

»Jetzt?« Art spült mit Kaffee nach, grinst immer noch.

»Musst du nicht hierbleiben? So kurz nach deinem Erfolg?«, frage ich und stopfe nebenbei ein paar Kleidungsstücke in eine Reisetasche.

»Ich muss gar nichts. Außer mit dir zusammen sein«, höre ich ihn hinter mir, schon schlingt er die Arme um meine Taille und zieht mich an sich. Er schiebt meine Haare beiseite, küsst meinen Nacken, ich bekomme wie auf Kommando Gänsehaut. Entschlossen befreie ich mich aus seinem Griff.

»Ich dachte, ich soll packen?«, sage ich streng. Art hebt ergeben die Hände.

»Ja. Sollst du«, sagt er, stiehlt sich aber trotzdem einen kurzen Kuss.

»Wo fahren wir hin?«, will ich wissen, aber Art schüttelt den Kopf. »Das sage ich dir später.«

»Brauche ich das hier?« Demonstrativ halte ich Zannas Kleid von gestern in die Höhe, Arts Augen blitzen auf.

»Nur, wenn du mich in den Wahnsinn treiben willst.«

»Das schaffe ich auch ohne Hilfsmittel.«

Aufreizend recke ich mich über das Bett und streiche die Decke glatt, wohl wissend, auf was Art starrt.

»Ich warte draußen«, stößt er rau hervor, dann geht die Trailertür. Leise kichernd suche ich die restlichen Sachen zusammen, springe kurz unter die Dusche und putze mir die Zähne. Als ich eine Viertelstunde später mit dem Bagel und dem Kaffee nach draußen komme, spielt Art mit Mister Spock.

Ach herrje! Den hatte ich ja ganz vergessen!

»Was mache ich denn mit Mister Spock?«, frage ich erschrocken, aber Art winkt ab.

»Der kommt mit.«

»Das geht?«

»Sicher! Wo soll er denn sonst hin, der gute Kerl?«, sagt Art und wuschelt Spock durch das Fell. Ich könnte ihn dafür küssen. Dann fällt mir die *Sandsbay* ein, und wieder erschrecke ich.

»Art, ich muss arbeiten!«, rufe ich aus, lasse die Tasche fallen.

»Hab ich schon geklärt. Du hast frei«, ist seine Antwort, ich schnaube verblüfft.

»Echt?«

Art nickt, richtet sich auf. »Können wir los?«, fragt er, jetzt nicke ich.

»Okay«, sage ich und zucke die Schultern. In diesem Moment klingelt mein Handy.

Morgens um kurz vor sieben? Ein ungutes Gefühl beschleicht mich, und als ich es aus der Tasche ziehe und auf das Display blicke, wird mir schlecht.

»Es ist meine Mom«, flüstere ich. »Schon wieder!« Unschlüssig recke ich das Telefon zu Art. »Was soll ich denn jetzt machen?«, frage ich hilflos und habe einen fetten Kloß im Hals. Art kommt auf mich zu, nimmt mir das Ding behutsam aus der Hand.

»Willst du rangehen?«

Ich verneine stumm, starre auf das Telefon, als könne es gleich explodieren. Das Klingeln hört auf, und die eintretende Stille ist eine einzige Qual.

Art fasst mich am Arm. »Spell? Es ist nur ein Telefon, okay? Siehst du? Nur ein Telefon. Sie kann dir nichts tun, und wenn du nicht mit ihr sprechen willst, ist das vollkommen in Ordnung«, beruhigt er mich mit sanfter Stimme. Das Telefon beginnt erneut zu bimmeln, penetrant und unaufhörlich, ich zucke zusammen.

»Wie wär's? Du lässt es hier? Dein Handy?«, fragt er und hält es in die Höhe. Dabei geht er ein paar Schritte rückwärts zum Trailer. »Wenn du es nicht brauchst, legen wir es einfach in den Trailer?«, schlägt Arthur vor, und ich nicke zögerlich. Der Ton gräbt sich schrill in mein Gehirn, am liebsten würde ich das Telefon ins Meer schleudern!

»Gib mir deinen Schlüssel«, sagt Art. Ich krame in meiner Tasche und reiche ihm meinen Schlüsselbund. Art öffnet den Trailer, just in dem Augenblick, in dem das Klingeln aufhört. Und sofort danach wieder anfängt.

»Argh!«, schreie ich, weil mich bei dem Geräusch wilder Zorn übermannt. »Sie soll mich in Ruhe lassen, verdammt noch mal!« Ich schlage mir die Hände vor das Gesicht, brülle meinen Frust in meine Handflächen. »Diese blöde Kuh! Diese blöde, dumme Kuh!«, fluche ich und habe gleichzeitig ein schlechtes Gewissen, weil ich meine eigene Mutter beschimpfe. »Ich hasse sie!«, stoße ich aus, meine Hände fahren an meinen Kopf. »Ich hasse, hasse, hasse sie!« Ich reiße an meinen Haaren, als könnte mir das helfen, meine zwiespältigen Gefühle zu ändern. Es tut höllisch weh, aber das ist die Absicht.

»Spell, hör auf damit!« Art ist zurück und hält meine Arme fest. Er zwingt meine Finger, die an meinen Strähnen zerren, dazu, innezuhalten. Stück für Stück biegt er sie auseinander, nimmt anschließend meine Hände in seine und betrachtet ungläubig die Büschel Haare, die sich darin befinden.

»Du kannst dich doch nicht selbst verletzen!«, flüstert er, sieht mich dann an. Der Ausdruck in seinen Augen ist traurig, in mir tobt immer noch die heiße Wut.

»Spell!«, fährt er mich an, bis ich blinzele. Ganz langsam normalisiert sich mein keuchender Atem, mein Puls und mein wild klopfendes Herz. Art zieht mich an sich, legt meinen Kopf an seinen Hals. »Herrgott, machst du das oft?«, will er wissen, ein leichtes Zittern in der Stimme.

Ich sage nichts. Jetzt hält er mich für völlig irre. Gleich wird er mich von sich schieben und mir stotternd erklären, warum er dringend wegmuss.

Aber Art tut nichts dergleichen. Er streicht mir nur über den Rücken, auf und ab, so lange, bis ich mich nach einer ganzen Weile von ihm löse.

»Tut mir leid«, murmle ich beschämt, stecke die Hände in die Hosentaschen.

»Das muss es nicht«, sagt er leise. Er holt Luft. »Also? Wollen wir los?«

Ich schiele nach oben, sehe ihn an. »Bist du dir sicher, dass du mit einer Verrückten auf Tour willst?«, frage ich halb im Scherz, halb im Ernst. Art nimmt als Antwort meine Hand aus der Hose, hebt mit der anderen meine Tasche auf. Er pfeift nach Spock, dreht sich zu mir.

»Du bist nicht verrückt. Du bist einzigartig«, sagt er schlicht, dann laufen wir los.

»Du bist verrückt!«, sage ich jetzt schon zum zehnten Mal, Art neben mir grinst nur. Wir sitzen in einem alten VW-Bus, den er sich von einem Freund geliehen hat. Art fährt, hinten im Auto ein Wurfzelt, Schlafsäcke, Proviant und Mister Spock.

»Du wolltest die Golden Coast sehen, hast du gesagt«, sagt er, die Hände liegen locker am Steuer. Der Bus ist eines dieser älteren Modelle und komplett bunt bemalt. Ich komme mir vor wie ein Hippie. Das Fenster heruntergekurbelt, bläst mir der Fahrtwind ins Gesicht, direkt unter mir glitzert das Meer in der Morgensonne. Ich schließe die Augen, den Geruch von Salz und Sonne in der Nase, und obwohl es nichts Besonderes ist, ist es etwas ganz Besonderes.

»Danke«, sage ich leise.

»Nicht dafür, Spell«, sagt Art ebenso leise, dann spüre ich seine Hand auf meinem Bein.

Ich öffne die Augen und sehe ihn an. Er trägt Sonnenbrille und Basecap, blickt konzentriert auf die Straße, während seine Finger meinen Oberschenkel streicheln. Er ist ein guter Autofahrer. Ruhig und souverän, was mich kurioserweise total antörnt.

Irgendwann bemerkt er mein Starren, seine Mundwinkel verziehen sich zu einem Lächeln.

»Was ist?«, fragt er grinsend und dreht den Kopf.

»Ich liebe dich«, sage ich, ohne nachzudenken.

Und es tut mir nicht im Mindesten leid. Ich kann nicht anders, die drei kleinen Worte müssen heraus. Schon viel zu lange halte ich sie zurück, und gerade jetzt, in diesem total unspektakulären Augenblick, sind sie alles, was ich fühle. Arts Grinsen verschwindet, stattdessen öffnen sich seine Lippen zu einem überraschten Ausdruck. Seine Augen kann ich wegen der Brille nicht erkennen, aber sein Streicheln an meinem Bein hat aufgehört. Das sind alles keine wirklich guten Zeichen, ich habe eher den Eindruck, dass ich ihn erschreckt habe. Aber bevor ich mir darüber Gedanken machen kann, schreie ich laut auf. »Stopp!«

Art tritt auf die Bremse, sein Blick richtet sich nach vorne, auf die Stoßstange des Wagens, auf den wir beinahe aufgefahren wären. Der Gurt zerrt kurz an meiner Schulter, wir bleiben ruckartig stehen.

»Fuck!«, ruft Art, wendet sich sofort an mich. »Alles okay?«, fragt er atemlos, ich nicke.

»Ja. Bei dir?«

Er nickt.

»Tut mir leid, Spell!«

»Ist doch nichts passiert«, sage ich, weil es ja eigentlich meine Schuld war. Ich hätte ihn nicht ablenken dürfen! Mein Geständnis war ihm unangenehm und hat ihn aus dem Konzept gebracht. Ich beiße mir auf die Lippe, suche krampfhaft nach einer Möglichkeit, es zurückzunehmen, bis ich kapiere, dass ich das gar nicht will.

Ich liebe Arthur, und er soll das wissen. Und wenn es ihm tatsächlich nicht passt, kann ich das sowieso nicht ändern.

Der kleine Stau vor uns löst sich auf, und Art legt den Gang ein.

Die nächste Stunde schweigen wir. Als mir die Stille zu drückend wird, schalte ich das Radio ein. Ich suche nach einem Sender mit einem Song, der mir gefällt, und finde *Linkin Park* mit *The Shadow of the Day*. Die raue Stimme des Sängers erfüllt den Wagen. Leise summe ich vor mich hin, tippe im Rhythmus mit den Fingern auf den Sitz und sehe aus dem Fenster, weil ich Arts Blick ausweiche.

Irgendwann höre ich, dass er ebenfalls summt. Leise und melodiös, und aus dem Summen wird ein Singen. Art singt den Song mit, und auch ich falle mit ein. Unsere Stimmen verbinden sich, seine tief und dunkel, meine hell und klar, und als der Refrain kommt, sehe ich ihn an.

Art dreht lauter, die Klänge der E-Gitarre fetzen mir um die Ohren, und obwohl der Text überhaupt nicht zu uns passt, schmettern wir ihn lauthals heraus. Seine Miene erhellt sich, und wir fangen beide gleichzeitig an zu grinsen. Art nimmt meine Hand, verschränkt meine Finger mit seinen, und ich könnte schwören, ich höre, wie er in die finale Liedzeile ein *Ich dich auch* einbaut.

Später am Vormittag halten wir an einer Parkbucht mit einem spektakulären Ausblick. Wir steigen aus, ich strecke meine Glieder. Art befreit Spock, holt eine Decke und zwei Flaschen Wasser aus dem Wagen, und wir laufen einen steilen Pfad nach unten ans Wasser.

Mister Spock springt vor uns her, als wäre er Jahre in diesem Auto eingesperrt gewesen, und hüpft in die Brandung, kaum dass wir unten angekommen sind, Art breitet die Decke im Schatten eines Felsens aus, ich lasse mich darauffallen. Über mir ziehen Wolken vorbei, weiß und weich wie Zuckerwatte, das Rauschen des Meeres übertönt die laute Stille, die sich zwischen Art und mir eingeschlichen hat. Er sitzt vor mir, die Beine angezogen, die Arme locker darauf abgestützt. Ich betrachte das feine Spiel seiner Muskeln, als er einen kleinen Ast zur Hand nimmt und an der Rinde pult. Etwas bedrückt ihn, seit ich ihm meine Gefühle offenbart habe, und irgendetwas sagt mir, dass es nicht die drei kleinen Worte waren.

»Ist alles in Ordnung?«, traue ich mich zu fragen, Art dreht sich zu mir um und sieht aus, als wäre er ganz woanders.

»Ja. Sicher«, sagt er, blickt aber sofort wieder nach vorne zu Mister Spock.

Vorsichtig lege ich meine Hand auf seinen Rücken, spreize die Finger.

»Ist es wegen dem, was ich vorhin gesagt habe?«, wage

ich mich weiter vor, Art zieht die Basecap ab. Er senkt den Kopf, streicht sich durch die Haare, bleibt stumm.

»Hör zu, es tut mir leid, okay?«, sage ich jetzt doch, obwohl es gelogen ist. Es tut mir nicht leid, aber wenn ich ihn damit so unter Druck setze, scheint es mir angebracht, so etwas zu sagen. »Ich habe mich hinreißen lassen. Das … das war nur der Moment. Und die Müdigkeit, wegen gestern«, schiebe ich einfallslos hinterher. Art wendet sich mir so abrupt zu, dass ich leicht zusammenzucke.

»Sag das nicht, Spell!«, fährt er mich an, und seine Augen blitzen zornig.

»Wow! Okay? Entschuldige bitte!« Wie weggeblasen ist die Entspannung von eben, ich setze mich ebenfalls auf. Beide blicken wir nun auf den Horizont, Art zerbricht den Stock in zwei Teile, die er von sich schleudert, dann holt er tief Luft.

»Ich will nicht, dass du es zurücknimmst, weil ich genauso empfinde«, sagt er. Ich falle ihm ins Wort.

»Art, du musst das nicht sagen. Das ist wirklich überhaupt nicht nötig.« Meine Stimme klingt gönnerhaft und vielleicht ein winziges bisschen beleidigt, zur Bekräftigung meiner Aussage winke ich deswegen lapidar mit der Hand. Art fängt sie in der Luft ab, packt mein Handgelenk und sieht mich an. In seinen Augen lodert ein Feuer, brennt eine Dringlichkeit, die mich gefangen nimmt.

»Ich liebe dich, Spell Magic«, sagt er rau. »Mehr, als du dir vorstellen kannst. In meinem ganzen Leben habe ich noch nie so empfunden. Noch nie. Das schwöre ich dir.« Unverwandt starrt er mich an, unterstreicht sein Geständnis mit seinem intensiven Blick. »Ich will dich nicht verlieren. Und das macht mir Angst, okay?«

Ich kann nicht mal blinzeln, habe das Gefühl, selbst die Wellen haben aufgehört, an den Strand zu branden. Alles steht still.

»Wenn du es jetzt noch immer zurücknehmen willst, dann tu das«, sagt Art, hebt ganz leicht die Brauen. Als ich den Kopf schüttle, lässt er mein Handgelenk los. Mein Arm sinkt nach unten, Art wendet sich wieder ab. Er sucht sich einen neuen Stock, kratzt auch an diesem herum, als müsse er einen Speer daraus schnitzen, ich versuche zu verstehen, was hier gerade eben passiert ist. Und weil mir das schon oft geholfen hat, entscheide ich mich für Humor.

»Also das war die seltsamste Liebeserklärung, die ich jemals bekommen habe!«, resümiere ich. »Obwohl, wenn ich ehrlich bin, war das die einzige Liebeserklärung, die ich bis jetzt bekommen habe. Aber wenn ich schon mehrere bekommen hätte, wäre diese sicherlich unter den Top Drei. In jedem Fall!« Ich nicke langsam, spitze die Lippen. »Ich meine, wer will schon Rosen und einen Sonnenuntergang und Küsse und zärtliches Gefummel und dieses ganze Zeug? Das wird alles völlig überbewertet. Billiger Schnickschnack.« Ich klatsche in die Hände. »Zack! Einfach sagen, was Sache ist, ohne viel Glitter und Glitzer«, fasele ich, bis sich Art grinsend umdreht. Er kommt näher, schiebt mich Stück für Stück nach hinten, bis ich unter ihm liege, derweil ich immer noch vor mich hin plappere.

»All diese Liebesgedichte und poetischen Worte! Das ist doch verschwendete Zeit. Ich meine, man müsste sich vorstellen, wie viele Missverständnisse vermieden werden könnten, wenn einfach jeder …«

»Jetzt sei schon still«, flüstert Art an meinem Mund, dann verschließt er ihn mit einem Kuss. So zärtlich, mit so viel Gefühl, dass mir tausend Gedichte dazu einfallen würden, wenn nicht sein Kuss all meine Gehirnzellen leer fegen würde.

Denn das tut er.

ZWANZIG

»Wir könnten heute Abend mit meiner Mutter essen gehen. Wir sind nicht weit von L. A. entfernt«, sagt Art beiläufig, während er Pistazien knackt und sie mir zuschiebt.

Es ist später Nachmittag, wir liegen immer noch auf der Decke. Angezogen, nachdem wir uns vorhin fast ausgezogen hätten. Weil wir uns unsere Liebe erklärt hatten.

Immer noch spüre ich die Hitze, die meinen ganzen Körper überzieht, fühle Arts Hände, die mich erkundeten, als hätten sie es noch nie getan.

»Wie bitte?«, frage ich und verschlucke mich beinahe an einer Pistazie. Er will mich seiner Mutter vorstellen?

»Ja, wieso nicht?«, sagt Art, und mir fällt auf, dass ich meinen Gedanken laut ausgesprochen habe.

»Weil ... na, weil wir uns gerade mal ein paar Wochen kennen?«, krächze ich und lange nach der Wasserflasche. Gierig trinke ich ein paar Schlucke, Art wirft sich eine Pistazie in den Mund.

»Spell, hast du immer noch nicht verstanden, wie ernst ich es mit dir meine?«, fragt er und grinst unverschämt. »Meine Mom würde sich freuen. Sie wollte eigentlich zur Ausstellung kommen, aber das ging nicht. Und ich habe sie schon ein paar Wochen nicht mehr gesehen.« Für ihn klingt das total einfach, für mich klingt es wie die schwerste Aufgabe der Welt. Ich habe nicht die leiseste Ahnung, was Familie bedeutet, geschweige denn, wie ich bei der Mutter meines Freundes Eindruck schinden kann.

»Wann hast du das mit ihr ausgemacht?«

Art überlegt kurz. »Keine Ahnung. Vor zwei Wochen?« Er zuckt die Schultern, futtert die nächste Pistazie.

»Wie lange planst du diesen Trip schon?«

Art überlegt wieder, zuckt abermals die Schultern. »Seit zwei Wochen?«, sagt er grinsend.

»Denkst du denn, sie würde mich mögen?«, frage ich, ziehe die Nase kraus.

Art runzelt die Stirn, schüttelt den Kopf. »Nein«, sagt er langsam. »Ich denke nicht. Bis jetzt hat sie alle meine Freundinnen weggeekelt.« Er sieht mich todernst an. »Das ist so ein Ding mit *Alleinerziehende-Mutter-Sohn-Beziehung*. Sie klammert ganz fürchterlich, und jede Frau ist ihre größte Konkurrenz. Aber«, er reckt den Zeigefinger, »ich gebe nicht auf! Irgendwann wird eine dabei sein, die sie begeistert. Vielleicht bist du es ja?« Sein Blick wird prüfend, er kneift ein Auge zu, gibt sich dann selbst die Antwort. »Nein. Eindeutig zu verliebt. Dieses Leuchten in deinen Pupillen. Diese Begierde nach meinem Körper. Das sieht sie sofort. Sie wird dich verschlingen. Mit Haut und Haaren.« Er holt durch die zusammengebissenen Zähne zischend Luft. »Oder sie sperrt dich in ihren Turm.« Seine Hand fasst in meine Haare, er wickelt eine Strähne um seinen Finger. »Wenn du sie noch ein paar Jahre wachsen lässt, könntest du sie wie Rapunzel aus dem Fenster hängen lassen. Ich würde dann daran hochklettern und dich retten«, sagt er großzügig, ich gehe auf sein Spiel ein.

»Du weißt aber schon, dass die Königin den Prinzen vom Turm stieß, er in einem Dornengestrüpp landete und erblindete?«, sage ich, während Art mich an meinem Haar sanft zu sich heranzieht.

»Mhm. Das würde ich für dich auf mich nehmen«, murmelt er, bevor wir uns küssen.

Ein paar Stunden später stehen wir vor einem Restaurant, ich zappele neben Art, als hätte ich zehn Tassen Kaffee getrunken, und zupfe zum hundertsten Mal an meiner einfachen Jeans und dem schlichten Shirt. Art nimmt mich in den Arm.

»Du siehst großartig aus, Spell! Jetzt hör schon auf, so nervös zu sein. Meine Mom ist total in Ordnung, sie wird dich lieben«, sagt er streng, küsst mich kurz auf die Stirn, dann fasst er meine Hand und zieht mich zum Eingang.

Arts Mom ist eine schlanke Frau mit den gleichen dunklen Augen wie ihr Sohn. Sie sitzt auf der Terrasse des Restaurants und steht auf, als wir auf sie zukommen. Sie trägt einen langen Rock, ein weites T-Shirt und schlichte, aber elegante, flache Sandalen. Die hellen Haare hat sie zu einem einfachen Zopf gebunden, die Frisur betont ihr jugendliches Gesicht und ihr breites Lächeln, als sie ihren Sohn in die

Arme schließt und ihn minutenlang drückt.

»Mein Junge«, sagt sie, als sie ihn loslässt, von sich schiebt und ihn prüfend betrachtet. Spielerisch wuschelt sie ihm durch die Haare und muss sich dafür auf die Zehenspitzen stellen.

»Mom!«, sagt Art und weicht verlegen zurück. Das stört Ms de Meer nicht im Geringsten, sie lacht laut auf.

»Herrgott, stell dich nicht so an!«, erwidert sie, dann wendet sie sich mir zu.

»Guten Abend, Ms de Meer«, sage ich höflich und strecke ihr die Hand hin.

»Oh, bitte nicht so förmlich. Nenn mich doch Caroline«, bietet sie an. Sie hat einen leichten, ganz bezaubernden französischen Akzent.

»Okay, danke sehr. Ich bin Spell«, sage ich. Wir schütteln uns die Hände, ihr Händedruck ist fest und angenehm.

»Ich habe mir erlaubt, hier draußen einen Tisch zu reservieren?« Caroline nimmt Platz, Art rückt mir meinen Stuhl zurecht, und als wir alle sitzen und die Getränke bestellt haben, fühle ich mich merklich ruhiger.

»Also? Wie habt ihr euch kennengelernt?«, kommt Carolin gleich zur Sache, kreuzt die Arme auf dem Tisch und beugt sich interessiert zu uns.

»Er hat mir einen Ball an den Kopf geworfen«, sage ich.

»Ihr Hund hat meinen Pinsel geklaut«, sagt Art gleichzeitig, dann brechen wir in Lachen aus. Seine Mutter sieht uns verwirrt an.

»Man überlässt der Dame das Wort, Arthur«, sagt sie leicht tadelnd, wendet mir ihre Aufmerksamkeit zu, dabei wäre es mir lieber gewesen, Art hätte das Reden übernommen. Ich räuspere mich kurz.

»Das war am Strand. Er spielte Beachvolleyball, und ein verirrter Ball traf mich am Kopf. Das hat ziemlich wehgetan«, sage ich und deute auf meine Stirn, als wüsste Caroline nicht, wo mein Kopf ist. Außerdem klinge ich, als wollte ich Art auf Schmerzensgeld verklagen. Ich stöhne innerlich auf.

»Und das hast du ihm nicht übel genommen?«, fragt Caroline amüsiert. Ich dementiere sofort heftig.

»Nein, um Gottes willen!«, sage ich viel zu laut, gestikuliere wild mit den Händen vor ihr, Caroline lacht auf. Sie sieht zu ihrem Sohn.

»Da hattest du aber Glück.«

Art nimmt meine Hand, sein Daumen streicht über meinen.

»Ja, das hatte ich«, sagt er, und ein Strahlen erscheint auf Carolines Gesicht.

Die Getränke kommen, und der geschäftige Kellner vermittelt mir zumindest ein bisschen den Eindruck, dass ich mich hier nicht in einem Märchen befinde. Denn auch wenn Arts Vater fehlt, ist es doch mehr Familie, als ich seit Langem erlebt habe. Art und seine Mutter vertiefen sich in ein Gespräch über Bekannte und Freunde und Carolines Arbeit, die Vertrautheit zwischen ihnen ist so wunderschön wie tausend Regenbogen. Fasziniert höre ich ihnen zu, beobachte, wie Art sie zum Lächeln bringt, wie in jedem Wort an ihn der Stolz und die Liebe einer Mutter mitschwingt.

»Na ja, und dann habe ich ihm gesagt, dass ich die Klasse so nicht mehr unterrichten werde. Du hättest sein Gesicht sehen sollen! Ungefähr so!« Caroline macht eine empörte Grimasse, Art lacht.

»Ich habe ihn noch nie leiden können«, sagt er dann. »Weißt du noch, als er dich zu einem Date eingeladen hat?«, fragt Art, und Caroline verdreht die Augen.

»Sicher weiß ich das noch! Du hast eine halbe Tube Zahnpasta gegessen, nur damit ich nicht ausgehen kann!« Sie greift nach ihrem Weinglas, nimmt einen Schluck.

»Das hast du nicht?«, wende ich mich ungläubig an Art, der triumphierend grinst.

»Er hatte urplötzlich Magenschmerzen und Fieber. Wie aus dem Nichts! Ich stand da, fix und fertig gestylt, und konnte den Babysitter unmöglich mit meinem«, sie macht Gänsefüßchen in der Luft, »kranken Kind alleine lassen.« Ihr Blick gleitet kurz zu Art, der wirft die Hände in die Luft.

»Komm schon, Ma! Ich habe dich gerettet! Mr Willard war ein Reinfall!«, protestiert er lachend.

»Ja, das stimmt«, gibt Caroline zu. »Arthur hatte einen sehr ausgeprägten Beschützerinstinkt als Kind, musst du wissen«, sagt sie, zwinkert mir mit den Augen zu. »Er wollte nicht, dass ich Dates habe und ausgehe. Da war er ganz der Mann im Hause de Meer.«

Neben mir stöhnt Art gespielt verzweifelt auf. »Mom, ich war zehn! Und das ist nicht besonders hilfreich?«, nuschelt er, und sein Kopf ruckt verstohlen in meine Richtung. Ich grinse.

»Oh doch!«, sage ich, und irgendwie sind Caroline und ich plötzlich ein Team und verbünden uns scherzhaft gegen Art.

»Vergiss nicht die kranke Ratte, die du in deinem Kleiderschrank versteckt hast!«, wirft Caroline in den Ring. Ich verziehe angeekelt das Gesicht.

»Sie wäre sonst gestorben!«, verteidigt sich Art, schüttelt sich aber selbst bei der Erinnerung daran.

»Ja. Aber das wäre sie in deinem Kleiderschrank auch, hätte ich sie nicht gerettet!«, entgegnet seine Mutter trocken. »Gott, du musstest dich wirklich für alles und jeden einsetzen! Dieser eine Junge, den du zu deinem besten Freund auserkoren hattest!«

»Er hatte niemanden! Ich war der Einzige, der mit ihm gespielt hat«, sagt Art trotzig. Caroline winkt ab. »Ja! Weil er gelogen und gestohlen hat, was das Zeug hält!«

Art schnaubt.

»Er ist übrigens vor Kurzem im Knast gelandet. Bewaffneter Raubüberfall«, fügt sie an und seufzt.

»Hättest du mich mit ihm befreundet sein lassen, wäre ihm das vielleicht nicht passiert«, sagt Art und grinst süffisant. Seine Mutter tätschelt ihm den Arm. »Insgeheim war ich ja schrecklich stolz auf dich. Er hat sogar Jenny Bergham zum Abschlussball ausgeführt«, sagt sie und nickt anerkennend, jetzt verdreht Art die Augen.

»Gott, Ma, dass du daraus immer noch so eine Riesensache machst! Das war gar nichts Besonderes!«

Ich erwarte eine Geschichte über die Cheerleader-Queen und den jungen Art, diese schlanken, blonden Püppchen, die nach Cherry-Cola riechen und ständig kichern und die jedem Teenagerkerl in seinen Träumen erscheinen, werde aber komplett überrascht, als ich Caroline höre.

»Sie saß im Rollstuhl! Das ist sehr wohl was Besonderes!«

»Tatsächlich?«, rutscht es mir heraus, ich sehe Art an. Der zuckt die Schultern.

»Ja! Und?«

Caroline nickt. »Sie war die Königin der Highschool, und wenn sie den Unfall nicht gehabt hätte, hätte sie meinen sensiblen, introvertierten Sohn niemals auch nur mit ihrem hübschen Hintern angesehen. Entschuldige, Spell, aber sie war wirklich ein Miststück! Ich muss es wissen, ich war schließlich ihre Lehrerin. Sie war eingebildet und unfassbar gemein. Ihre Sticheleien waren schlichtweg Mobbing. Dann hatte sie einen Autounfall. Der bescherte ihr eine kaputte Wirbelsäule und eine ziemlich große Narbe im Gesicht, und sie verlor so schnell an Beliebtheit, wie man Cheerleader auch nur aussprechen kann. Im Abschlussjahr kam Arthur dann nach Hause und eröffnete mir, dass er Jenny Bergham eingeladen hätte. Ich dachte, ich falle in Ohnmacht.« Caroline langt sich an die Brust, holt tief Luft, Art neben mir lacht leise.

»Es war ein sehr schöner Abend, Mom«, sagt er, die klapst ihm auf die Hand.

»Ja. Für Jenny. Mit dieser Entscheidung hattest du dir alle Möglichkeiten bei Gabrielle verspielt.« Sie sieht ihn an, und in ihrem Blick liegt so viel Bewunderung, dass ich total gerührt bin. »In Gabrielle war

Arthur nämlich ziemlich verknallt«, erklärt sie mir, Art stöhnt abermals. »Ma, das ist doch Ewigkeiten her«, sagt er. Dann kommt das Essen und vertreibt den irrsinnigen Stich der Eifersucht, der mich kurz durchfährt. Ich habe nur einen Salat bestellt, Caroline Fisch und Art Steak. Wir beginnen zu essen, nach einer Weile legt Caroline ihr Besteck zur Seite.

»Und welche Geschichten haben deine Eltern so mit dir erlebt?«, fragt sie unbeschwert, tupft sich mit der Serviette den Mund. Meine Gabel bleibt auf halbem Weg hängen, ich schlucke trocken und bringe keinen Ton heraus.

»Spells Vater ist tot, Ma«, springt mir Art zur Seite, auf Carolines Gesicht zeichnet sich Mitgefühl ab. Sie legt ihre Hand auf meine. »Oh, Liebes, das tut mir leid!«, sagt sie aufrichtig. »Das ist ja schrecklich.«

Ich überlege krampfhaft, was ich sagen soll, und entscheide mich für die harten Fakten. Ich will Arts Mutter nichts vorspielen und sie auf keinen Fall belügen.

Deshalb nicke ich, schiebe meinen Teller zur Seite.

»Mein Vater ist gestorben, als ich zwölf war. Zu meiner Mutter habe ich seit Jahren keinen Kontakt mehr. Sie ist … krank.« Ich würge das Wort hervor. »Sie wohnt in einem betreuten Wohnheim. Ich bin damals in einer Pflegefamilie untergekommen, aber seit ich sechzehn bin, lebe ich alleine. Ich jobbe in einer Strandbar und gehe auf keine Uni. Wenn man es genau betrachtet, bin ich nicht die allerbeste Partie für Ihren Sohn«, beende ich meinen kurzen Monolog, und eine sehr unangenehme Stille tritt ein. Caroline schluckt, Art holt neben mir scharf Luft. Er will etwas sagen, aber seine Mutter gibt ihm mit einer Handbewegung zu verstehen, dass sie das Wort hat. Sie legt die Hände unter das Kinn, stützt sich darauf und wartet, bis ich sie ansehe.

»Ich schätze deine Offenheit sehr, Spell. Die meisten hätten das Thema gekonnt umschifft. Ich sage dir jetzt etwas. Mein Sohn hat mir noch nie, nicht ein einziges Mal, eine Frau vorgestellt. Und ich weiß, dass er Bekanntschaften hatte.« Sie sieht kurz zu Art, lächelt. »Du bist die Allererste, die ich kennenlernen darf. Arthur tut Dinge nie, ohne gründlich darüber nachzudenken. Er ist ernsthaft, treu, verantwortungsbewusst und sehr, sehr gewissenhaft. Also musst du ihm etwas bedeuten. Sehr viel sogar, sonst würden wir hier nicht sitzen. Das ist alles, was ich wissen muss. Der Rest interessiert mich nicht. Deine Familiensituation ist schrecklich, ich wünsche das keinem Kind. Und wenn ich dich in irgendeiner Weise unterstützen kann, bin ich für dich da. Das biete ich dir an. Im Gegenzug dazu musst du mir versprechen, dass du ihm nicht das Herz brichst.« Ihr Blick ist warm und weise und besorgt und mütterlicher als alles, was meine Mutter jemals zustande gebracht hat.

»Danke, Caroline«, sage ich leise, sie nickt knapp.

»Und jetzt will ich wissen, wie die Ausstellung war«, lenkt sie das Thema geschickt auf erfreuliche Nachrichten. Sie gibt mir Zeit, mich zu sammeln, macht keine große Sache aus meiner Geschichte. Und das ist genau das Richtige.

Während Art von seiner Ausstellung erzählt, kann

ich durchatmen und die aufsteigenden Tränen zurückblinzeln und diese Frau ganz ungeniert bewundern. Caroline ist großartig. Kein Wunder, dass Art so ist, wie er ist. Sein Vater muss ein Vollidiot sein, dass er diesen fantastischen Menschen nicht kennenlernen wollte.

»Nur Spell hat mir noch nicht gesagt, was sie von den Bildern hält«, sagt Art und holt mich aus meinen Gedanken. Sein Ton ist zögerlich, sein Blick unsicher. Auch Caroline sieht mich abwartend an, ich hole Luft.

»Ich habe nicht gewusst, wie sehr mich Bilder berühren können«, sage ich leise. »Sie sind vielseitig und komplex und einzigartig. Du malst die Menschen nicht, Art, du gibst ihnen eine Stimme. Die Stimme, die sie unter ihren unzähligen Masken verbergen und die eigentlich gehört werden will. Deine Bilder können sprechen. Das ist absolut faszinierend und wunderschön.«

Als ich verstumme, glitzern Carolines Augen verdächtig, hastig führt sie ihr Weinglas an den Mund. Art starrt mich einfach nur an.

»Danke!«, sagt er dann verblüfft, und obwohl seine Mutter uns gegenübersitzt, küsst er mich. Schnell und unspektakulär zwar, aber voller Freude. Danach grinst er breit, Caroline schmunzelt verstohlen.

»Dann dürfte dich die Sorbonne ja …« Weiter kommt sie mit ihrem Satz nicht, weil Art sie unterbricht.

»Mom, wie geht es eigentlich Auntie Mell?«, will er wissen, und Caroline runzelt kurz die Stirn, seufzt dann tief.

»Nicht gut. Sie bekommt die zweite Chemo.« Ihr Gesicht wird traurig, und bevor ich grübeln kann, was sie eigentlich sagen wollte, lausche ich der Geschichte von Carolines Nachbarin und Arthurs altem Babysitter. Die Dame lebt mittlerweile wieder in Paris, woher auch Caroline stammt. Zweimal im Jahr fliegt Caroline in ihre Heimat, besucht Freunde und Familie, und auch Art kennt die Stadt wie seine Westentasche. Bis er sechzehn wurde, verbrachte er die Ferien in Paris, dann starb seine Oma, und seitdem war er nicht mehr dort. Die beiden beschreiben mir die berühmte Stadt der Liebe, Caroline erzählt Anekdoten aus ihrer Kindheit dort, und bevor wir uns versehen, ist es so spät, dass der Kellner sich diskret räuspert.

Arts Mutter begleicht die Rechnung, und vor dem Restaurant verabschieden wir uns. Caroline drückt mich und wiederholt ihr Angebot von vorhin. »Wenn er dir Kummer macht, sag es mir! Ich versohle ihm den Hintern!«, scherzt sie, drückt mich noch einmal. »Es war schön, dich kennenzulernen, Spell.« Ihre Lippen landen auf meinen Wangen, erst links, dann rechts, dann wendet sie sich an ihren Sohn. Sie umarmt Art, fest und lange, und dann beginnt sie, auf Französisch auf ihn einzureden. Art antwortet fließend, und am Ton kann ich erkennen, dass es kein lockeres Geplänkel ist. Beinahe hört es sich an, als würde sie ihm eine Standpauke halten, und auch Arts Ton ist irgendwann schneidend.

Verwirrt sehe ich von einem zum anderen, bis sie plötzlich verstummen. Ihrem Gesichtsausdruck nach zu urteilen, sind beide mit dem Resultat der Diskussion unzufrieden, aber weil sich keiner darum bemüht, mich aufzuklären, frage ich nicht nach. Ich will nicht aufdringlich erscheinen, und es geht mich auch nichts an, wenn sie intime Dinge zu besprechen haben.

Die Verabschiedung zwischen ihnen ist kühl, und bis wir an unserem Zeltplatz ankommen, schweigt Art.

EINUNDZWANZIG

Den zweiten Tag unserer Reise verbringen wir mit Schwimmen, Autofahren und Lachen. Arthur und ich lachen, bis ich Bauchschmerzen bekomme. Meine Erleichterung darüber, dass ihn die angespannte Stimmung von gestern Abend nicht weiter beschäftigt, ist so immens, dass ich nicht nachfrage, was eigentlich los war.

Als wir nach dem Essen am Zelt ankamen, bot Art an, mit Mister Spock eine Runde zu drehen, und als ich mich ihm anschließen wollte, wehrte er ab.

»Ich brauche ein paar Minuten für mich, Spell«, sagte er und nahm mich in den Arm. »Es war alles so viel. Die Ausstellung und die Wochen davor. Nur ein paar Minuten, okay?« Er strich mir über den Rücken und klang dabei so bittend, dass ich ihm seinen Wunsch nicht abschlagen konnte. Art küsste mich zärtlich, versicherte mir, dass es nichts mit mir zu tun hätte, und ging, mit Mister Spock im Schlepptau. Aus den Minuten wurde eine halbe Stunde, und bis Art wiederauftauchte, schlief ich. Ich war so erschöpft von der kurzen Nacht davor, dass es mir nicht gelang, die Augen aufzuhalten.

Heute Morgen war er wie ausgewechselt, und ich fragte mich, ob ich mir das alles nur eingebildet hatte, als er pfeifend das Zelt einpackte, mich ständig küsste und mit mir herumalberte.

Und weil ich seine gute Stimmung nicht verderben will, halte ich schon den ganzen Tag die Klappe und rede mir ein, dass ich aus einer Mücke einen Elefanten mache, auch wenn mich ein ungutes Gefühl im Magen zwickt.

Gerade halten wir an einem kleinen Shop, weil Art noch ein paar Sachen besorgen will. Es ist schon später Nachmittag, und wir haben immer noch keinen Schlafplatz gefunden.

Hand in Hand betreten wir den Shop, schlendern durch die Reihen. Art packt Hundefutter, Kerzen, Obst und Schokolade in den Einkaufskorb, ich bleibe am Zeitungsständer stehen. Während er sich im Drugstore umsieht, betrachte ich die Magazine. Mein Blick bleibt an der *Daily Post* hängen, und zuerst weiß ich gar nicht, was meine Aufmerksamkeit erregt. Dann weiten sich meine Augen, ich rufe laut nach Art. Hektisch reiße ich die Zeitung aus dem Ständer, überfliege die Überschrift des kleinen Artikels auf der Titelseite. Hinter mir kommt Art schlitternd zum Stehen.

»Was ist?«, fragt er alarmiert, ich bringe ihn mit einer Handbewegung zum Schweigen.

»›Das Künstlerduo de Meer und Hart stellten eine einzigartige Ausstellung zum Thema *Humanity* auf die Beine. Die Besonderheit ihrer Kunst liegt in der unvollständigen Frische und der schlichten Fehlerhaftigkeit ihrer Werke. Die Stücke sind echt und unverfälscht, die geballte Kraft wirft den Betrachter in ein Chaos der Erkenntnis‹«, lese ich vor, hebe den Kopf. »Was soll das denn heißen?«, frage ich Arthur, der nur schnaubt. Konzentriert studiere ich den weiteren Text. »›Besonders de Meer versteht es wie kaum ein anderer, die Zerrissenheit des menschlichen Seins einzufangen. Er wählt die Farben ohne Bedacht, schleudert festgefahrene Ansichten in ein Universum der Erneuerung, stellt die Konsequenzen auf den Kopf und ist schonungslos in seinem Ausdruck.‹«

Ich runzele die Stirn. »›Der junge, talentierte Ausnahmekünstler studiert derzeit an der UCLA, doch sein weiterer Weg führt ihn …‹« Art nimmt mir die Zeitung ab.

»Zeig mal her«, sagt er unwirsch, überfliegt den Artikel. »Das ist doch gequirlte Scheiße!«, sagt er dann. *»Schleudert festgefahrene Ansichten in ein Universum der Erneuerung? Zerrissenheit des menschlichen Seins?«*, wiederholt er und verzieht angewidert das Gesicht. »Der Typ war doch auf Drogen!« Er stopft die Zeitung zurück in den Ständer, ich hole sie wieder raus. »Die nehmen wir ja wohl mit!«

»Komm schon, Spell! Nur weil irgend so ein Vogel denkt, er hat Ahnung und weiß, was ich beim Malen empfinde, und diesen Quatsch auch noch schreiben darf, heißt das noch lange nicht, dass er recht hat!« Er nimmt sie mir wieder ab.

»Freust du dich gar nicht?« Ich sehe ihn mit großen Augen an, greife nach der Zeitung und presse sie an mich, als wäre es mein Abschlusszeugnis.

Art streckt die Hand aus. »Gib sie her!«

Ich drehe mich weg. »Nein!«

»Doch!«

»Nein!«

Art stellt den Korb ab, drängt mich zurück. »Gib sie her, Spell!«, verlangt er, ich schüttle den Kopf, verstecke sie blitzschnell hinter meinem Rücken. Art greift danach, und bevor ich weiß, wie mir geschieht, ringen wir wie Kleinkinder um das Stück Papier. Ich winde mich, er packt meine Handgelenke, und so machen wir das minutenlang und schnaufen und keuchen, bis ein Verkäufer aufmerksam wird.

»Gibt es ein Problem, Mam?«, fragt er. Wir stehen bei seinen Worten still wie die Zinnsoldaten.

»Nein«, sagen wir wie aus einem Mund, blicken unschuldig zu dem Verkäufer.

»Wollen Sie die Zeitung kaufen?«, fragt er, ich sage »Ja«, Art »Nein«. Dem Typ steht die Verwirrung ins Gesicht geschrieben, bis Art schließlich nachgibt.

»Ja. Wir nehmen sie«, kapituliert er, der Verkäufer lächelt erleichtert.

»Da ist die Kasse«, sagt er und deutet hinter sich. Wie zwei Schulkinder, die bei einem Streich erwischt wurden, laufen wir an die Kasse, Art bezahlt. Er packt die Einkäufe in eine Tüte, stopft die Zeitung ganz nach unten und ganz obendrauf etwas anderes.

Ich blinzele, glotze auf das Päckchen Kondome, blinzele wieder. Art bemerkt mein Starren, hält inne. Sekundenlang sehen wir uns an, in seinen Augen liegt eine stumme Frage.

Als ich nichts sage und nur nicke, beißt er sich auf die Unterlippe. Dann nickt auch er. Langsam und ohne meinen Blick loszulassen.

Dann nimmt er die Tüte, als würde sie nichts wiegen, als würde sich da drin nichts befinden, was von immenser Bedeutung wäre, und wir laufen zum Bus.

Art und ich liegen im Wagen, Mister Spock ist draußen angebunden und schläft friedlich.

Wir haben keinen schönen Platz zum Zelten gefunden und darum kurzerhand beschlossen, die Nacht im Auto zu verbringen. Art bog auf einen Sandweg ab, der uns abseits der großen Straßen führte, und parkte dann einfach irgendwo im Nirgendwo.

Er breitete die Schlafsäcke hinten im Wagen aus, stellte Kerzen auf, schenkte uns zu trinken ein, und nun liegen wir angezogen und steif nebeneinander, als hätten wir uns eben erst kennengelernt. Im Auto ist es viel zu warm, mein Shirt klebt mir am Rücken. Wir starren beide an das Wagendach, seine Hände liegen züchtig auf seiner Brust, meine Hände liegen züchtig auf meiner.

»Wir müssen das nicht tun, Spell«, sagt er.

»Es ist schrecklich heiß hier drinnen«, sage ich gleichzeitig.

»Soll ich die Fenster vorne aufmachen?«, fragt er.

»Willst du etwa nicht?«, frage ich gleichzeitig.

»Doch. Doch, unbedingt!«, antwortet er.

»Nein, es geht schon!«, antworte ich gleichzeitig, dann verstummen wir.

Eine Weile bleibt es still, bis Art den Kopf zu mir dreht.

»Willst du denn?«, will er leise wissen.

Seine Pupillen flackern im Kerzenlicht, zwei verirrte Locken fallen ihm in die Stirn. Ich betrachte seinen Hals, seinen Kehlkopf, seine pochende Halsschlagader. Sein Kinn, kantig und kräftig, seine vollen Lippen, seine gerade Nase, und mein Verlangen nach ihm ist so heftig, dass ich anfange zu zittern.

»Oh Gott, ja!«, stoße ich hervor, und das ist das Stichwort.

Art richtet sich mit einem Ruck auf, rutscht zu mir und ist eine Sekunde später über mir. Meine Hände fahren unter sein Shirt, reißen es nach oben, über seinen Kopf, seine Haare kitzeln mich im Gesicht, als er es sich auszieht. Er stützt die Ellenbogen neben mir auf, seine Finger streichen über meine Stirn, ich starre auf das Spiel seiner Muskeln an seinen Armen. Auf die Adern, die hervortreten, auf seinen Bizeps, und presse meine Lippen darauf. Wie im Wahn küsse ich seine Haut, lecke über seine Schulter, sein Schlüsselbein, koste seinen salzigen Geschmack. Ich lande an seinem Hals, an der Halsschlagader, dem Puls seines ganzen Seins, der unter meinem Mund pocht. Der hauchzarte Rhythmus klopft gegen meine Lippen, ich sauge sanft daran, und Art stöhnt auf. Meine Hände gleiten nach unten, zu dem Bund seiner Jeans, ich öffne die Knöpfe, und es geht ganz leicht. Mit meinen Beinen streife ich ihm die Hose ab, schiebe sie ihm über die Knöchel, und als Art sich aufrichtet, um sie endgültig auszuziehen, entkleide ich mich. Blitzschnell entledige ich mich des Tops und der Shorts, des Höschens und des BHs, und dann sind wir nackt.

Das waren wir schon etliche Male zuvor, und doch ist es dieses Mal anders.

Ehrfurchtsvoll und knisternd. Romantisch und animalisch. Geübt und doch amateurhaft.

Art kniet vor mir, seine Brust hebt und senkt sich, seine Hand legt sich auf meinen Bauch. Er spreizt die Finger, streicht auf und ab, ich schließe die Augen und fühle nur noch. Striche, die er zeichnet, auf meinen Brüsten, auf meinen Schenkeln, auf meiner Hüfte. Lodernde Farben, die er mischt, neu und noch niemals gesehen. Farben, die meinen Nabel umkreisen, meine Beine hoch- und runterfahren, meine Achseln liebkosen. Bald kann ich kaum noch unterscheiden, wo er mich berührt, wo er mich bereit macht, mich aufpeitscht, mich davontreiben lässt. Ich winde mich unter ihm, und jedes Mal, wenn ich ihn berühren will, entzieht er sich mir.

»Noch nicht«, raunt er, keucht er, als koste es ihn seine ganze Kraft, und streift sich ein Kondom über.

Und erst als ich »Jetzt«, flüstere, senkt er sich auf mich.

Sein Gewicht drückt mich in den Schlafsack, bereitwillig spreize ich die Beine.

»Mach die Augen auf, Spell«, verlangt er heiser, ich öffne flatternd die Lider.

Und blicke direkt in seine Seele. Er hat keine Scheu, mir sein Innerstes zu offenbaren, oder vielleicht kann er auch nicht anders.

Es ist auch egal, weil es das Schönste ist, das ich jemals gesehen habe. Tief und ursprünglich und rein, und als er in mich eindringt, hält er meinen Blick.

»Ich liebe dich«, sagt er zitternd, dann ist er in mir.

Oder ich in ihm.

Wir verschmelzen zu einem, bewegen uns wie eins, küssen uns, als wäre oben unten und unten oben. Und ich weiß es wirklich nicht mehr, ich verliere jegliches Gefühl für Raum und Zeit, werde achtlos in allem, was mir jemals wichtig war. Wichtig sind nur noch er und ich und das Ziehen in meinem Unterleib. Der Schweiß auf unserer Haut, das Brennen in meinen Zellen, das Stöhnen aus unseren Kehlen. Seine Bewegungen, die schneller und schneller werden, die Hitze, die sich staut und staut und sich irgendwann endlich, endlich entlädt.

In mir, in ihm, bis nichts mehr bleibt als Luft.

Atem, nach dem ich ringe, feuchte Luft, die meine Lungen füllt, durchdrungen von dem Geruch nach Schweiß und Sex.

Arthur liegt auf mir, schwer und träge, meine Beine umschlingen seine, meine Hände streichen über seinen Rücken.

Bis er mich beinahe erdrückt.

»Geh runter«, keuche ich, er rollt sich sofort zur Seite. Den Arm über dem Gesicht, atmet er tief ein.

»Fuck, das war …« Er sagt nicht, was es war. Ich dafür schon. Ich drehe mich zu ihm, stütze den Kopf in die Hand.

»Magic?«, schlage ich vor, Art schielt unter seinem Ellenbogen hervor.

»Definitiv!«, sagt er, immer noch etwas atemlos, und grinst.

Ich lasse mich zurückfallen, weil meine Muskeln zu schwach sind. Mein ganzer Körper zittert unkontrolliert, in meinem Ohr tönt ein Pfeifen.

Ich grinse ebenfalls.

»Ich liebe dich, Arthur de Meer«, sage ich laut, und das Echo hallt von den Wänden des Busses wider.

Art lacht.

Später klettern wir auf das Autodach. Zur Feier des Tages mit einer Flasche Wein. Art trinkt einen Schluck, reicht sie mir. Der schwere Geschmack des Weines rinnt meine Kehle hinab, erfüllt meine Adern mit Wärme und meinen Kopf mit einem Schwindel. Wir legen uns zurück, blicken in die Sterne, die über uns leuchten.

»Das ist die beste Zeit meines Lebens«, sage ich.

Art greift meine Hand.

»Bei mir auch«, sagt er, verhakt die Finger mit meinen. Eine Weile ist unser Atem das Einzige, das zu hören ist, und Müdigkeit übermannt mich, mir fallen die Augen zu.

»Versprich mir was, Spell«, sagt Arthur irgendwann, und seine Stimme spricht aus weiter Ferne.

»Mhm«, antworte ich müde und beschwipst.

»Egal, was passiert, du musst wissen, dass ich dich liebe! Und dass ich dich nicht verlassen werde! Niemals!« Sein Ton lässt mich die Augen öffnen, die Sterne über mir scheinen sich verdoppelt zu haben.

»Okay,« nuschele ich, meine Lider klappen zu.

»Spell!« Art richtet sich auf, rüttelt mich an der Schulter.

»Mhm?«

»Sieh mich an!«

»Lass mich, Art!«, sage ich, aber er gibt nicht auf.

Er rüttelt und rüttelt, bis ich tue, was er sagt. Sein Gesicht verschwimmt vor meinen Augen, ich blinzele angestrengt.

»Egal, was passiert, ich liebe dich, okay?« Sein Blick bohrt sich in meinen, und trotz der Dunkelheit macht mir der Ausdruck darin ein winziges bisschen Angst. Jetzt bin ich doch wieder wach, richte mich ebenfalls auf.

»Ja. Okay«, sage ich zögerlich.

Art zieht mich auf seinen Schoß, schlingt die Arme um mich. Er legt den Kopf auf meine Schulter, deutet in den nachtschwarzen Himmel.

»Und egal, wie weit entfernt ich bin, ich bin immer da. Wie die Sterne da oben.«

»Das ist schön«, sage ich, schmiege meine Wange an seine.

»Ganz egal, was kommt, wir gehören zusammen. Richtig?«, fragt er, ein leichtes Zittern in der Stimme. Er hält mich so fest, dass ich seinen Herzschlag an meinem Rücken spüre. Kräftig und gleichmäßig, und das ist alles, was zählt. Viel zu schnell kann das vorbei sein, das habe ich selbst erlebt.

»Ganz egal. Wir gehören zusammen«, wiederhole ich, als ob uns dieser Satz vor allem Unheil bewahren könnte.

ZWEIUNDZWANZIG

Wir sind auf dem Nachhauseweg. Obwohl wir gerne noch einen Tag drangehängt hätten und wir nicht wirklich weit kamen, müssen wir zurück. Benice hat Art nämlich während unseres zweiten Tages gefühlte hundert Mal auf die Mailbox gesprochen, dass es ungefähr hundert Menschen gäbe, die ein Interview mit ihm wollen, die ihm gratulieren wollen, die ihm ein Haus, ein Auto, ein Pferd kaufen wollen, wie Art scherzhaft bemerkte. Der ganze Trubel nervt ihn sichtlich, und nur, weil ich auf ihn eingeredet habe, hat er sich überreden lassen, unseren Trip zu beenden.

»Es war wunderschön, Art«, sage ich, die nackten Füße entspannt auf dem Armaturenbrett, die steile Küste und das tiefblaue Meer rechts neben mir.

»Viel zu kurz!«, schnaubt Art, ich grinse und lege die Hand auf sein Bein.

»Dann fahren wir eben noch mal«, sage ich. »Ich kann nicht verstehen, wieso du dich nicht wenigstens ein bisschen freust! Schließlich bist du eine Berühmtheit!«

Also ich bin stolz auf ihn. Und wie!

Art winkt ab. »Nur, weil so ein winziges Kaff wie Santa Barbara ausflippt, sagt das nichts über mein Talent aus. Ich will mich mit Menschen zusammentun, die Kunst machen, nicht mit Menschen, die

Kunst beurteilen. Das sind zwei völlig verschiedene Dinge.« Er schaltet in den nächsten Gang. »Ich will Erfahrungen sammeln, mich mit anderen Künstlern vernetzen! Ich will etwas Großes schaffen, Spell, in einer Gemeinschaft. Mit Leuten, die das gleiche Ziel haben! Das ist doch der eigentliche Sinn!« Er redet sich in Rage. »Überall auf der Welt lebt die Kreativität, es gibt so viel, was ich noch nicht gesehen habe.« Art ergreift meine Hand, drückt sie und wirft mir einen kurzen Blick zu. »Wir könnten das zusammen machen! Du und ich! Wir könnten uns die Welt anschauen. Ich könnte malen, und du könntest Schmuck machen, oder alles, was du willst! Paris! Wir sehen uns zuerst Paris an, Spell!« Seine Begeisterung schlägt förmlich Funken, meine Begeisterung kippt einen Eimer Wasser darüber. Ich lache entgeistert auf, entziehe ihm meine Hand.

»Was, bitte, soll ich in Paris? Ich kann nicht mal die Sprache, geschweige denn, dass ich Geld für ein Flugticket habe. Ich bin nicht mit solch einem Talent gesegnet wie du! Genau genommen kann ich nichts, außer Eis auffüllen und Gäste bedienen.«

Sofort fliegt sein Kopf zu mir herum, er setzt den Blinker und schert so abrupt auf eine Tankstelle aus, die wir zufällig passieren, dass ich im Sitz nach vorne rutsche.

»Spinnst du?«, entfährt es mir, als wir zum Stehen kommen, Art schaltet den Motor aus, dreht sich zu mir.

»Was, denkst du, Spell, ist mein Talent wert, wenn ich nicht mal meinen eigenen Vater für mich interessieren kann?«

Die Frage ist rein rhetorisch, deshalb antworte ich nicht.

»Ich habe ihn gesucht. Als ich fünfzehn war. Und ich habe ihn gefunden. Bei seiner Familie, in der gleichen Stadt, in der auch ich lebte. In L. A. Keine zwei Stunden Autofahrt von mir und meiner Mum entfernt. Ich habe eines Mittags einfach an seine Tür geklopft, und er hat mir aufgemacht. Ich habe Geschwister, Spell. Einen Bruder und eine Schwester, ich habe sie im Vorgarten spielen sehen.«

Meine Augen werden bei seinen Worten immer größer, mein Herz zieht sich schmerzhaft zusammen. Art ist blass im Gesicht, die dunklen Pupillen blicken in die Vergangenheit.

»Er hat mich nicht mal reingebeten. Nicht nach meinem Namen gefragt, nicht, wie es mir geht. Wir haben uns angesehen, minutenlang, dann hat er gesagt, er kaufe nichts von Fremden. Und die Tür zugeschlagen. Ich bin dem Mistkerl wie aus dem Gesicht geschnitten! Ich habe seine Haare, seine Nase, seine Statur!«, stößt Art durch die zusammengebissenen Zähne hervor, wendet sich ab und blickt durch die Windschutzscheibe. »Er hat genau gewusst, wer ich bin! Er musste es wissen! Es war unverkennbar!« Arts Hand schlägt aufs Lenkrad. »Und er konnte mich gar nicht schnell genug loswerden.«

Ich kann nichts sagen. Es geht nicht. Mir steckt ein Kloß von der Größe eines Fußballs im Hals. Irgendwann redet Art weiter, blickt aber immer noch nach vorne.

»Und dann finde ich dich. Und du liebst mich. Einfach so. Nicht, weil du meine Mom bist und es deine natürliche Pflicht ist. Nicht, weil du mein Talent bewunderst und mich anhimmelst, um ein Stück vom Kuchen abzubekommen.« Art sieht mich an. »Du magst mich. Einfach nur mich. Arthur de Meer. Den Kerl, der nicht mal seinen Vater davon überzeugen konnte, dass er es wert ist, geliebt zu werden. Dann kannst du doch nicht sagen, du kannst nichts? Was bin ich denn im Vergleich zu dir?«, fragt er, und die Traurigkeit in seiner Aussage raubt mir schier den Atem.

»Ich will, dass du nie wieder so über dich sprichst, Spell Magic. Nie wieder, hörst du?«, sagt er streng, ich nicke stumm.

Art hält meinen Blick noch kurz, dann nickt auch er, startet das Auto und fährt auf die Straße zurück. Den Rest der Fahrt halten wir uns an den Händen.

Als wir bei Art ankommen, ist es später Nachmittag. Mir kommt es vor, als wären wir Monate weg gewesen. Wir waren zuerst am Trailer, haben Spock und meine Sachen abgeladen, und Art fragte, ob ich bei ihm übernachten wolle. Ich sagte Ja, und als er jetzt parkt, freue ich mich wie ein kleines Kind auf die gemeinsame Nacht. Beschwingt steige ich aus, wir tragen die Schlafsäcke und das restliche Gepäck die Treppe hoch, und Arthur glotzt mir schamlos auf den Hintern, als ich vor ihm die Stufen erklimme. Ich drehe mich grinsend um, schnalze mit der Zunge.

»Mister de Meer, das ist nicht besonders höflich«, weise ich ihn zurecht, Art lächelt süffisant.

»Hatte ich erwähnt, dass ich die Regeln der Höflichkeit mit der letzten Nacht über Bord geworfen habe?«, fragt er, während er mich vor seiner Wohnungstür an die Wand drängt, das Gepäck fallen lässt. Seine Hand fährt an meinen Po, sein Mund legt sich auf meinen. Er küsst mich, lange und ausgiebig, murmelt dann an meinen Lippen: »Ich hoffe, Benice ist unterwegs.« Sein Kuss wird leidenschaftlicher, seine Zunge trifft meine. Heiß und feucht und gierig, und ich schiebe meine Hand in seine Hose. Finde den Fixpunkt seiner Erregung, meine Fingerspitzen wandern aufreizend hoch und runter. Art saugt scharf die Luft ein, ich beiße ihn sanft in die Unterlippe. Er packt mich, hebt mich hoch, ich schlinge die Beine um seine Hüfte, drücke mich gegen sein Becken. Wir knutschen und fummeln und stöhnen und vergessen völlig, wo wir uns befinden, bis die Wohnungstür aufgerissen wird und Benice einen Schrei fahren lässt.

»Ahh! Ihr seid wieder da!«, ruft sie aus, Art lässt mich erschrocken los. Ich rutsche unsanft an ihm herunter, und schon fällt mir Benice um den Hals. Hinter ihr wirft Art die Arme in die Luft, formt ein stummes »Scheiße!« und verdreht die Augen. Ich lache leise an Benice' Schulter.

»Du hast echt keinen Funken Anstand«, murrt Art, als Benice sich ihm zuwendet.

»Erzähl mir mal nichts von Anstand, wenn du hier im Hausflur beinahe deine Freundin vernaschst!«, kontert sie, drückt auch ihn kurz. »Kommt schon rein, ich habe tausend Sachen mit dir zu besprechen«, sagt sie und nimmt uns die Schlafsäcke ab. Wir betreten die Wohnung, Art schließt die Tür mit dem Fuß. Benice wirbelt in die Küche und legt sofort los.

»Mr Weizs, der Kerl mit dieser Villa am Stadtrand, hat eine Skulptur von mir gekauft. Er will sie morgen abholen, und ich soll ihm helfen, sie in seinem Haus ins richtige Ambiente zu rücken. Und seine Frau ist so irre, Art! Sie hat …« Art unterbricht ihren Redefluss.

»Benice, ich würde gerne erst duschen. Wenn es recht ist?«

»Oh ja, sicher! Entschuldige. Ich mach uns solange Kaffee.« Sie wendet sich um, öffnet Schubladen und den Kühlschrank. Art kommt auf mich zu, nimmt mich in den Arm.

»Willst du mit? Unter die Dusche?«, fragt er leise und grinst anzüglich.

»Bist du verrückt?«, flüstere ich zurück. »Benice ist da!«

Art zuckt die Schultern. »Ja und? Ich drehe einfach die Musik auf«, schlägt er vor, wackelt mit den Brauen, ich klapse ihm auf den Arm.

»Ein andermal«, sage ich, schubse ihn Richtung Bad. Art läuft rückwärts aus dem Raum, zieht die Schultern hoch. »Du hast keine Ahnung, was du verpasst«, ruft er mir zu, ich lege den Finger an die Lippen. Aber schon höre ich Benice hinter mir glucksen. Art verschwindet im Flur, nur um eine Sekunde später wiederaufzutauchen und sich einen Kuss zu stehlen. »Nicht weggehen. Ich bin gleich wieder da!«

»Jetzt mach schon«, sage ich lachend, sehe ihm hinterher und kann nicht fassen, was ich für ein Glück habe.

»Er ist außergewöhnlich, oder?«, höre ich Benice hinter mir und drehe mich um. Sie reicht mir eine Tasse Kaffee, nimmt am Tisch Platz. »Er hat mich an der

Uni aus einem echten Tief gerettet. Ein Prof aus unserem Kurs hatte mich vor versammelter Mannschaft zur Schnecke gemacht. Hat im ganzen Hörsaal über meine Skulpturen resümiert und sie für so schlecht befunden, dass sie nicht mal ein Schrottplatz verwerten würde. Er war ein solches Arschloch!«, faucht Benice und verdreht die Augen. »Art war es, der mich ermutigte, weiterzumachen. Ich wollte hinschmeißen, aufgeben, nach Hause fahren. Aber er hat nicht lockergelassen, hat auf mich eingeredet, bis ich so genervt war, dass ich allein aus Trotz versprochen habe, noch ein Semester durchzuhalten.« Sie lacht laut auf. »Der Prof ist weg, ich bin noch da. Mehr denn je!«

Ihr Gesicht strahlt vor Stolz, und mir fällt der Zeitungsartikel ein. Wahrscheinlich kennt Benice ihn schon, aber ich habe ihn ja auch noch nicht zu Ende gelesen.

»Warte«, sage ich und laufe in den Flur. Dort krame ich in Arts Rucksack, bis ich die zerknitterte Zeitung finde, laufe damit zurück zu Benice.

»Ihr wart in der *Daily Post*!«, sage ich aufgeregt, Benice ist begeistert.

»Wie verrückt ist das denn?«, kreischt sie, klatscht in die Hände. »Lies ihn vor, lies ihn vor!«, ruft sie, grinst breit von einem Ohr zum anderen, ich räuspere mich feierlich, nehme Haltung ein.

»›Unkonventionelle Kunst in Santa Barbara‹«, lese ich die Überschrift, Benice quietscht.

»›Das Künstlerduo De Meer und Hart stellten eine einzigartige Ausstellung zum Thema *Humanity* auf die Beine‹«, fahre ich fort. »›Die Besonderheit ihrer Kunst liegt in der unvollständigen Frische und der schlichten Fehlerhaftigkeit ihrer Werke. Die Stücke sind echt und unverfälscht, die geballte Kraft wirft den Betrachter in ein Chaos der Erkenntnis. Besonders de Meer versteht es wie kaum ein anderer, die Zerrissenheit des menschlichen Seins einzufangen. Er wählt die Farben ohne Bedacht, schleudert festgefahrene Ansichten in ein Universum der Erneuerung, stellt die Konsequenzen auf den Kopf und ist schonungslos in seinem Ausdruck.‹« Ich mache eine kunstvolle Pause, Benice rutscht auf ihrem Stuhl nach vorne.

»›Der junge, talentierte Ausnahmekünstler studiert derzeit an der UCLA, doch sein weiterer Weg führt ihn nach Paris. Dort tritt Arthur de Meer zum nächsten Semester ein Stipendium an der Sorbonne an und kehrt L.A. für längere Zeit den Rücken. Und wieder verliert Amerika ein großartiges Talent an das alte Europa.‹«

Ich lese die Worte wieder und wieder, und es dauert eine Ewigkeit, bis die Information in mein Gehirn gelangt. Als dies geschieht, hebe ich den Kopf, runzele die Stirn.

»Mach weiter!«, drängelt Benice. »Ich bin auch noch dran!«

Aber ich kann nicht. Ganz langsam lasse ich die Zeitung sinken, suche verwirrt nach einer Erklärung.

Ein Tippfehler. Eine Verwechslung. Ein Scherz. Eine veraltete Information, die längst nicht mehr stimmt. Ein schlechter Journalist, der ungenau recherchiert hat.

Aber alles, was bleibt, ist Leere.

Die Einzige, die hier schlecht informiert ist, bin ich. Ich bin die, die nicht gut recherchiert hat. Ich bin die, die einem Scherz aufgesessen ist, die, die den Tippfehler nicht erkannt hat, als die Nachricht noch druckfrisch war.

Das erkenne ich an Benice' Gesicht, aus dem das erwartungsvolle Lächeln plötzlich wie weggewischt ist. Stattdessen tritt Entsetzen ein.

»Er hat es dir nicht gesagt?«, fragt sie leise, schlägt dann die Hand vor den Mund. »Oh Gott, Spell. Nicht doch!«

Mir fällt die Zeitung aus der Hand, und ich schwöre, sie flattert in Zeitlupe zu Boden. Die Blätter fächern sich im Luftzug wie eine Girlande, Buchstaben wirbeln durcheinander, rascheln flüsternd und knisternd. Fasziniert sehe ich den kreiselnden Seiten zu, wie sie auf den Holzboden sinken, anmutig und wunderschön und seufzend über meine Dummheit liegen bleiben.

Und mitten in dieses Schauspiel platzt Art, ebenso wunderschön, als ich hochblicke, mit feuchten Haaren und oberkörperfrei und dem Geruch seines Aftershaves, das die Küche erfüllt.

»Ist jemand gestorben?«, fragt er verblüfft grinsend, als er Benice' und meinen Gesichtsausdruck registriert. Keine von uns antwortet.

Das müssen wir auch nicht, weil sein Blick auf die Zeitung am Boden fällt.

Dann zu mir.

Dann wieder zu der Zeitung.

»Fuck!«, sagt er tonlos, und das eine Wort zerstört das letzte bisschen Hoffnung, das noch in mir glimmt. Mein Kopf fällt auf meine Brust.

Kein Scherz. Keine Verwechslung. Keine schlecht recherchierten Fakten.

Es stimmt. Er geht nach Paris. Und hat mir nichts davon gesagt. Die Wahrheit überrollt mich wie ein Lastwagen, der tausend Tonnen Lügen geladen hat.

»Du Arschloch!«, sage ich leise, balle die Hände zu Fäusten.

Ich hebe das Kinn, und Art ist nicht mehr Art. Er ist ohne Substanz, ohne jegliche Farbe. Leichenblass und wie erstarrt hat er aufgehört zu atmen, steht da und wartet ab, was ich tun werde.

Ich tue das, was ich am besten kann. Flüchten. Nur raus hier.

Ich wende mich Benice zu. »Es war schön, dich kennenzulernen. Ich wünsche dir alles Gute«, sage ich steif wie in einem blöden Theaterstück und reiche ihr die Hand, Benice schüttelt sie mechanisch, bis ihr bewusst wird, was sie da macht. »Spell«, sagt sie zitternd, ihr Blick zuckt zu Art. »Tu doch was!«, bittet sie ihn, aber ich laufe schon rückwärts aus dem Raum. Quetsche mich an Art vorbei, als wäre er der leibhaftige Teufel, stolpere durch den Flur, aus der Wohnung.

Im Treppenhaus holt er mich ein. Er fasst mich am Arm, sanft und fest zugleich, ich drehe mich um.

»Lass es mich erklären«, sagt er, und in seinen Augen steht eine solche Angst und Verzweiflung, dass ich kurz zögere.

Ich sehe ihn vor meinem inneren Auge, gestern Nacht erst, als er in mich eindrang und meinen Blick hielt. Als er »Ich liebe dich« sagte, als er mir danach die Sterne zeigte und mir versicherte, er würde mich nicht verlassen. Unzählige Andeutungen fallen mir ein, Momente, als er etwas sagen wollte, die unterbrochen wurden. Seine nachdenkliche Stimmung, Gespräche, die er in eine bestimmte Richtung lenkte, der Streit mit seiner Mutter. Die Zeitung!

Das kindische Gerangel um diese dämliche Zeitung!

Seine Idee, wir könnten gemeinsam nach Paris gehen, seine Leidenschaft, als er über die Kunstszene sprach und was er sich von der Zukunft noch erhofft.

Und es fällt mir wie Schuppen von den Augen.

Das ist Art. Er ist die Kunst. Ohne seine Arbeit kann er nicht sein. Ich bin ihm nur im Weg auf seinem weiteren Weg, und alles, was er sagt, ist nur ein Almosen an mich.

»Spell, ich …«, setzt er an, ich halte die Hand hoch, stoppe ihn.

»Sei still! Sei in Gottes Namen still! Ich will das nicht hören, okay!«, stoße ich hervor. Ich bin total verwirrt, kann keinen klaren Gedanken fassen. Meine Gefühle schwanken zwischen Wut und Verständnis, zwischen Verzweiflung und heißem Zorn, und in diesem Zustand will ich nur noch weg.

Unsere gemeinsame Zeit war eine einzige Lüge. Sie war von Anfang an begrenzt, ich habe es nur nicht gewusst. Und wer bin ich, dass ich den großen Arthur de Meer von seiner Kunst abhalten kann? Ohne ein weiteres Wort wende ich mich hastig ab, laufe die Treppen hinunter, hinaus, fort in die mittlerweile dämmrige Nacht.

DREIUNDZWANZIG

Wenn ich gewusst hätte, wie sehr die Liebe schmerzen kann, hätte ich tunlichst die Finger davon gelassen.

Dafür ist es nun zu spät.

Das Kind ist längst in den Brunnen gefallen, würde der Doc sagen und mir mit seiner großen Pranke tröstlich über die Wange streichen.

Aber auch das würde mir nur für ein paar Sekunden helfen.

Dann würde die Verzweiflung wieder zuschlagen, unbeeindruckt davon, ob ich ihren erneuten Angriff ein weiteres Mal überstehen kann. Oder ob mich ihre schiere Unbändigkeit einfach zu Boden wirft, mich dort unten fesselt und mir die Luft aus den Lungen presst.

Das ist der Verzweiflung nämlich herzlich egal. Sie kommt, wann sie will, und geht, wann sie will. In meinem Fall wohl gar nicht mehr.

Dabei ist mir vollkommen klar, dass es so nicht weitergehen kann. Dass ich eine Pause brauche, mich erholen muss. Mein Körper schreit danach. Nach ein bisschen Schlaf, oder ein bisschen Nahrung, oder einem winzigen, kleinen Lächeln auf meinem Gesicht. Doch ich weiß einfach nicht, wie. Ich habe die simpelsten Dinge verlernt.

Denn jedes Mal, wenn ich denke, es wird leichter, jedes

verdammte Mal, wenn ich Licht am Ende des Tunnels sehe, formt sich sein Name in meinem Kopf. Als hätte nichts anderes mehr Platz. Nur diese Buchstaben, die sich aufblasen wie ein Ballon und sich unbarmherzig ihren Weg bahnen, um als jämmerlicher Laut auf meinen Lippen zu landen, den ich in mein Kopfkissen stöhne.

Arthur.

Im Trailer ist es stockdunkel. Mister Spock hopst auf mein Bett und leckt mir die Hand, als ob er mir helfen wollte, endlich in den Schlaf zu finden und Arthur zu vergessen.

Aber ich kann ihn nicht vergessen, denn er begegnet mir überall. Nicht persönlich, nein, aber er ist *das* Stadtgespräch. Alle kennen ihn, alle reden über ihn, überall fällt der Name de Meer.

Zusammen mit meinem.

Ich bin auf den Bildern zu sehen, und mein Name ist längst kein Geheimnis mehr. Die Gäste in der *Sandsbay* sprechen mich auf Arthur, seine Kunst und unsere Beziehung an, sind freundlich und interessiert, ich reagiere patzig. Mein Nervenkostüm ist dünn wie Seide. Der Doc wollte mich gestern schon nach Hause schicken, weil ich aussehen würde wie ein Gespenst in der prallen Mittagssonne, sagte er. Aber selbst dieser selten komische Vergleich zaubert mir nicht den Hauch eines Lächelns ins Gesicht.

Das habe ich in Arthurs Küche vergessen.

Oder verloren.

Ist auch egal, weil es ungefähr auf das Gleiche herauskommt. Ich werde ganz bestimmt nicht dahin zurückkehren und es suchen.

Soll es doch wegbleiben.

Ich ignoriere die etlichen Nachrichten und Anrufe von ihm, meine Mailbox ist voll, aber ich lese sie nicht und höre sie nicht ab. Auf keinen Fall will ich seine Stimme in meinem Ohr, und außerdem könnte er ja auch vorbeikommen. Immerhin weiß er, wo er mich findet.

Aber wenn ich nur daran denke, dreht sich mir der Magen um. Das wäre wahrlich das schlimmste Szenario. Wenn er vor mir stehen würde und ich ihn ansehen müsste.

Dem könnte ich nicht standhalten, das weiß ich ganz genau. Als Erstes würde mich sein Geruch völlig durcheinanderwirbeln. Sein Duft nach Sonne und Meer. Nach Geborgenheit und Vertrauen und Sex, Letzterer so unglaublich gut, wie ich ihn wahrscheinlich nie wieder erleben werde.

Dann würde mich seine Stimme einlullen, hypnotisch und voller Versprechen, die er sowieso nicht halten würde. Wie die Schlange Ka aus dem Dschungelbuch, die ihre Opfer mit ihrem Singsang betört, um sie dann gnadenlos zu verspeisen.

Endgültig zerschmettern würde mich allerdings sein Anblick. Das würde mir den Rest geben. Ich würde einfach in tausend Teile zerspringen, wie eine Glasscheibe, in die eine Abrissbirne donnert. Dann würde ich daliegen, in der Sonne glitzern, wie wunderschöne Diamanten, und kein Klebstoff der Welt könnte mich jemals wieder zusammensetzen.

Ach, Moment. Das ist ja schon so! Ich bin schon in Milliarden Kleinteile zerlegt! Wie konnte ich das vergessen?

Deswegen schmeckt kein Essen mehr.

Deswegen finde ich keinen Schlaf.

Und deswegen kann ich nicht mehr lachen.

Mittlerweile ist es hell draußen. Seufzend stehe ich auf, schleppe mich zur Kochnische, zwinge mich, mir die Zähne zu putzen, eine Runde zu schwimmen, zu duschen, ein Stück trockenen Toast herunterzuwürgen. Bis ich das alles geschafft habe, ist es schon Zeit für meine Schicht, weil ich alles nur noch ganz langsam erledigen kann. Jede Bewegung schmerzt, als hätte ich Muskelkater, kostet mich so viel Kraft, dass ich kaum Luft bekomme.

Als ich in der *Sandsbay* ankomme, bin ich so außer Atem, dass mir Doc einen Hocker hinstellt.

Sofort schimpft er mich aus, schüttelt den Kopf, murmelt vor sich hin, die Stirn in Sorgenfalten gelegt, während er mich dazu anhält, ein Sandwich zu essen. Ich weigere mich standhaft, ganz einfach, weil ich Angst habe, dass ich es postwendend auf den Boden zurückbefördere. Doc wird erst streng, dann mitfühlend. Er lässt die üblichen Phrasen vom Stapel, von wegen, ich solle doch mit Arthur reden und mir anhören, was er zu sagen hätte, bis hin zu, dass ich mir zur Ablenkung jemand anderen suchen solle, denn auch andere Mütter hätten schöne Söhne. Weil ich seine Versuche, mich zu trösten, nicht kommentiere, gibt er irgendwann auf, ich kümmere mich um die Gäste, und als es auf Mitternacht zugeht und die Bar so gut wie leer ist, geschieht das Unvermeidliche.

Ich muss mich nicht mal umdrehen, um zu wissen, dass er da ist.

Es ist ein unsichtbares Band, das uns verbindet, das Art knüpft und das ich wieder auftrenne. Er knüpft, ich trenne, er knüpft, ich trenne, bis es mir zu blöd wird.

Ich werfe im wahrsten Sinne des Wortes das Handtuch – auf die Spüle –, wirbele herum und gehe in Angriffsstellung wie eine Löwin, deren Beute in Gefahr ist.

Er steht etwas abseits, die Hände in den Taschen seiner Jeans, und das Erste, das mir auffällt, ist ein Bart, der in seinem Gesicht sprießt. Die Locken hat er zu einem Zopf gebunden, auch das ist neu, die Hose sitzt tiefer auf seinen Hüften. Er hat ein bisschen an Gewicht verloren, er scheint wohl auch keinen Appetit mehr zu haben, stelle ich fest.

Es geht ihm schlecht, und das bricht mir das Herz.

Langsam binde ich mir die Schürze vom Körper, gebe Doc mit einer knappen Geste zu verstehen, dass ich kurz Pause mache, er nicht einschreiten muss, und gehe auf Art zu.

»Was willst du?«, frage ich, als ich bei ihm ankomme.

Art bewegt sich nicht, sieht mich sekundenlang nur an. Sein Blick ist leer, beinahe stumpf, seine Haut blass. Er ist das männliche Ebenbild von mir.

Leblos, farblos, hoffnungslos.

Als ich nun so vor ihm stehe, schlägt sein Geruch ein wie eine Bombe. Findet den Weg in den Teil meines Gehirns, der mich sofort zurück in den Bus katapultiert. Zu dem Moment, als Art auf mir, in mir, bei mir war. Zu all den anderen Momenten, in denen ich glücklich mit ihm war. Als könnte er sehen, was in mir vorgeht, macht er den Mund auf.

»Bitte«, sagt er so leise, dass ich es mir auch eingebildet haben könnte. Gleichzeitig berührt er mich. So vorsichtig, als wäre er eine Brise im Wind, streicht er über meinen Handrücken, sein kleiner Finger schlingt sich um meinen, unsicher und zögerlich. Sein Blick sucht meinen, und als ich ihm schließlich in die Augen sehe, sagt er meinen Namen.

»Spell.«

In diesen fünf Buchstaben liegt unsere ganze Welt. Jedes Gefühl, das er in mir hervorgerufen hat, jedes Gefühl, das ich in ihm hervorgerufen habe. Es ist magisch und schmelzend und sehnsuchtsvoll. Mein Herz zieht sich zusammen, ich kenne nur noch einen Gedanken.

Einen Kuss.

Ich will einen Kuss, der alles rückgängig macht. Einen Kuss, so innig und schön, dass er den Schmerz auslöscht, der mich innerlich verbrennt. Der uns dahin zurückbringt, wo wir waren, als ich dumm und unwissend war. Unwillkürlich neige ich mich ihm zu, hebe den Kopf, schließe die Augen. Spüre seinen Atem, der mich streift, seine Wärme, die mich einhüllt. Der Druck von Arts Finger wird stärker, er umfasst mein Handgelenk, legt seine Lippen auf meine, und als ich unwillkürlich seufze, wird mir bewusst, was wir hier gerade tun. Das darf nicht sein.

Wütend darüber, dass ich mich habe hinreißen lassen, löse ich mich mit einem Ruck von ihm, mache einen Schritt zurück.

»Es tut mir leid«, sagt Art hastig.

Ich fahre ihn an: »Was? Das eben oder der ganze Rest?«, und bringe noch mehr Abstand zwischen uns.

Art bleibt stumm, ich nicht.

»Du siehst echt scheiße aus.«

Auch das kommentiert er nicht, und sein Schweigen macht mich noch wütender.

»Was? Ist deine Stimme schon nach Paris geflogen und sucht dir dort schon mal eine Wohnung?«

Art zuckt zusammen, als wäre jedes Wort ein Messer, das ich ihm in den Bauch steche.

»Aber keine Sorge! In der Stadt der Liebe kommst du wieder auf die Beine! Französisches Essen, französische Kunst und Französinnen. Eine Kombination, die dich ruck, zuck alles vergessen machen wird!« Ich hebe den Arm, schnipse mit den Fingern und grinse dabei, als hätte ich den Witz in Tüten verpackt. »Da kannst du ungestört lügen und betrügen und dich durch die Betten ...« Ich bringe das Wort nicht über die Lippen. Der Gedanke an eine andere Frau in seinen Armen schnürt mir die Luft ab. »Du bist echt der Allerletzte, Arthur!«, presse ich hervor und spüre, wie die Tränen aufsteigen. Sosehr ich es mir auch wünsche, ich kann sie nicht aufhalten. Sie brechen sich Bahn, endlich und ausgerechnet jetzt, und es ist Fluch und Segen zugleich. Wie ein Sturzbach strömen sie mir über das Gesicht, unaufhaltsam, ein gequälter Laut entringt sich meiner Kehle. Art ist mit zwei Schritten bei mir, schließt mich in seine Arme.

»Es tut mir so leid, Spell! Das wollte ich nicht! Es tut mir so unendlich leid!«, wispert er, und auch er weint. Seine Tränen benetzen meinen Hals, und kurz erlaube ich mir, in seiner Umarmung zu versinken, seinem Herzschlag zu lauschen, seinen Körper zu fühlen. Ich nehme ihn mit all meinen Sinnen auf, atme ihn ein und bewahre ihn im hintersten Winkel meines Seins auf.

Dann befreie ich mich aus seiner Umklammerung und gehe. Rückwärts gehe ich weg, sehe ihm so lange in die Augen, wie ich kann.

Art kommt mir nicht nach.

Aber er sagt etwas.

»Ich komme wieder«, sagt er und wartet, bis ich zurück hinter dem Tresen bin. Erst dann läuft er über den Strand davon.

Er hält sein Wort.

Wie vor unserem Streit kommt er jeden Tag. Zu Beginn noch, wenn meine Schicht anfängt, aber als die Leute zu aufdringlich werden und ihn mit Fragen und Gesprächen bedrängen, taucht er erst später auf.

Doc fragt mich, ob er ihn wegschicken soll, ich schwanke zwischen einem lauten *Ja* und einem leisen *Nein,* sage schließlich nichts, und so sitzt Art jeden Abend in der Bar und beobachtet mich. Wann immer ich in seine Nähe komme, explodieren Schmetterlinge in meinem Bauch, mein Herz beginnt zu rasen, meine Hände werden feucht.

Es ist Qual und Glückseligkeit zugleich und macht mich nach ein paar Tagen schier wahnsinnig.

Also sammele ich mich, hole tief Luft und gehe zu dem Tisch, an dem er sitzt und nichts tut, außer mich anzustarren. Als ich ankomme, setzt er sich auf, schluckt. Ich nehme Platz, stütze meinen Kopf in die Hände, sehe ihn an.

»Wann fliegst du?«, frage ich geradeheraus.

»Nächste Woche«, antwortet er.

Ich schnaube kurz. »Warum hast du es mir nicht gesagt?«, will ich wissen.

Art atmet tief ein, dann aus, schließt die Augen, öffnet sie wieder. »Weil ich es abgelehnt habe. Das Stipendium.«

»Was?«

»Du hast mich schon verstanden«, sagt Art ruhig, ich schnaube schon wieder.

»Du lügst!«, sage ich.

»Nein.«

»Doch!«

Er schüttelt den Kopf. »Nein. Ich habe abgesagt.«

»Und warum fliegst du dann nächste Woche?«, triumphiere ich, weil ich ihn so seiner Lüge überführe.

»Ich muss den Mietvertrag rückgängig machen. Formulare ausfüllen, verschiedene Dinge erledigen. Und Auntie Mell besuchen.« Art sieht mir unverwandt in die Augen, blinzelt nicht mal. Seine Hände liegen locker auf dem Tisch, einzig sein Kiefer verrät seine Anspannung. »Glaubst du im Ernst, Spell, ich würde dich und das, was wir haben, wegen eines Stipendiums aufs Spiel setzen? Ich habe es dir doch erklärt. Im Auto.«

»Das kannst du nicht machen«, stammele ich, schüttele dabei ruckartig den Kopf.

»Ich kann. Es ist meine Entscheidung.«

»Das geht nicht. Auf keinen Fall. Tu das nicht, Art!«, sage ich lauter als beabsichtigt. Angst und Schrecken packen mich. Das kann ich nicht zulassen! Dass er wegen mir seinen weiteren Lebensweg wegwirft! Und das will ich auch überhaupt nicht! Was fällt ihm ein, mir diese Bürde aufzuladen? Schon wieder werde ich wütend, weil er solch eine folgenschwere Entscheidung von mir abhängig macht. Damit kann ich nicht umgehen! Die Schuld würde auf mir lasten wie ein Zementsack, und Art würde mich irgendwann dafür hassen. Unsere Beziehung würde Stück für Stück daran zerbrechen, und übrig bleiben würde nichts als Verachtung füreinander.

Aber weil ich Art kenne und weiß, dass er nichts Unüberlegtes tut, fällt mir kein Argument ein, das ihn umstimmen könnte.

Ich will ihn gerade anfahren, wie er auf diese bescheuerte Idee kommt, als ich eine bekannte Stimme höre.

»Sieh mal einer an! Der verkappte Künstler und seine Muse«, tönt Brandon, stellt sich breitbeinig neben den Tisch. »Hey, Spell«, sagt er, Art ignoriert er vollkommen. »Wie geht's? Siehst gut aus.«

Ich starre ihn an, und tausend Gedanken wirbeln mir plötzlich durch den Kopf. Und dann wird einer glasklar. Das ist es! Wenn ich das schaffe, wenn ich das durchziehe, wird Art keinen Gedanken mehr an mich verschwenden. Dann wird er einsehen, dass er das Stipendium auf keinen Fall wegen mir ablehnen sollte.

»Hey, Brandon«, sage ich lässig, beuge mich nach vorne. »Danke. Geht gut. Und dir?«

Selbst Brandon ist überrascht von meiner Freundlichkeit, ein Lächeln erscheint auf seinem Gesicht.

Dieser Vollidiot!

Innerlich könnte ich ihm eine reinhauen, äußerlich

setze ich ein zuckersüßes Grinsen auf. Ich schlage die Beine übereinander, stütze die Arme auf die Knie und gewähre ihm einen Einblick in meinen Ausschnitt, der in dieser Position auseinanderklafft. Sofort glotzt Brandon auf den Ansatz meiner Brüste, Art hustet trocken. Ich zwinge mich, nicht zu ihm zu blicken, richte meine ganze Aufmerksamkeit auf Brandon.

»Und? Sonst so?«, sagt er, und es interessiert ihn eigentlich gar nicht.

»Wir hängen so rum«, sage ich. »Du kennst Arthur?« Ich deute vage auf Art, ohne ihn anzusehen, auch Brandon schenkt ihm keine Beachtung.

»Mhm«, macht er, nickt knapp.

Eine kurze Pause entsteht, und jetzt huscht mein Blick doch zu Art. Der lehnt entspannt im Stuhl, ein leises Lächeln umspielt seine Mundwinkel, seine Augen blitzen, weil er meinen ungelenken Versuch mühelos durchschaut. Er neigt ganz leicht den Kopf, als wolle er mir die Erlaubnis geben, fortzufahren, und ich weiß, ich muss einen Zahn zulegen, wenn ich ihn überzeugen will.

Ich stehe auf, gehe auf Brandon zu, dessen Gesicht zu leuchten beginnt, als ich ihm die Hand auf die Brust lege. Meine Finger fahren am Saum seines Shirts entlang, über seine Haut, zu seinem Hals. Meine Hüfte berührt wie zufällig seine, meine Brüste streifen seinen Arm.

»Ich habe Feierabend«, hauche ich. »Wenn du nichts mehr vorhast?« Ich lasse den Satz offen, dafür lege ich meine Arme um seinen Nacken, streichele seinen Haaransatz, dränge mich noch näher an ihn.

Brandon stößt einen überraschten Laut aus, Art auch. »Spell!«, sagt er leise, aber eindringlich, Brandon dreht sich zu ihm um.

»Wie wär's, wenn du die Klappe hältst, du Pinsel?«, fährt er ihn an, wendet sich dann wieder mir zu.

Es kostet mich all meine Kraft, Arts Blick auszuweichen, mich ganz auf Brandon zu konzentrieren.

Kapiert er denn nicht, dass er gehen soll? Nach Paris, zu seiner Kunst und all dem Großen, das ihn noch erwartet? Offensichtlich nicht, denn Art bleibt stoisch sitzen, als warte er darauf, wie lange ich noch durchhalte.

Er hat keine Ahnung, was ich aushalten kann. Ich habe meine Mutter überlebt, Jahre in einer Pflegefamilie, das hier ist ein Kinderspiel für mich.

Und obwohl ich schreien könnte und mich die ganze Situation innerlich zu Eis erstarren lässt, überschreite ich die Grenze. Ich befehle mir selbst, mich abzuspalten, mich einzukapseln, und trenne mich von jedem Gefühl, das in mir ist.

Dann presse ich meinen Mund auf Brandons.

Ich schließe die Augen, stöhne hingebungsvoll, als ich Brandons Lippen teile und meine Zunge in seinen Mund schiebe. Als meine Finger durch seine Haare wuscheln, ich Brandons Hände auf meiner Taille spüre, auf meinen Rippen, auf meinen Brüsten. Heiße Scham durchfährt mich, als ich mir das Schauspiel vorstelle, das wir hier abgeben, ich komme mir schmutzig und billig vor, aber wenn es Art dazu bringt, zu gehen, ist es mir das wert.

Brandons Zunge rührt in meinem Mund, seine Hände betatschen mich, und kurz bevor ich es nicht mehr aushalte, kurz bevor ich ihn von mir stoßen will, höre ich, wie Arthur aufsteht. Wie er den Stuhl an den Tisch schiebt, wie er zu uns kommt und stehen bleibt.

Ich löse mich von Brandon, öffne die Augen und sehe direkt in die von Art.

Der Schmerz auf seinem Gesicht ist auch meiner.

Wir teilen die Verzweiflung, die Wut und die Hilflosigkeit, und doch weiß ich, dass ich das Richtige tue. Und auch er wird es wissen. Vielleicht nicht heute, vielleicht nicht morgen, aber irgendwann.

»Ich habe verstanden«, sagt er leise, hält meinen Blick noch eine Sekunde, dann verschwindet er.

Endlich.

Sobald ich sicher bin, dass Art außer Sichtweite ist, stoße ich Brandon von mir.

Bevor er richtig registriert, dass ich nicht mehr an seinen Lippen klebe, habe ich mir das Shirt zurechtgezupft, mir über den Mund gewischt und Abstand zwischen uns gebracht.

»Was soll das?«, fragt er dümmlich, mich hat inzwischen alle Energie verlassen.

»Ach, verpiss dich einfach«, sage ich nur, drehe mich um und laufe zur *Sandsbay* zurück.

Brandons Beschimpfungen im Ohr, Arts entsetztes Gesicht vor Augen, treten mir die Tränen in die Augen.

Damit habe ich ihn wohl endgültig aus meinem Leben verscheucht.

Aber war das nicht meine Absicht?

VIERUNDZWANZIG

»Paris!« Zanna verdreht genießerisch die Augen und spricht das Wort aus, als wäre es eine einzige Verführung. »Ich war mal da. Als ich noch jung und unschuldig war. Diese Stadt verzaubert einen, Spell!« Sie beißt in den mit Schokoglasur überzogenen Donut, den ich ihr mitgebracht habe, trinkt einen Schluck Kaffee.

Es ist neun Uhr morgens, und weil ich in der Stille des Trailers keine Ruhe mehr fand, beschloss ich, sie zu besuchen. Natürlich wollte sie wissen, wo ich nach der Ausstellung gesteckt habe, wie die Bilder ankamen und was bei Art und mir so los sei. Seit ich mit meiner Geschichte geendet habe, schwärmt sie von Paris.

»Und er kann tatsächlich Französisch?«, fragt sie jetzt und lächelt verzückt, ich nicke. »Oh Gott, das ist so sexy! Wie kannst du nur eine Sekunde darüber nachdenken, ihn nicht zu begleiten?« Ihre Stimme trieft vor Unverständnis, ich presse den Kiefer aufeinander.

»Bist du etwa auf seiner Seite?«, sage ich wütend, Zanna macht große Augen.

»Ich wusste nicht, dass es hier um den Superbowl geht?«, antwortet sie pikiert, ich schnaube.

»Er hat mich belogen, Zanna! Er hätte mir sagen müssen, was seine Pläne sind! Warum hat er das getan, frage ich mich die ganze Zeit? Ich meine, war ich ihm die Wahrheit nicht wert? Er hatte schließlich genug Gelegenheiten!«

Zanna schnalzt mit der Zunge.

»Herrje, Spell! Klar hat er dir nicht die Wahrheit gesagt, das ist scheiße, gar keine Frage! Aber mal im Ernst? Paris? Hallo! Selbst wenn es mit euch beiden nicht klappt, dann hast du wenigstens die Stadt gesehen. Und dann kommst du eben wieder!«

Bei ihr klingt es wie eine kurze Busfahrt. Einmal Europa und wieder zurück.

Sie vertilgt den letzten Krümel des Donuts, schluckt und sieht mich an. »Du zahlst keine Miete, Doc soll dir den Trailer einfach freihalten. Ich kümmere mich um Spock, und anderweitige Verpflichtungen hast du ja nicht.«

»Du spinnst doch!«, sage ich und zeige ihr den Vogel. »Selbst wenn ich in Erwägung ziehen würde, hier alles stehen und liegen zu lassen und mitzugehen«, ich recke den Zeigefinger, »was ich sicher nicht tun werde, aber nur mal angenommen, würde ich Art nur stören. Er muss sich auf seine Kunst konzentrieren und kann niemanden gebrauchen, der an ihm hängt wie ein kleines Hündchen.« Ich winke ab. »Ist auch egal. Das mit uns ist gestorben. Er hat gelogen. Und wer in einer Sache lügt, tut es auch in der anderen«, sage ich leise, senke den Blick. Schon wieder steigen Tränen auf. Ich habe langsam das Gefühl, ich höre gar nicht mehr auf zu weinen. Seit sich der Fluss in der *Sandsbay* Bahn gebrochen hat, kann ich kaum noch aufhören. Es ist fürchterlich. Und anstrengend. Ich bekomme Kopfweh und trockene Augenlider und habe einen Taschentuchverschleiß, der jeden Drugstorebesitzer zum Millionär macht.

Zanna kommt um die Theke herum, nimmt meine Hände.

»Spell. Du weißt doch selbst, dass du Blödsinn erzählst! Arthur liebt dich. Sonst hättest du dich erst gar nicht auf ihn eingelassen.« Sie hebt mein Kinn, legt den Kopf schief. »Stimmt doch, oder?«, fragt sie leise, ich nicke zögerlich.

»Hat er das Stipendium tatsächlich abgelehnt?«, will sie wissen.

»Keine Ahnung. Ich kenne mich mit so was nicht aus. Behauptet hat er es jedenfalls. Aber ich will das ja gar nicht!«

Zanna beißt sich auf die Lippen. »Das wäre wirklich dumm von ihm. Willst du es dir nicht noch mal überlegen? Rede doch noch mal mit ihm!«, drängt sie.

»Auf keinen Fall. Lieber ein Ende mit Schrecken als ein Schrecken ohne Ende!«, fahre ich auf, bin mir meiner eigenen Aussage selbst nicht sicher.

Aber ich sehe keinen anderen Ausweg als diesen. Wenn ich ganz ehrlich bin, wenn ich dieser winzigen Stimme in mir Gehör schenken würde, dann würde sie mir den ganzen Tag erzählen, dass ich Art noch liebe. Obwohl er gelogen hat.

Aber gerade weil das so ist, muss ich ihn ziehen lassen.

Er wird schon über mich hinwegkommen.

Und ich über ihn.
Irgendwann.

Kurz nachdem ich Zannas Laden verlassen habe, klingelt mein Handy.
Es ist meine Mom.
Ich bleibe stehen, starre auf das Display, und nichts geschieht. Kein Herzrasen, keine Panikattacke, keine Wut. Nicht das kleinste Gefühl regt sich in mir. Es ist, als hätte die Geschichte mit Art allem anderen die Wichtigkeit genommen. Ohne nachzudenken, gehe ich ran. Einfach so.
»Mom?«, sage ich, und schon nach dem ersten Wort weiß ich, was kommt.
»Baby!«, nuschelt sie, ich hole tief Luft.
»Was gibt's?«, frage ich teilnahmslos.
Meine Mom beginnt zu jammern. »Spell, ich halte das hier nicht mehr aus! Sie sind schrecklich zu mir! Ich bekomme nicht mal mein Geld! Sie verweigern mir den Zugriff auf das Konto deines Vaters!«
Ich verdrehe die Augen. Es gibt kein Konto mehr. Alles ist weg. Das ganze Ersparte für mein College, der Erlös des Hausverkaufes, selbst mein Sparbuch mit ein paar Hundert Dollar mussten am Ende dran glauben.
»Und sie sagen, ich muss hierbleiben, Spell! Jeden Tag kommt diese fürchterliche Frau und will mir Medikamente aufzwingen!« Meine Mom senkt die Stimme. »Sie ist fett, Spell! Wie ein Wal! Und sie stinkt!«, schimpft sie böse, dann verfällt sie wieder in ihren weinerlichen Singsang. »Alle sind gemein zu mir. Kann ich nicht zu dir? Nur für ein paar Wochen?«

Jetzt steigt doch Übelkeit in mir auf. Diese Frage hat sie mir schon ewig nicht mehr gestellt. Ich umklammere das Telefon, zwinge mich, ruhig zu bleiben.

»Nein, Mom. Und das weißt du. Du musst dort bleiben, sie sorgen für dich«, sage ich. Der Tonfall meiner Mom ändert sich so schnell, wie ich blinzeln kann.

»Du hast das Geld! Ich weiß es!«, zischt sie, ich zucke zusammen. »Er hat es dir gegeben! Und dann hast du ihn umgebracht, damit du es behalten kannst!«, kreischt sie mir ins Ohr. »Es war deine Schuld, Spell! Er ist wegen dir gestorben! Und jetzt willst du nicht mal deine eigene Mutter aufnehmen! Du bist der Teufel! Ich hätte dich niemals bekommen sollen!«

Sofort bin ich wieder zwölf, hier, mitten auf der Straße in Santa Barbara, und zittere am ganzen Leib, obwohl es an die dreißig Grad hat. Ich stehe in unserem Wohnzimmer, mit schwarzen Lackschuhen an den Füßen, einsam und völlig verängstigt, und warte darauf, dass meine Mom mir erklärt, was das alles hier soll.

Das passiert natürlich nicht, stattdessen wirft sie mir noch mehr Beleidigungen an den Kopf. Sie nennt mich undankbar, verschwenderisch, spießig. Dann will sie Geld. Sie schreit und schreit, und mir bricht der Schweiß aus.

Ich lege auf.

Und sinke auf den Bordstein. Das Handy fällt mir aus der Hand, mein ganzer Körper ist eine leere Hülle. Nichts darin lebt, außer dem einen Gedanken, dass ich es nicht wert bin. Ich bin meiner Mutter nichts wert, ich bin Arthur nichts wert, und der Einzige, dem ich jemals etwas bedeutet habe, hat mich verlassen. Er ist gegangen, ohne mich zu fragen. Endgültig.

Ich fange an zu heulen. Kann ich ja auch am besten.

Art bleibt an diesem Abend der *Sandsbay* fern. Und es schmerzt mich so unglaublich, dass ich mich innerlich krümme. Der Anruf meiner Mutter steckt mir tief in den Knochen, ich bin fahrig, abwesend und gebrochen. Art hätte mich gehalten. Er hätte mich gehalten, mir genau das Richtige gesagt, meine Tränen getrocknet.

Weil er mich verstanden hätte wie kein anderer.

Immer wieder sehe ich mich verstohlen um, alles in mir verzehrt sich nach seinem Anblick. Nach seiner großen Statur, seinem besonnenen Wesen, seinem Lächeln. Diesem großartigen Lächeln, das mir ein Strahlen in jede Zelle meines geschundenen Körpers geschickt hätte und meine Wunden geheilt hätte.

Aber egal, wie oft ich den Strand mit Blicken absuche, ich finde ihn nicht. Meine Aktion von gestern war wohl erfolgreich, und obwohl es das ist, was ich wollte, bricht es mir das Herz.

Irgendwann zieht mich Doc dann in seine Arme. Ich vergrabe den Kopf an seiner breiten Brust, er streicht mir über das Haar.

»Das wird schon wieder, Spell«, sagt er leise, und wir beide wissen, dass es das nicht tut.

Als ich am nächsten Tag vom Schwimmen zurückkomme, steht Benice am Trailer. Ich erkenne sie schon von Weitem, wie sie sich suchend umsieht, die Hand an die Stirn gelegt, um sich gegen das Sonnenlicht zu schützen. Kurz erwäge ich, ins Wasser zurückzugehen, aber sie entdeckt mich. Sie winkt, ich seufze leise und beuge mich meinem Schicksal.

Zuerst angele ich nach einem Handtuch, trockne mich gründlich ab, rubbele mir die Haare und weiche ihr aus. Als ich irgendwann so trocken bin, dass sich meine Haut anfühlt wie Schmirgelpapier, bleibt mir nichts anderes übrig, als mich ihr zu stellen. Benice hat geduldig gewartet und keinen Ton gesagt. Jetzt mustern wir uns, ihr Blick ist traurig, meiner trotzig.

»Hat er dich geschickt?«, frage ich unwirsch, sie verneint.

»Er weiß nicht mal, dass ich weiß, wo du wohnst.« Sie zuckt die Schultern, ich schnaube.

»Willst du was trinken?«

Benice nickt, ich hole Wasser und Eis und Zitronen. Umständlich schenke ich ihr ein Glas voll, wir setzen uns auf die Eingangsstufen zum Trailer und starren aufs Meer.

Nach einer langen Zeit ergreift sie das Wort.

»Wie geht es dir?«

Ich bleibe stumm.

»Seine Mom war da. Sie haben sich fürchterlich gestritten.«

Auch das kommentiere ich nicht. Ich hatte nichts anderes erwartet. Caroline wird nicht tatenlos zusehen, wie er diese Chance verstreichen lässt. Dafür liebt sie ihren Sohn zu sehr, und ich finde das bewundernswert. Genau so sollte sich eine Mutter verhalten.

»Er hat ihr versprochen, wenigstens hinzufliegen

und sich die Sache anzusehen. Bevor er sich endgültig entscheidet.«

Ich weiß es sehr zu schätzen, was sie hier tut. Welche Informationen sie mir gibt. Trotzdem sage ich nichts. Ganz einfach, weil ich nicht weiß, was ich noch sagen könnte.

Es ist das einzig Richtige und so falsch, wie es nur sein kann.

Benice trinkt einen Schluck, ihr Blick geht zum Horizont.

»Eine Weile dachte ich, ich sei in ihn verknallt. In Art.« Sie lacht leise. »Er ist der ehrenwehrteste Kerl, der mir jemals untergekommen ist. Alles, wirklich ausnahmslos alles, was er tut, ist durchdacht. Eigentlich passt das gar nicht zu einem Künstler. Die sind ja oft impulsiv und verrückt. Art nicht. Art ist das genaue Gegenteil.« Sie seufzt. »Jedenfalls dachte ich, ich sei in ihn verliebt. Weil ich mir so sehr gewünscht habe, so einen Typen an meiner Seite zu haben. Einen, der weiß, was er will. Einen, auf den man sich zu hundert Prozent verlassen kann.« Sie dreht den Kopf, sieht mich an, ich fixiere einen Punkt auf den tanzenden Wellen. »Spell, er wird es sich nicht anders überlegen. Er tut das nur seiner Mutter zuliebe, aber wenn Art eine Sache entschieden hat, bleibt er dabei. Sie weiß es auch, sie kennt ihren Sohn schließlich am besten.« Jetzt greift Benice nach meinem Arm, bringt mich so dazu, sie doch anzusehen. »Du musst ihm verzeihen. Und du musst mit nach Paris! Er wird es sonst nicht machen! Die Sorbonne! Verstehst du mich?« Ihr Ton ist eindringlich, genau wie ihr Blick.

»Er isst nicht mehr. Er schläft nicht mehr. Er malt nicht mehr. Er hat aufgegeben.« Ihre Finger graben sich in meine Haut. »Er liebt dich! Du kannst das nicht einfach wegwerfen! Ihr werdet einen Weg finden, ihr beide! Ihr müsst einfach!«

Gerade weiß ich nicht, wer hier wen trösten soll. Benice sieht so verzweifelt aus, als hätte man ihr diese Bürde auferlegt. Als hätte sie den Liebeskummer und nicht ich. Ich befreie mich aus ihrem Griff, springe auf.

»Weißt du, was du hier erzählst? Du bist doch verrückt!« Ich mache ein paar Schritte rückwärts, weg von ihr und ihrer energischen Rede, Benice kommt mir nach, hält mich an der Hand.

»Wir geben eine Abschiedsparty für Arthur. Morgen Abend. Im *Little Rock*. Bitte komm!«

Ich schüttle den Kopf. »Nein. Auf keinen Fall!«, stoße ich hervor. »Vergiss es, Benice!«

Sie lässt mich los. »Das könnte eure letzte Chance sein, Spell.«

Während sie davonläuft, frage ich mich, für was?

FÜNFUNDZWANZIG

Während ich ganz genau weiß, dass ich nach meiner Schicht nicht auf der Abschiedsparty von Art auftauchen werde, wühle ich in dem spärlichen Inhalt meines Schrankes nach einem Outfit.

Einzig, weil ich Doc einen Gefallen tun will. Er soll sehen, dass ich mich nicht gehen lasse, und nur deshalb gebe ich mir ein kleines bisschen Mühe heute. Bei meiner Suche fällt mir Zannas Kleid in die Hände. Ich habe es ihr noch nicht zurückgegeben. Die Erinnerung an den Abend scheint mir wie aus einem anderen Leben.

Das Glück, das ich empfand, wegen eines einzigen Menschen, der mich so vollendete, wie ich es nie für möglich gehalten hätte.

Aber wie der Stoff war das Glück hauchdünn und nur geliehen. Für kurze Zeit.

Entschlossen falte ich das Kleid zusammen, lege es aufs Bett und greife nach meinen ältesten Jeansshorts und einem einfachen Top. Binde mir die Haare zu einem Dutt und verlasse den Trailer.

Ich werde nicht zu dieser Party gehen. Und damit basta!

Ausgerechnet heute schließt Doc früher. Er tut sehr geheimnisvoll, will mir nicht sagen, was er vorhat.

Aber dem Grinsen auf seinem Gesicht nach zu urteilen, muss es etwas wirklich Schönes sein. Gegen zehn Uhr kassiere ich die letzten Gäste ab, und eine Viertelstunde später stehe ich am Strand. Wie von einem Magnet angezogen, wende ich mich nach rechts in Richtung Stadt.

Das *Little Rock* ist eine Bar, in der Rockmusik gespielt wird. Einmal im Monat gibt es einen Live-Gig, von unbekannten Bands, Zanna und ich waren schon ein paarmal da, und es hat mir jedes Mal gut gefallen.

Auf dem Weg rede ich mir selbst ein, dass ich nur einen Spaziergang machen will, dass der Abend noch jung ist und ich nur mal einen Blick auf die Party werfen will.

Ich könnte mich ja kurz von Art verabschieden. Schließlich gebietet das die Höflichkeit. Ihm alles Gute zu wünschen, ist meines Wissens nach kein Verbrechen. Immerhin waren wir miteinander im Bett, und es war ja nicht so, dass ich es schlecht fand.

Als ich im *Little Rock* ankomme, dröhnt die Musik bis auf die Straße, auf der wie immer kleine Grüppchen zusammenstehen, lachen, rauchen und reden. Ich bin kein bisschen nervös. Eine allumfassende Ruhe überkommt mich, als ich die Tür aufziehe und die Bar betrete, in der es voll und laut ist. Als wäre halb Santa Barbara gekommen, um Arthur zu verabschieden. Es dauert eine ganze Weile, bis ich mich durch die Massen an die Theke gekämpft habe. Von Art oder Benice ist weit und breit nichts zu sehen, aber die Bar ist groß, und die Theke zieht sich durch den gesamten Raum. Ich finde einen Platz ganz vorne auf einem Barhocker, setze mich und bestelle eine Cola. Während ich auf das Getränk warte, sehe ich mich um. Offensichtlich sind ein paar Studienkollegen von Art da, das erkenne ich an der Kleidung. Sie ist typisch L. A.: sommerlich, aber teuer, stylish, aber nicht übertrieben. Der Barkeeper stellt mir die Cola hin, ich nippe an dem kalten Getränk, und jetzt werde ich doch ein bisschen nervös.

Weil ich die Blicke bemerke, mit denen mich die Umstehenden mustern. Sie erkennen mich, beginnen zu tuscheln, ich tue so, als ob ich es nicht bemerken würde, lächele hier freundlich, grüße da knapp und beschließe, mich auf die Suche nach Art zu machen.

Keine Ahnung, woher ich den Mut nehme, aber alles ist besser, als hier zu sitzen wie auf dem Präsentierteller. Mit dem Glas in der Hand stürze ich mich in das Getümmel, bahne mir einen Weg in den hinteren Teil, in dem es wesentlich ruhiger zugeht. Tatsächlich sprechen mich doch ein paar Leute an, fragen mich, wie es mir geht, aber bevor sie mich in eine richtige Unterhaltung verwickeln können, schiebe ich mich weiter.

Bis ich ihn finde.

Er steht halb mit dem Rücken zu mir, mit Benice und Megan und den Jungs vom Beachvolleyball, und mein Magen macht einen Satz.

Reflexartig verstecke ich mich hinter einem Typen, spähe über seine Schulter, als wäre ich eine Spionin, und beobachte Art, der sich nun zur Seite dreht und mir sein Profil zuwendet. Er hat immer noch einen

Bart, die Haare sind schon wieder zusammengebunden, in seiner Hand hält er lässig eine Flasche. Einer der Jungs sagt etwas, und außer Art lachen alle herzhaft. Auch als der Kerl ihm auf die Schulter klopft, ihn aufmunternd ansieht, nickt Art nur kurz und höflich, und in seiner ganzen Haltung kann ich herauslesen, dass er nicht wirklich Spaß hat. Seine Schultern hängen herab, er hört nur zu, sagt selbst nichts und macht alles in allem den Eindruck, als wäre er am liebsten ganz woanders.

Gerade als ich den Entschluss fasse, ihn zu begrüßen, gerade als ich mich aus meinem albernen Versteck traue, drängelt sich Megan an seine Seite. Sie stellt sich auf die Zehenspitzen, legt ihre Hand auf Arts Arm und flüstert ihm etwas ins Ohr. Wie unabsichtlich drängt sie sich dabei nah an ihn, kichert, legt den Kopf vertrauensvoll an seine Schulter. Art reagiert nicht wirklich, was Megan nicht davon abhält, sich bei ihm unterzuhaken, ihre Wange an seinem Bizeps zu reiben und so zu tun, als wären sie ein Paar.

Ich bleibe abrupt stehen und muss ziemlich dämlich aussehen, wie ich da so in meiner Bewegung erstarre, als hätte mich jemand mit einem Zauberbann belegt. Genau in diesem Moment entdeckt mich Benice, was ja abzusehen war. Immerhin bin ich nur ein paar Meter von ihnen entfernt und sehr gut zu erkennen. Ihre Augen weiten sich, sofort schubst sie Art, sagt nur ein Wort und bedeutet ihm, sich umzudrehen.

Das tut er auch. Unsanft löst er sich von Megan, und als er mich sieht, überzieht sein hageres Gesicht ein breites Lächeln. Er drückt Benice sein Getränk in die Hand, läuft auf mich zu und bleibt kurz vor mir stehen, als gäbe es eine unsichtbare Grenze zwischen uns, und meine Gelenke verwandeln sich in dieser Sekunde in Flüssigkeit. Mein Herz schlägt doppelt so schnell wie noch eben, es hämmert in meinem Brustkorb, und ich bin froh um den Geräuschpegel, weil ich mir vorkomme wie ein lebender Bass. Mit aller Strenge befehle ich mir, nicht in Ohnmacht zu fallen und Haltung zu bewahren, als er mich anspricht.

»Hey«, sagt er, und seine Stimme klingt kratzig. Er hat tiefe Ringe unter den Augen, seine Wangen sind eingefallen, die Haut blass, die Lippen trocken.

»Du siehst immer noch scheiße aus!«, rutscht es mir heraus, erschrocken schlage ich mir die Hand vor den Mund. »Entschuldige«, stottere ich, aber Art grinst nur und zuckt die Schultern.

»Mein Schönheitschirurg hat Urlaub«, sagt er locker, kann aber das leichte Zittern in seiner Stimme nicht verbergen. Mit den Augen tasten wir uns ab, nehmen jede noch so kleine Einzelheit auf und erzählen uns stumm tausendundeine Geschichte, während unsere Münder geschlossen bleiben und die Minuten ticken. Die Welt um uns herum verschwimmt, die Menschen verschwinden, bis nur noch wir zwei hier stehen, direkt voreinander und doch meilenweit voneinander entfernt. Irgendwann breche ich das Schweigen.

»Ich wollte mich nur von dir verabschieden. Und dir alles Gute wünschen«, sage ich und klinge so hölzern wie ein ganzer Wald, der Spruch so abgedroschen, dass er vor Langeweile förmlich gähnt.

Art nickt und sieht dabei aus, als würde er kein Wort verstehen.

»Ja«, sagt er, und das Nicken verwandelt sich in ein Kopfschütteln. »Du ... du siehst gut aus«, schiebt er hinterher.

»Danke«, erwidere ich mechanisch. Stille breite sich aus, bis ich mich räuspere. »Wann genau geht es los?«

»Übermorgen Abend. Ich habe einen Nachtflug.«

»Das ist gut. Dann kannst du schlafen.«

»Ja. Kann ich.«

Wieder wird es ruhig. Art starrt mich an, als könne er immer noch nicht glauben, dass ich da bin, und macht mich damit total nervös.

»Coole Party«, sage ich, lächele angespannt.

»Ich kenne nicht mal die Hälfte der Leute.«

»Mhm.«

»Willst du was trinken?«, fragt er, ich halte meine Cola hoch, und als er daraufhin nur schief grinst und das Gespräch abermals ins Stocken gerät, hole ich tief Luft.

»Also dann. Guten Flug. Grüß mir den Eiffelturm. Alles Gute, Art«, sage ich, stoße den angehaltenen Atem aus, und bevor er mich aufhalten kann, küsse ich ihn schnell auf die Wange. Alleine diese flüchtige Berührung macht mich schwindelig, sein Bart kitzelt an meinen Lippen, seine Nähe peitscht meinen Kreislauf dermaßen auf, dass mein Blut durch meine Adern schießt.

Hastig drehe ich mich um und bin schon ein paar Schritte gelaufen, als er mich über den Lärm hinweg ruft.

»Spell?«

Ich wende mich um, auf Arts Gesicht liegt ein süffisantes Grinsen. »Lust auf eine Revanche?«, fragt er und deutet hinter sich, und jetzt erst bemerke ich die Billardtische am Ende der Bar. »Du schuldest mir noch eine.«

Auch ich grinse jetzt, ziehe die Brauen hoch. »Bist du dir sicher?«

Art legt den Kopf schief, kneift die Augen zusammen, als würde er nachdenken. Dann nickt er. »Absolut.«

Ich zucke die Schultern. »Du wolltest es ja nicht anders.« Mit diesen Worten schlängele ich mich an ihm vorbei, registriere Benice' Lächeln und Megans wütenden Blick, lege meine Tasche ab und schnappe mir einen Queue. Art folgt mir, immer noch grinsend, sucht sich in aller Ruhe ebenfalls einen Queue aus, bestäubt ihn mit der blauen Kreide und lässt mich dabei keine Sekunde aus den Augen. Ich bereite die Kugeln vor, prüfe ihre korrekte Lage, und Art überlässt mir den Anstoß.

Die erste Partie gewinne ich haushoch. Bis Art überhaupt zum Zug kommt, habe ich die Hälfte meiner Farbe versenkt, und als ich dann die schwarze Kugel ins Loch befördere, verneigt er sich vor mir.

»Nicht schlecht, Spell Magic«, sagt er anerkennend. Das Spiel hat die Anspannung zwischen uns gelöst. Art kommt auf mich zu, stellt sich direkt vor mich. Ich muss den Kopf in den Nacken legen, um ihn ansehen zu können, und vergesse bei seinem Anblick alles, was uns auseinandergebracht hat.

Ich fühle nur. Seine Gegenwart, sein ganzes Sein, das mich gerade einhüllt, umhüllt, als würden wir uns das erste Mal begegnen. Ich starre auf seinen Kehlkopf, seinen Hals, mein Blick wandert nach oben, zu seinen Augen, die mich belustigt anblitzen.

»Das nächste Spiel gehört mir«, sagt er rau, und mir rauscht ein Schauer über den Rücken.

»Vergiss es!«, sage ich heiser und ohne seinen Blick loszulassen. Anstatt dass wir uns zum Billardtisch wenden, lecke ich mir mit der Zunge über die Lippen. Art schluckt trocken, und Millimeter für Millimeter überbrückt er die geringe Distanz zwischen uns. Sein Mund nähert sich meinem, langsam und verheißungsvoll, und wenn er mich jetzt küsst, falle ich ins Koma. Hier und jetzt. In dieser Bar, mit Hunderten von Menschen um mich herum. *Die Frau, die mit einem Billardqueue in der Hand ihre Sinne verlor*, würde in der Zeitung auf dem Titelblatt stehen, und es wäre mir scheißegal!

Gott, ich bin verrückt nach diesem Typen, denke ich, als uns eine schrille Stimme auseinanderfahren lässt.

»Darf man zusehen?«, fragt Megan, im Schlepptau die Jungs und Benice. »Immerhin ist das hier deine Abschiedsparty, Art!«, ruft sie aus und macht einen Schmollmund, als wäre sie beleidigt. Art macht ein Geräusch, als würde er knurren, verdreht genervt die Augen. Er wendet sich um, hebt die Arme. »Kann ich euch davon abhalten?«, fragt er, alle lachen und verneinen.

Ein Typ, der sich mir als Mark vorstellt, zwinkert

mir beim Händeschütteln zu. »Mach ihn fertig. Er ist sowieso schon eingebildet genug!«, flüstert er gerade laut genug, dass es alle hören können, ich grinse. »Kein Problem«, sage ich, und mein Blick fliegt zu Art.

Ich genieße die Verschnaufpause, die Erholung von dem Herzschmerz, der mich seit Tagen fest im Griff hat. Für heute ist er ein ungebetener Gast, und ich schlage ihm kurzerhand die Tür vor der Nase zu. In weniger als achtundvierzig Stunden wird Art hoch über mir in der Luft schweben und sich zu einem anderen Kontinent aufmachen. Dann habe ich genug Zeit, mich in meiner Trauer zu verkriechen, ihn zu vermissen und einen anderen Sinn in meinem Leben zu suchen als ihn. Jetzt bin ich hier, und er ist hier, und ich habe Spaß.

Ich drehe mich aufreizend zum Tisch, gebe Art mit einer großzügigen Geste zu verstehen, dass er beginnen darf, und lasse die Luft zwischen uns knistern und flirren. Wir flirten, heizen uns gegenseitig auf, mit Blicken und Gesten, und alle verfolgen unser Schauspiel gebannt. Niemandem entgeht die Anziehung, die zwischen uns herrscht.

Es ist Arts Körper, der meinen streift, wenn er an mir vorbeiläuft. Es ist mein Lachen, glockenhell, das ihn von einem Stoß ablenkt, ihn so durcheinanderbringt, dass seine Kugel hilflos über das grüne Filz rollt und kurz vor dem Ziel träge liegen bleibt. Es sind die Anfeuerungen von Benice und den Jungs, die mich zu Höchstleistungen anspornen, mich in eine Frau verwandeln, die Freunde hat, die witzig und spritzig ist und der Arthur de Meer vollkommen und absolut verfallen ist.

Nach einer Stunde liege ich auch beim zweiten Spiel vorne, mach mich bereit für meinen letzten Stoß. Die schwarze Kugel liegt perfekt, es ist ein Kinderspiel, sie zu versenken. Siegesgewiss beuge ich mich über den Tisch, visiere die Kugel an, atme tief ein und will gerade zustoßen, da spüre ich Arthur in meinem Nacken. Seine Hände stützen sich links und rechts neben mir auf den Rand des Tisches, sein Mund streift mein Ohr.

»Ein einziger Stoß, Spell«, flüstert er mir zu, sein Becken drückt gegen meinen Po. »Und ich habe dir dabei in die Augen gesehen.«

Sein Atem bläst an meinen Hals, ich starre auf seine Unterarme, auf die Adern, die hervortreten, auf seine langen Finger, die die Kante umklammern. Die mich schon überall berührt haben und von denen ich dachte, sie würden mich mein Leben lang begleiten.

»Ich liebe dich«, sagt Art leise und eindringlich, ich hole mit dem Queue aus und verfehle die Kugel um Längen.

Um uns herum brandet verzweifeltes Stöhnen auf, nur Megan kichert erfreut. Art stößt sich von der Tischkante ab, weg von mir, und hinterlässt eine Leere, die mich frieren lässt.

»Das war ein absolut mieses Ding!«, ruft Mark, klatscht in die Hände. »Du hast sie abgelenkt! Foul!«, tönt er, und ich höre ihn nur aus weiter Ferne. Weil ich Art in die Augen schaue, ihn mit meinem Blick durchbohre. Er hält stand, zieht einen Mundwinkel nach oben.

»Ich bin dran«, sagt er.

In mir tobt ein innerer Kampf. Seine Worte haben mich auf den Boden der Realität zurückgeholt. Weg ist die lockere Stimmung, übrig bleibt ein schaler Geschmack.

Er kann sich sein *Ich liebe dich* sonst wo hinstecken!

Es nutzt mir nichts, wenn uns ein ganzer Ozean trennt.

Art will sich für seinen nächsten Zug bereit machen, ich trete auf ihn zu. Drücke ihm meinen Queue in die Hand.

»Du hast gewonnen«, sage ich kalt, und bei meinen Worten fällt ihm alles aus dem Gesicht. Und alles wieder ein. Auch er hatte unsere Geschichte in den hintersten Winkel seines Seins verbannt, sie ausgeblendet, so getan, als wäre nichts geschehen.

Sonst hätte er das eben nicht gesagt, das weiß ich genau.

Und ich bin diejenige, die ihn daran erinnert. Die seine Einbildung zerstört und uns beide wieder dahin bringt, wo wir hingehören.

In getrennte Welten. Und in eine getrennte Zukunft.

»Viel Spaß in Paris«, fauche ich, dann nehme ich meine Tasche auf. Grüße die anderen knapp, und mit Megans Worten im Ohr verlasse ich die Gruppe.

»Puh, welche Laus ist der denn über die Leber gelaufen?«, sagt sie, und ich denke, wenn es nur eine Laus wäre.

SECHSUNDZWANZIG

Die nächsten vierundzwanzig Stunden habe ich das Gefühl, in Treibsand zu waten. Die Zeit vergeht quälend langsam und gleichzeitig so schnell, dass ich sie am liebsten stoppen würde, wenn ich könnte. Jede Sekunde, jede Minute die vorbeitickt, erinnert mich an die grausame Tatsache, dass Art und ich gescheitert sind, bevor wir überhaupt eine echte Chance hatten. Denn in ein paar lächerlichen Stunden wird er nicht mal mehr auf demselben Kontinent wie ich sein.

Er wird 5678 Meilen von mir entfernt sein, ein ganzes Meer und tausend Sterne zwischen uns, und nichts und niemand wird das ändern.

Ich breche abwechselnd in Tränen aus, völlig haltlos, dann wieder stürze ich in flammende Wut, bis nichts bleibt als pure Erschöpfung.

Vom Weinen, vom Fluchen, vom Aufgeben.

Die Nacht ist lang, so lang, dass ich das Gefühl habe, die Dunkelheit verschlingt mich. Ich wälze mich hin und her, ziehe die Beine an die Brust, schlinge die Arme darum, weil ich hoffe, dass das die Schmerzen in meinem Innern mindert. Aber auch das nutzt nichts. Es ist zu warm, zu feucht, zu kühl, zu unbequem.

Und zu absolut.

Art wird gehen. Ohne mich.

Auch Spocks Nähe vertreibt die endlose, mondlose Nacht nicht, und als an Arts Abflugtag die Sonne aufgeht, heule ich vor Erleichterung, weil ich schon nicht mehr daran geglaubt habe, dass es jemals wieder hell werden würde. Mit Gliedern so schwer wie die nasse Erde auf einem Grab schleppe ich mich durch den Tag, und als es auf den Nachmittag zugeht, rühre ich mit rot geweinten Augen in meinem Kaffee, der längst kalt ist, und starre in die Brühe, als könnte sie mir meine Zukunft vorhersagen.

Ich habe nicht mal ein Foto von ihm. Auf unserem Trip hat Art ein paar Bilder mit seinem Handy gemacht, aber weil ich meines nicht mitgenommen hatte, weil dieser Anruf meiner Mutter kam, konnte ich keine schießen. Nicht mal das bleibt mir als Erinnerung. Ich werde vergessen, wie er aussieht, werde vergessen, wie glücklich mein Lachen war. Es ist wie bei meinem Dad.

Tiefe Verzweiflung packt mich, schlägt urplötzlich in nackte Panik um. Meine Hände beginnen zu zittern, ich keuche laut. Hektisch lasse ich den Löffel fallen, springe auf und stoße die Tasse um. Der Kaffee läuft über den Tisch, auf den Boden, ich glotze auf die braune Pfütze, die sich zu meinen Füßen bildet, mein Herz hämmert in meiner Brust.

Ich muss zu ihm!

Jetzt!

Bevor er weg ist! Ich brauche eine Erinnerung, etwas, an dem ich mich festhalten kann. Ein Foto! Ich brauche ein Foto von Art!

Hastig binde ich mir die Haare zusammen, schlüpfe in meine Flipflops, grapsche nach meinem Handy. In der Eile stolpere ich über Mister Spock, der kurz aufjault, ich kraule ihn zur Entschuldigung abwesend kurz hinter dem Ohr, reiße die Tür auf, stürme aus dem Trailer, nur um auf der Treppe zurückzuprallen.

Da steht Art.

Ich blinzele ein-, zweimal, weil mich die Sonne blendet und Arthur umgibt wie einen Kranz aus Licht, reiße die Arme hoch, als würde ich ihn abwehren wollen, und aus meinem Mund kommt ein leiser Schrei.

»Was zur Hölle?«, rufe ich aus, Art macht einen Schritt zurück, hebt die Hände.

»Entschuldige, ich wollte dich nicht erschrecken«, sagt er leise, und seine Stimme bringt mich völlig durcheinander. Wo ich es eben noch kaum abwarten konnte, ihn noch einmal zu sehen, kocht bei seinem Anblick jäh der Zorn in mir. Wie kann er es wagen? Wie kann er hier ungefragt auftauchen, so unverschämt gut aussehend, nur um spätestens in der Abenddämmerung auf Nimmerwiedersehen zu verschwinden?

»Was willst du?«, stoße ich zwischen den Zähnen hervor, balle die Fäuste. Er soll gehen! Jetzt! Das war eine dumme Idee! Seine Gegenwart schnürt mir die Luft ab, macht mich klein und hilflos. Arthur macht noch zwei Schritte rückwärts, als würde er meiner Wut Platz machen, hält ein Päckchen in die Höhe, zaghaft und fragend, ich schieße wie aus Kanonen auf ihn ab.

»Was ist das? Das will ich nicht! Ich will, dass du

verschwindest! Hau ab!«, feuere ich ihm um die Ohren, fuchtele mit den Armen vor ihm herum, als wäre er eine Motte, die sich zu nah ans Licht wagt, aus meinem Mund ergießt sich ein ganzer Schwall an ungesagten Dingen. Es ist, als würde eine Mauer fallen, als würde ein Damm brechen, und ich kann mich nicht zügeln. Es muss raus, sonst platze ich.

»Du kannst dir deine Geschenke sonst wo hinschieben! Ich will sie nicht! Ich will gar nichts von dir, hörst du?« Mit jedem Wort komme ich auf ihn zu, eine wilde Furie, mit hochrotem Kopf und nur einem Ziel.

Ihn zu verletzen.

»Du bist ein Lügner! Ein Lügner und Betrüger und ein Feigling obendrein! Du hättest es mir sagen müssen! Und zwar gleich! Stattdessen hast du mich im Dunkeln tappen lassen wie eine verirrte, dumme Pute, und alle, wirklich alle haben es gewusst!« Jetzt stehe ich vor Art und schreie ihm mitten ins Gesicht. Er bewegt sich nicht, was ich als Aufforderung nehme, weiter auf ihn einzubrüllen.

»Ich hasse dich dafür! Ich will dich nie, nie wiedersehen!« Im Schreien schlage ich ihn.

Ich schlage ihn tatsächlich. Gegen die Brust, nicht fest, aber ich kann nicht aufhören. Meine Fäuste trommeln gegen seine Muskeln, jeder Treffer eine Vergeltung für sein Schweigen, für seine absichtliche Täuschung, für jede Sekunde Glück, die er mir geschenkt und dann wieder gestohlen hat. Art tut gar nichts, außer abwarten. Abwarten, bis sich der Sturm in mir gelegt hat. Bis meine Schläge schwächer werden, meine Arme zu schwer werden, jegliche Energie meinen Körper verlässt. Nach Minuten sacke ich zusammen wie ein Ballon, der die Luft verliert, meine Knie geben nach, und ich rutsche einfach weg. Art reagiert blitzschnell, fängt mich auf, zieht mich an sich. Wie eine Puppe hänge ich in seinen Armen, mein Kopf lehnt an seiner Schulter, sein Geruch hüllt mich ein, und seine Nähe ist das Netz, der doppelte Boden, der den Drahtseilakt der letzten Stunden einfach so beendet. Alle Angst vor der Zukunft weicht aus mir, die grausame Realität, die uns erwartet, rückt in weite Ferne und gibt ihm und mir Raum, als wüsste sie, dass es die letzte Möglichkeit dafür ist. Zärtlich streicht mir Art über die Haare, den Rücken, unbeeindruckt davon, dass ich ihn eben noch zum Teufel gewünscht habe, und so stehen wir aneinandergeklammert auf den Stufen des Trailers, und es bräuchte eine Naturkatastrophe, um mich von ihm zu trennen.

Ich weiß nicht, wie lange es dauert, bis seine Streicheleinheiten nicht mehr nur tröstend sind und sich in eine Forderung verwandeln, eine zögernde Aufforderung an mich, ihn anzusehen, was ich auch tue.

In Zeitlupe hebe ich den Kopf, meine tränenverhangenen Wimpern finden seine dunklen Augen, seine Hände legen sich sanft um meinen Nacken, die Daumen streicheln meinen Hals.

Er ist so schön. So wunderschön, dass es mir wie ein Stich in die Brust fährt. Noch einmal betrachte ich sein Gesicht. Das kantige Kinn, die dichten Brauen, den ungewohnten Bart. Ich hebe die Finger, streiche darüber. Sie sind mein Fotoapparat. Als hätte ich meine Sehkraft eingebüßt, fahre ich jede Linie nach, präge mir alles genau ein. Die Lachfältchen um seine Augen. Die Grübchen in seinen Wangen, wenn er grinst, die steile Falte auf seiner Stirn, wenn er nachdenkt. Seinen Haaransatz, die Form seiner Ohren, seine vollen Lippen. Mein Zeigefinger malt über seinen Mund, über seinen Hals, seinen Kehlkopf. Art lässt mich nicht aus den Augen, er beobachtet meine Bewegungen still und beinahe ehrfürchtig, als ich mich auf die Zehenspitzen stelle und mich ihm entgegenstrecke. Mit brennendem Blick nähern wir uns einander, Arts Atem wird schneller, sein Herz flattert an meinem Bauch, er schließt die Augen.

»Wir sollten das nicht tun, Spell«, sagt er leise und so verzweifelt, dass es mir in der Seele schmerzt.

Aber ich kann nicht anders. Ich muss ihn ein letztes Mal fühlen, so, als gäbe es kein Gestern, kein Heute und kein Morgen. So, als hätten wir alle Zeit der Welt und uns unter anderen Umständen kennengelernt.

Wenn ich diese Gelegenheit verstreichen lasse, werde ich es für immer bereuen.

»Doch«, wispere ich nur an seinem Hals, an seinem Ich, an seinem ganzen Sein.

Und dann küsse ich ihn. Mein Mund findet seinen, und es ist genau der Platz, an dem ich sein sollte. Genau dort gehöre ich hin.

»Oh Gott«, stöhnt Art, dann verwandelt sich unsere Zurückhaltung in etwas, das wir nicht mehr steuern können. Unsere Körper übernehmen die Führung, als hätten sie nie etwas anderes getan, als wären sie aufeinander abgestimmt, füreinander bestimmt, und wir flüchten uns in eine Welt fern der Realität. Arts

Hände vergraben sich in meinem Haar, seine Zunge teilt ungestüm meine Lippen, er schmeckt nach Freiheit und Unendlichkeit und nach allem, was ich jemals haben wollte.

Ich dränge mich an ihn, atme ihn ein, in meiner Brust explodiert ein Feuerwerk. Art schiebt seine Hände unter meinen Po, hebt mich mit einem Ruck hoch, ich schlinge die Beine um ihn, spüre seine Erregung, die sich an mich drückt. Als wäre ich federleicht, und ohne unseren Kuss zu unterbrechen, trägt er mich in den Trailer. Er stolpert über meine Schuhe, stößt an den Schrank, verheddert sich in einem Kleidungsstück, das uns im Weg liegt. Wild versunken, mit schlagenden Zungen und keuchendem Atem fallen wir aufs Bett und lösen uns nur kurz voneinander, um uns in aller Hast unserer Klamotten zu entledigen. Ich reiße mir das Top über den Kopf, strampele mir die Shorts von den Beinen, der Slip fliegt hinterher. Keine Sekunde lasse ich Art aus den Augen, seinen muskulösen Oberkörper, seine angespannten Oberschenkel, seine breiten Schultern, die Arme, die sich neben mir aufstützen, als auch er nackt ist. Er betrachtet mich von oben bis unten, sein Brustkorb hebt und senkt sich, Strähnen aus seinem Zopf haben sich gelöst und fallen ihm ins Gesicht, was ihn noch ungezügelter und animalischer erscheinen lässt.

Sein Blick bohrt sich flammend in meinen, mit zusammengepressten Kiefern stößt er hervor: »Willst du das wirklich?«

Hinter der Frage steht alles und nichts.

Trotz seinem Verlangen, trotz seiner Begierde versucht er immer noch, mich zu schützen, und auch wenn es für ihn vielleicht ein Zurück gäbe, bin ich längst über die Klippe gerutscht. Ich kann unmöglich aufhören, mein ganzer Körper schreit nach ihm, und es ist mir völlig egal, was danach kommt. Statt einer Antwort berühre ich ihn ohne Vorwarnung an seiner empfindlichsten Stelle, samtig weich und doch hart, und Art keucht auf. Seine Pupillen weiten sich, seine Bauchmuskeln ziehen sich zusammen.

»Okay«, ist alles, was er wispert, ausstößt, flüstert, dann schaltet er seine Vernunft aus. Sein Mund senkt sich auf meine Brust, seine feuchte Zunge beginnt ein Spiel, das mich an den Rand des Wahnsinns bringt. Er kreist, lockt, beißt, ich biege mich ihm entgegen, den Kopf im Nacken, und bete, dass er niemals aufhört. Zwischen meinen Beinen sammelt sich Feuchtigkeit, in meinem Unterleib flackert ein Feuer, das sich auf den einen Punkt konzentriert, der pocht und pocht, und weil ich ungeduldig werde, stütze ich mich auf die Ellenbogen, lecke über Arts Hals, sein Schlüsselbein, schmecke seine Haut, salzig und süß und köstlich. Geschickt befördere ich ein Kondom aus einer Box neben meinem Bett hervor, streife es Art über, und meine Finger streichen weiterhin über den Beweis seiner Begierde. Auf und ab, mal zart, mal fest, und ich werde schneller, weil ich will, dass er das Gleiche bei mir tut.

»Berühre mich!«, verlange ich heiser, nehme seine Hand und lege sie auf die heiße Nässe, die zwischen meinen Schenkeln pulsiert und so vehement nach Erlösung ruft.

Art grinst leicht, aber als er mich spürt, seine Finger mich teilen, in mich dringen, weicht das Grinsen einem Hunger, einer Sehnsucht, die uns endgültig in den Abgrund reißt. Wie in einer Achterbahn schrauben wir uns gegenseitig nach oben, und als wir am höchsten Punkt angelangt sind, als um uns nichts mehr existiert außer die immense Leidenschaft, schiebt Art mit seinem Knie meine Beine noch weiter auseinander und dringt in mich ein.

Und, oh Gott, es ist vollkommen!

Wir sind vollkommen eins, ineinander, miteinander, und nichts und niemand wird mir diesen Moment nehmen können. Ich schlinge die Arme um Arts Nacken, ziehe ihn an mich, so nah, dass kein Lufthauch zwischen uns passt. Vergrabe meinen Kopf in der Kuhle an seiner Schulter, beiße sanft in die Haut unter meinen Lippen, mein Becken drängt an seines, meine Oberschenkel pressen sich um seine Hüften. Er ist sanft und stark zugleich, schnell und langsam, ganz bei mir und uns.

»Ich liebe dich, Spell«, flüstert er abgehackt an meinem Ohr, bevor er in einen Rhythmus verfällt, der sich im endlosen Strom der Gezeiten wiederfindet. Er ist so tief in mir, so dicht an mir, dass er sich in mein Herz einpflanzt, sich mit jedem Stoß dort verankert, für immer und ewig, und als ich das begreife, laufen mir stille Tränen über das Gesicht. Ich kann nichts dagegen tun, kann es nicht stoppen. Sie benetzen meine Wangen, die sich an Arts Hals schmiegen, benetzen seine Haut, vereinen unbändige Freude mit tiefer Trauer. Ich zittere am ganzen Körper, als ich spüre, dass ich komme. Als Arts Bewegungen noch intensiver werden und auch er die letzten Barrieren fallen lässt. Als er sich mir hingibt, ganz und gar, verlässt ein leiser Schluchzer meinen Mund.

»Ich liebe dich auch«, flüstere ich mit erstickter Stimme, halte ihn fest, sein Rücken feucht von Schweiß, unsere Herzen im Gleichklang. Draußen senkt sich die Dämmerung auf den Strand, hier drinnen auf unseren Akt.

Die Traurigkeit kommt schneller, als ich dachte, nicht nur bei mir, denn auch Art holt auf mir zitternd Luft, und in dem einen Atemzug erkenne ich die Endgültigkeit, die ihm bewusst wird. Sanft schiebe ich ihn von mir, er weicht unwillig zur Seite. Nicht, ohne mich mitzuziehen, in seine Arme, behutsam greift er mein Bein und legt es sich über seine Taille, drückt mich so fest an sich, als könnte das verhindern, dass er in ein paar Stunden gehen muss. Still liegen wir beieinander, ein befriedigtes Ziehen im Unterleib, ein klaffendes Loch im Herzen.

»Wann musst du los?«, wage ich mich nach endlosen Minuten zu fragen, und Art antwortet so leise, dass ich es kaum verstehen kann.

»In einer Stunde.«

Ich sage nichts, streiche mit den Fingern über seine Brust.

»Ich kann das nicht, Spell. Ich kann dich nicht verlassen«, sagt er, und als ich den Kopf hebe, um ihn anzusehen, glitzern Tränen in seinen Pupillen. Ich stütze mich auf den Ellenbogen, Art legt den Arm über sein Gesicht. »Das ist so sinnlos!«, stößt er hervor, wütend und hoffnungslos. »Dieses Stipendium ist mein Untergang, nicht meine Chance!« Trotzig wischt er sich über die Augen, schnauft angestrengt, ich küsse ihn zart auf die Wange.

»Das ist es nicht«, erwidere ich leise. »Wirf das nicht weg. Du hast es dir schwer erarbeitet und verdient.« Jedes Wort kostet mich meine ganze Kraft, denn ich stelle mir vor, wie er abends durch das Studentenviertel streift, sich mit Kommilitonen trifft, Spaß hat, eine Frau kennenlernt und mich vergisst. Wie sich eine Pariserin, schön und elegant, in ihn verguckt, ihn umgarnt und ihre helle Haut und ihr dunkler Pagenschnitt und ihre roten Lippen ihm den Kopf verdrehen. Am Ende füttert sie Art zum Frühstück im Bett mit einem warmen Croissant, und danach vernascht sie ihn.

Mir wird übel, ich lasse mich zurückfallen, und jetzt lege ich den Arm übers Gesicht, um zu verbergen, was ich eigentlich denke. Keine Sekunde später ist Art über mir, nimmt vorsichtig den Arm weg, befiehlt mir, die Augen zu öffnen.

»Ich werde mich nicht verlieben. Ich bin verliebt. In dich, Spell«, sagt er leise. »So sehr, dass ich nicht atmen kann, wenn du nicht in meiner Nähe bist. Ich vergesse die Zeit, die Dinge, die wichtig sind, die Dinge, die mir wichtig sind! Ich bringe keinen einzigen Pinselstrich zustande, wenn ich da drüben bin. Ich weiß es!« Sein Blick ist unerschütterlich, seine Stimme hart. »Komm mit! Ich verlege meinen Flug, die Wohnung ist groß genug für uns beide! Komm mit und sieh es dir wenigstens an! Und wenn es dir gefällt, dann bleibst du! Mit mir!« Sein Ton wird flehend. »Bitte. Ich bitte dich, Spell!«, sagt er eindringlich, hält den Atem an, und ich auch.

Ist sein Vorschlag tatsächlich umzusetzen? Könnte ich das tun?

Er sieht, wie es in mir arbeitet, erkennt die winzige Chance, die sich uns bietet.

»Ich bringe dir Französisch bei! Ich zeige dir die Stadt, und dann entscheidest du!«, sagt er begeistert, klammert sich an die Hoffnung, seine Augen glänzen.

Ich schnaube leise. »Ich habe nicht mal Geld für den Flug!«

»Doch.« Art erhebt sich vom Bett, schlüpft in seine Boxershorts, kramt das Päckchen hervor, mit dem er vor meiner Tür stand, und drückt es mir in die Hand. »Das gehört dir. Dein Anteil an den verkauften Bildern. Und ich will keine Widerrede hören.« Breitbeinig steht er vor mir, unterstreicht mit seiner Körperhaltung seine Aussage. Ich schlüpfe ebenfalls in meinen Slip, reiße das Päckchen auf, ein Umschlag und ein Fotoalbum fallen mir in den Schoß.

»Sieh rein!«, befiehlt Art, ich öffne den Umschlag. Darin ein Scheck über eine Summe, die mich schwindeln lässt. Ungläubig hebe ich den Kopf, blinzele. »Das kann ich nicht annehmen«, stottere ich, Art nickt nur.

»Oh doch, Spell! Das Geld ist deines. Keine Sorge, ich habe selbst noch genug.« Er winkt lapidar ab. »Damit kannst du locker ein Vierteljahr in Paris überleben. Und den Flug bezahlen.«

Ich schlucke, glotze noch einmal auf die Summe. So viel Geld habe ich mein Leben lang nicht besessen. Er fällt vor mir auf die Knie, umgreift meine Beine.

»Gib dir einen Ruck, Spell! Bitte!«

In meinem Gehirn arbeitet es auf Hochtouren. So, wie er es sagt, klingt alles so einfach. So leicht und wundervoll.

Aber was wird sein, wenn wir dort sind? Was wird sein, wenn uns der Alltag gefangen nimmt?

Langsam schüttele ich den Kopf, schiebe seine Hände von meinen Beinen. Meine Lippen werden schmal, ich schotte mich ab. Ich errichte eine Mauer um mich herum, die so dick ist, dass sie nichts und niemand einreißen kann. Nur ich bin für mich verantwortlich. Nur ich kann mich beschützen und mir helfen, und auch wenn Art das anders sieht, weiß ich, dass ich recht habe. Das war schon immer so und wird auch so bleiben.

Art erkennt meinen Sinneswandel, und wo eben noch Optimismus auf seinem Gesicht leuchtete, verdunkelt jetzt die Mutlosigkeit seine Züge. Seine Arme fallen an den Seiten herab, seine Augen blicken mich inständig an. Er startet noch einen Versuch, holt tief Luft. »Spell!«, sagt er eindringlich, nimmt meinen Kopf in seine Hände. »Ich weiß, was du denkst! Aber du irrst dich! Ich werde dich nicht …« Ein lautes Klopfen unterbricht ihn, jemand hämmert wie wild an die Tür des Trailers. Erschrocken fahren wir beide herum, blicken zum Ursprung des Geräuschs.

»Spell? Bist du da?«, fragt eine schrille Frauenstimme, und in mir erstarrt alles. Das Hämmern steigert sich zu einem Stakkato, Art lässt mich los, sieht mich fragend an.

»Wer ist das?«

»Meine Mom«, sage ich, und mir wird eiskalt.

SIEBENUNDZWANZIG

»Deine Mom?«, wiederholt Art und rollt sich auf die Fersen, ich springe auf.

»Du musst gehen!«, sage ich gehetzt, während ich mir das Top linksrum überstreife. Art erhebt sich, viel zu langsam, ich wirbele zum Bett herum, angele nach seinem Shirt und seiner Hose und werfe ihm die Sachen an die Brust. Draußen klopft meine Mom ununterbrochen an die Tür, der Ton lässt mich zusammenfahren. Ich spüre, wie ich blass werde, mir schwindelt. Mit weichen Knien sinke ich auf das Bett, weil sich alles dreht, ich fasse mir an die Stirn, auf der kalte Schweißperlen stehen.

Art ist in der Zwischenzeit angezogen und langt gerade behutsam an meinen Ellenbogen. »Alles okay?«, fragt er leise, streicht mir mit der anderen Hand über die Wange, ich drehe mich weg. »Ja, Herrgott! Verschwinde!«, fahre ich ihn an, doch Art schüttelt den Kopf.

»Auf keinen Fall! So lass ich dich nicht alleine!«, sagt er viel zu laut, ich zische ein »Schhh!« und lege mir den Finger an den Mund. Zu spät. Meine Mom ruft meinen Namen.

»Ha! Ich habe dich gehört! Ich weiß, dass du da bist! Jetzt mach schon auf!«

Mein Blick fliegt von der Tür zu Art, wieder zur Tür und zurück zu ihm. Auf keinen Fall darf er sie kennenlernen! Er wird sie von der ersten Sekunde an verabscheuen, und das verkrafte ich nicht. Er soll mich in guter Erinnerung behalten, nicht in meinem schwächsten Moment. Ich stehe auf, packe ihn am Arm und drehe ihn Richtung Tür.

»Ich brauche dich nicht. Ich regele das hier alleine«, sage ich und lege so viel Entschlossenheit in meine Stimme, wie ich kann. Auch wenn ich innerlich wie Espenlaub zittere. »Außerdem geht dein Flug. Du musst los.« Bestimmt bugsiere ich ihn zum Ausgang, Art entwindet sich mit Leichtigkeit meinem Griff. Er schnaubt verblüfft, wendet sich zu mir um.

»Ich bleibe. Ich hab noch Zeit. Kein Problem!«, antwortet er grinsend, als hätte ich ihn zum Tee eingeladen, steckt die Hände in die Hosentaschen, und auch wenn ich weiß, dass er mir nur helfen will, macht mich seine Aussage zornig.

»Hau ab!«, schleudere ich ihm entgegen und stoße ihn leicht, aber Art verschränkt die Arme. »Nein«, sagt er ruhig. »Du musst da nicht alleine durch, Spell. Ich bin da.«

Ja, jetzt noch, will ich am liebsten entgegnen, aber das Gebell von Mister Spock lenkt mich ab. Er kläfft draußen vor dem Trailer, was das Zeug hält, meine Mom schreit erschrocken auf. Der schrille Ton macht Mister Spock noch wütender, aus seinem Bellen wird ein drohendes Knurren.

»Geh weg, du Köter!«, kreischt meine Mutter, und auch wenn Spock eigentlich ein friedlicher Hund ist, macht mir sein tiefes Knurren Angst. Art sieht mich mit hochgezogenen Brauen an. »Du solltest ihn zurückpfeifen.«

Und schon wird das hysterische Schreien meiner Mutter noch lauter. »Hilfe! Spell! Tu doch was!«

Weil ich wie angewurzelt stehen bleibe und unfähig bin, mich zu bewegen, nimmt Art mir die Entscheidung ab. Er lächelt mich beruhigend an, öffnet mit einem Schwung die Tür und gewährt so dem Unheil Einlass.

Meine Mom stolpert in den Trailer, fuchtelt wild mit den Armen, hinter ihr springt Mister Spock die Stufen hinauf. Sofort keift sie los, plötzlich scheint ihr der Hund keine Angst mehr zu machen. Mit stechendem Blick nimmt sie Art gar nicht wahr, der sich hinter sie schiebt, ihr Zeigefinger zeigt anklagend auf mich.

»Willst du, dass das Mistviech mich etwa frisst? Herrgott, er war kurz davor, sich in meinem Bein zu verbeißen!« Sie schüttelt ihre langen Locken, genau die gleiche Struktur wie meine Haare, reckt ihren zierlichen Körper zur vollen Größe. Mister Spock bellt immer noch, das Geräusch hallt in dem Trailer wider und prallt in meinem Gehirn hin und her, wie ein Flummi. Mit einer knappen Geste bedeute ich ihm, still zu sein, er sitzt sofort ab, als könnte er kein Wässerchen trüben.

Meine Mutter nickt, als hätte sie ihn zur Raison gebracht, und schnauzt mich an. »Das hättest du besser mal gleich machen sollen! Das Tier ist gemeingefährlich!«, sagt sie, während sie mich von oben bis unten mustert und missbilligend den Mund verzieht. »Wie siehst du überhaupt aus? Du bist nicht mal richtig angezogen.« Ihr spitzer Finger deutet auf mein Top, und auch wenn sie das überhaupt nichts angeht und ich längst aus dem Alter raus bin, in dem sie mich einkleidet, trifft mich ihr unsinniger Vorwurf. Verlegen sehe ich an mir herunter, zupfe entschuldigend an meinem Oberteil, kreuze die nackten Beine, weil ich nur eine Unterhose trage.

»Eine Schande, wie du herumläufst!«, stichelt sie weiter, hinter ihr runzelt Art die Brauen, den sie immer noch nicht bemerkt hat. Ihr Auftreten ist ein deutliches Zeichen dafür, dass sie entweder getrunken oder sich mit Medikamenten vollgepumpt hat.

»Sag was«, fordert Art stumm, ich verneine, ebenfalls stumm.

Meine Mutter sieht nicht gut aus, und ich will sie nicht unnötig provozieren. Sie ist spindeldürr, die Haare hängen ihr ungepflegt um das eingefallene Gesicht. Außerdem ist sie dreckig, was ihren Vorwurf an mich noch grotesker erscheinen lässt. Ihre Kleidung und ihre Fingernägel, die Füße, die nur in Flipflops stecken, starren vor Schmutz, der Tasche, die sie jetzt auf dem Boden abstellt, entströmt ein unangenehmer Geruch. Mir treibt es vor Scham die Röte ins Gesicht, ich beiße mir auf die Lippen, als ich Arts Blick auf sie registriere. Was muss er nur denken? Sie ist das komplette Gegenteil seiner Mutter, dieser kultivierten, wunderschönen und gebildeten Frau.

Meine eigene Mom unterbricht meine Gedanken, indem sie ein Zigarettenpäckchen und eine kleine Flasche Schnaps aus ihrer Tasche hervorholt. Sie schraubt die Flasche auf, trinkt einen großen Schluck, dann zündet sie sich eine Kippe an. Der Rauch vernebelt den Trailer, ich wedele zaghaft mit der Hand.

»Ähm, ich möchte nicht, dass hier drin geraucht wird«, piepse ich, meine Mom lacht trocken auf.

»Ach? Es kann sprechen?«, fragt sie belustigt. »Ich dachte schon, du hättest deine Stimme verloren. Stell dich nicht so an, du wirst dich schon daran gewöhnen.« Sie schnippt die Asche auf den Boden, nimmt noch einen Schluck, und ihr Blick wird glasig. »Oder glaubst du, ich verlasse jedes Mal dieses Loch, wenn ich eine rauchen will?«

In mir schrillen die Alarmglocken. Diese Aussage und die vollgepackte Tasche, das kann nur eines bedeuten. Sie wird bleiben. Mir wird heiß, meine Mutter bläst ungerührt den Rauch in die Luft, bis sich Art hinter ihr dezent räuspert.

»Mrs Magic, ich glaube, Ihre Tochter war deutlich«, sagt er ruhig, meine Mom wirbelt herum.

»Wer zum Teufel bist du denn?«, fährt sie ihn an, und als Art ihr die Hand hinstreckt, schlägt sie kurzerhand danach. Diese offen aggressive Geste bestätigt meinen Verdacht. Sie ist betrunken, denn nur dann wird sie so unsäglich hässlich. Wenn sie Medikamente genommen hat, ist sie weinerlich und unleidlich wie ein kleines Kind, aber Alkohol macht sie wütend und starrsinnig. Leise seufzend sehe ich Art an und zucke entschuldigend mit den Schultern. Zu mehr bin ich nicht imstande. Die Angst vor ihrem Ausbruch lähmt mich, katapultiert mich umgehend zurück in meine Kindheit und die schreckliche Zeit, in der ich mit ihr alleine war. Gleichzeitig packt mich innerlich eine immense Wut auf mich selbst, weil ich so feige und hilflos bin und es nicht schaffe, Art zu verteidigen. Nicht dass das nötig wäre, denn Art nimmt die Zurückweisung meiner Mutter mehr als gelassen. Er steckt die Hand in die Hosentasche und stellt sich freundlich vor.

»Ich bin Art. Spells Freund«, sagt er, meine Mom quittiert das mit einem grausamen Kichern, so als ob die Vorstellung, dass ich einen Freund habe, der größte Witz der Welt wäre.

Sie hält inne, kneift die Augen zusammen, betrachtet erst mich und dann Art ausgiebig, dann wirft sie theatralisch die Arme in die Luft. Die brennende Zigarette verfehlt nur um Millimeter ihre Haare, als sie aufstöhnt.

»Ihr wart gerade zugange? Ihr hattet Sex? Ich hoffe doch, wenigstens geschützt? Nicht dass du mir so einen kleinen Balg unterjubelst und mich zur Oma machst? Dafür bin ich eindeutig zu jung!« Ihre Aussprache ist mittlerweile verwaschen, meine Wangen laufen feuerrot an.

Und mit nur einem Satz macht sie die letzten Stunden zunichte. Sie zerstört das Kostbare, Einzigartige, das ich mit Art erlebt habe, und reduziert es auf etwas Schmutziges, Verwerfliches, und der Moment könnte nicht ungünstiger sein. Ich traue mich nicht, Art anzusehen, blicke zu Boden und lasse die Gemeinheiten über mich hinwegfließen. Das war schon immer die beste Strategie.

»Spell Magic, diese Flausen kann dir nur dein Vater in den Kopf gesetzt haben. Er war ein unverbesserlicher Romantiker, dabei hätte er mich niemals geheiratet, wenn du nicht in meinem Bauch gewesen wärst!« Sie spuckt mir diese Aussage vor die Füße, ich weiche unwillkürlich einen Schritt zurück, Art zieht scharf die Luft ein.

»Mrs Magic, ich glaube, das reicht«, sagt er leise, aber bestimmt, meine Mom schneidet ihm mit einer unwirschen Geste das Wort ab.

»Du hast mir gar nichts zu sagen! Spell ist meine Tochter, und uns beide trennt nichts!« Sie sieht zu mir. »Stimmt doch, Schätzchen? Schließlich bist du mir das schuldig, nachdem er wegen dir gestorben ist«, sagt sie, und die Sätze strömen aus ihrem Mund, donnern mir gegen die Brust, gegen mein Herz, wie scharfe Klingen.

Weil ich nichts sage, trinkt sie die Flasche in einem Zug leer, ihre Augen blicken trüb, sie nuschelt den Rest der Geschichte, die ich schon Hunderte Male gehört habe.

»Ganz alleine war ich nach seinem Tod! Er hat doch immer für uns gesorgt, und plötzlich stand ich da mit einem kleinen Kind und ganz ohne Hilfe!«

Zur Bekräftigung tippt sie mir so heftig gegen die Schulter, dass es Art zu bunt wird. Mit zwei Schritten ist er bei mir, legt den Arm um mich, will mich schützen. Aber er hält sie vielleicht körperlich von mir ab, doch die Worte, die sie ausstößt, kann er nicht verhindern.

»Wärst du bloß nicht an dem Tag mit ihm zum Wandern gegangen! Er musste dir ja jeden Wunsch von den Augen ablesen, du warst sein Ein und Alles! Wenn ihr zu Hause geblieben wärt«, schluchzt sie theatralisch, und ich weiß, welcher Satz jetzt kommt.

Ich schließe die Augen, als könnte ich ihm so entfliehen:

»Dann würde er jetzt noch leben!«

Ich spüre Art an meiner Seite, der mich hält, und doch falle ich. »Es war nicht meine Schuld«, stammele ich, registriere überrascht die Nässe, die meine Wangen überzieht. Weine ich etwa?

Meine Mom wechselt ihre Stimmung auf Knopfdruck. Das macht der Alkohol. Sie zieht die Nase hoch, zuckt die Schultern. »Du kannst es drehen und wenden, wie du willst, Spell. Wir wissen beide, dass ich recht habe!«, wirft sie mir als Antwort hin, gleichzeitig wendet sie sich meinen Schränken zu, öffnet sie nacheinander. »Hast du was zu trinken?«, will sie wissen, während in mir alles zu Eis gefriert.

Ich muss hier weg. Sonst breche ich vor Art zusammen und flehe sie an, mir doch endlich zu vergeben. Diese Blöße kann ich mir unmöglich geben.

Und als meine Mom beginnt, die Schränke auszuräumen, wahllos meine Kleidung, mein Geschirr und tausend andere Sachen herausräumt und Art mich loslässt und sich ihr so behutsam nähert, als wäre sie ein verletztes Tier, nutze ich die Chance. Zentimeter für Zentimeter schiebe ich mich zur Tür, während Art auf meine Mom einredet. Er fasst sie vorsichtig am Arm, bugsiert sie von mir weg, seine Stimme ein leiser, harmloser Singsang.

»Mrs Magic, wenn Sie gestatten, setzen Sie sich doch erst einmal. Ich werde das für Sie übernehmen. Bestimmt hat Spell hier irgendwo eine Flasche Wein«, lockt er meine Mom, die sich ihm fügt, als wäre sie nicht noch vor ein paar Momenten eine hasserfüllte Furie gewesen. Wie so oft hat er das richtige Gespür, die Intuition für das, was jetzt angebracht ist, und tatsächlich folgt ihm meine Mom. Sie hebt den Kopf, sieht ihn verwirrt an. »Wer sind Sie?«, fragt sie und klingt wie ein kleines Kind. Art antwortet ihr geduldig, und das Letzte, das ich höre, ist, wie sie kichert, als wäre sie ein verliebter Teenager. Dann schlüpfe ich durch die Tür und renne davon. Über den Sandstrand, weg vom Trailer, weg von ihr und ihrer Gehässigkeit, so weit weg, wie ich kann.

Mit jedem Schritt verdichtet sich die Watte in meinem Kopf, Tränen, so viele Tränen vernebeln mir die Sicht, blindlings stolpere ich vorwärts, auf die Promenade, die ich erreicht habe. Kurz wundere ich mich, welchen Weg ich in Sekunden zurückgelegt habe, doch es könnten auch Stunden gewesen sein, weil ich jegliches Zeitgefühl verloren habe, meine Füße schmerzen, weil ich in der Eile keine Schuhe angezogen habe. Auch die Gegend verschwimmt vor meinem Blick. Grelle Lichter stechen mir in die Augen, Geräusche bohren sich in mein Gehirn. Musik und Stimmen, Menschen und Bilder, und ich kann es nicht mehr auseinanderhalten.

Ich schluchze auf, laufe und laufe, als würde ich so am anderen Ende der Welt herauskommen, wo niemand meine Geschichte kennt. Undeutlich spüre ich, wie ich jemanden anrempele, wie mich jemand aufhalten will, wie mich jemand anspricht. Ich schüttele die Hände ab, die sich nach mir ausstrecken und mich packen wollen, ignoriere die Rufe, die lauter und vehementer werden, kann mich jetzt nicht damit befassen, sonst verliere ich meinen Rhythmus, der mir Sicherheit gibt.

Wie ferngesteuert setze ich einen Fuß vor den anderen, muss weiter, auch wenn der Lärm unerträglich wird. Er wird zu einem steten Rauschen, klingt wie rollende Reifen auf Asphalt, und das sind sie. Rollende Reifen auf warmem Asphalt, helle Lichter in der Ferne, erst ganz klein und dann immer größer. Fasziniert starre ich in das Licht, das näher und näher kommt und sich mit einem Hupen vermischt, das mein Trommelfell vibrieren lässt. Menschen schreien auf, ängstlich und panisch, und in dem Augenblick, als ich registriere, dass hier etwas ganz und gar falsch läuft, als ich registriere, dass ich mitten auf einer Straße stehe und ein Lastwagen auf mich zurast, reißt mich jemand herum. So brutal, dass ich das Gefühl habe, er kugelt mir die Schulter aus. Ein scharfer Schmerz fährt durch meinen Körper, mir wird schwindelig. In meinem Kopf dreht sich alles, mir knicken die Beine weg, ein Lufthauch, warm und abgasgeschwängert, streift mich, ein erneutes, grelles Hupen dröhnt an meinem Ohr. Ich huste angestrengt, als sich starke Arme um mich schlingen, mich auffangen und mich rückwärts schleifen.

Sein Geruch hüllt mich ein, dieser Geruch nach Geborgenheit und Freiheit, und seine Stimme trägt mich über die Schwelle. Über die Schwelle, die mich in die tröstende Dunkelheit gleiten lässt.

»Spell, bist du verrückt?«, höre ich noch, dann bin ich weg. Endlich.

ACHTUNDZWANZIG

Verklebte Lider.

Meine Augen sind zugeklebt, und ich kann sie nicht öffnen. Alles ist dumpf und undeutlich, unwillkürlich balle ich die Hände zu Fäusten. Panik erfasst mich, weil ich blinzeln will und es einfach nicht geht. Ein Krächzen kommt aus meinem Mund, und es hört sich an, als wäre ich ein Vogel, der nicht piepen kann.

»Hey«, sagt eine Frau leise. »Keine Angst, es ist alles okay. Du bist im Krankenhaus, aber es geht dir gut.«

Sanfte Hände streichen mir über die Stirn, warm und tröstlich, und die Berührung hilft mir, die Augen zu öffnen. Licht blendet mich, ein Gesicht schiebt sich in mein Blickfeld. Erst verschwommen, dann deutlicher.

»Liebes. Endlich bist du wach. Soll ich den Arzt rufen?« Die Stimme ist so unendlich freundlich und besorgt, dass mir Tränen in die Augen schießen. Die Hand streichelt mir immer noch über die Stirn, ein Lächeln empfängt mich in dem Chaos, das sich in meinem Kopf befindet.

»Erkennst du mich? Ich bin Caroline. Arts Mutter.«

Ich nicke, doch die Bewegung ist zu viel, und mir wird schwindelig. Ich kneife die Augen zusammen, runzele angestrengt die Brauen, bis sich mein Bewusstsein so weit klärt, dass meine Umgebung deutlicher wird.

»Du musst nichts sagen. Bleib ruhig, Liebes. Du hattest eine Panikattacke, und beinahe einen Unfall. Wir mussten dich ins Krankenhaus bringen. Aber du bist nicht verletzt. Alles ist gut gegangen.«

Caroline sieht mich beruhigend an, ich öffne den Mund, aber bevor ich etwas sagen kann, schüttelt sie den Kopf. »Er ist hier.« Sie rückt zur Seite. Hinter ihr, in einem Sessel, schläft Art. Die langen Beine über der Lehne, die Arme über der Brust verschränkt, liegt sein Kopf auf der Seite. Die Haare hängen ihm wirr ins Gesicht, insgesamt sieht er abgespannt, aber gesund aus.

»Was ist passiert?«, frage ich heiser, und meine Stimme weckt Art. Er schreckt hoch, sieht mich und springt sofort auf. Caroline erhebt sich, macht ihm Platz; wenn sie es nicht getan hätte, hätte er sie vermutlich zur Seite geschubst. Mit einem Schritt ist Art an meinem Bett.

»Ich sehe mal nach dem Arzt«, sagt sie und verlässt taktvoll den Raum. Er ergreift meine Hand, beugt sich über mich und legt seine Stirn an meine. So verharren wir minutenlang, ich atme seinen Atem ein, er schließt die Augen.

»Gott sei Dank«, flüstert er leise, immer und immer wieder, sein Daumen streicht über meinen Handrücken.

»Dein Flug! Du müsstest längst weg sein«, krächze ich, Art stößt die Luft aus.

»Spell!«, sagt er nur und bewegt den Kopf leicht von links nach rechts. Er nimmt mein Gesicht in seine Hände und küsst mich. Auf die Schläfen, auf die Wangen, auf die Nase. So zart, dass es kaum zu spüren ist. Dann fixiert er meinen Blick.

»Wie kannst du daran jetzt denken?«, fragt er leise, lächelt leicht. »Das ist doch scheißegal gerade.«

Ich versuche mich an einem Grinsen, das eher schief ausfällt.

»Hauptsache, dir ist nichts passiert«, wispert Art, und seine Augen werden verdächtig feucht. »Das war echt knapp.« Die Angst in seiner Stimme verursacht mir Gänsehaut, irgendwas regt sich in meiner Erinnerung.

»Ich hab ganz schön Mist gebaut, oder?«, erwidere ich zerknirscht, mit trockenem Mund. »Ich hab Durst. Könntest du?« Fragend sehe ich ihn an, Art nickt entschuldigend.

»Oh Gott, ja.« Er greift nach einem Becher, hält ihn mir an die Lippen, gierig sauge ich das Wasser aus dem Strohhalm und leere alles bis auf den letzten Tropfen. Das kühle Nass tut ein Übriges, um mir die Sinne zu klären.

Als ich in die Kissen zurücksinke, meldet sich die Sorge.

»Wo ist meine Mom?«, frage ich, und meine Finger schlingen sich um die Bettdecke.

»Sie ist zurück in L.A. In ihrem Wohnheim. Es geht ihr gut.«

»Warst du das?«

»Was?«

»Hast du sie zurückgebracht?«

Art nickt. »Ja. Also, eigentlich meine Mom. Ich wollte nicht von dir weg.«

Stöhnend schließe ich die Augen. Auch das noch!

»Es ist okay, Spell. Sie hat keinen Ärger gemacht, und meine Mom versteht das.«

Ergeben glaube ich ihm. Ich bin viel zu erschöpft, um mir um die Etikette Gedanken zu machen.

»Was ist passiert?«, wiederhole ich mich, aber Art schüttelt nur den Kopf.

»Nicht jetzt. Du brauchst Ruhe. Später, okay?«

Ich nicke. »Kannst du dich zu mir legen?«, frage ich und komme mir vor, als wäre ich ohne ihn vollkommen alleine.

Art hebt die Decke an, ich rutsche zur Seite. Keine Minute später schlingen sich seine Arme um mich, ich schmiege meinen Rücken an seine Brust. Seine Wärme umfängt mich, sein Körper ist der Schutzschild, der mich vor dem Rest der Welt bewahrt. Nichts kann mir geschehen, solange er bei mir ist. Mit dieser Gewissheit dämmere ich in einen Halbschlaf und höre nur undeutlich, wie der Arzt kommt. Wie sich Art standhaft weigert, seinen Platz zu räumen, wie seine Mutter ihn beschwört und er eisern verneint. Ich verschränke meine Finger mit seinen, ziehe ihn noch näher an mich, und nach einer Weile geben sie auf. Caroline und der Arzt verlassen das Zimmer.

Ich tue so, als ob ich schlafen würde, bis wir alleine sind. Sobald sich die Tür hinter ihnen schließt, drehe ich mich um. Ich verkrieche mich an Arts Hals, inhaliere seinen Duft, spüre seinen Herzschlag. Und auch wenn ich die Augen kaum aufhalten kann, auch wenn ich fürchterlich aussehen muss, hebe ich das Gesicht, meine Lippen wandern über sein Kinn zu seinem Mund, und erst als wir uns finden, als wir uns küssen, werde ich ruhig. Erst dann kann ich entspannen, loslassen. Als Art sich schließlich sanft von mir löst und mich von sich schiebt und mir Einhalt gebietet, schlafe ich ein. Mit der Gewissheit, dass er mir das Leben gerettet hat.

Es waren seine Arme, die mich zurückgerissen haben. Er war es, der mir gefolgt sein muss, der auf die Straße gerannt ist und mich vor dem Zusammenstoß mit dem Lastwagen bewahrt hat.

Weil er mich niemals im Stich lassen würde.

Es ist Abend, als ich erneut erwache. Dieses Mal fühle ich mich frisch und ausgeruht, und mein Magen knurrt. Vorsichtig richte ich mich auf, blicke mich im Zimmer um. Auf dem Nachttisch neben mir brennt eine kleine Lampe, ein großer, bunter Blumenstrauß schmückt eine einfache Vase. Auf der Karte, die darin steckt, stehen Genesungswünsche von Doc und Zanna, und ich lächele, als ich die Nase in dem Strauß vergrabe, der wunderbar duftet.

Gerade als ich aus dem angrenzenden Bad komme, wo ich mich frisch gemacht habe, öffnet sich die Tür, und Art kommt herein.

»Hey«, sagt er und sieht mich besorgt an. »Sollst du schon aufstehen?«

Er sieht beinahe schlimmer aus als ich. Müde und abgespannt, mit Ringen unter den Augen und zerzausten Haaren. Behutsam fasst er mich am Ellenbogen und tut so, als wäre ich aus Glas, als er mich ans Bett führt.

»Art«, sage ich und mache mich los. »Es geht mir

gut!« Skeptisch beobachtet er mich, während ich an dem blöden Krankenhaushemdchen herumzupfe, dann geht er zum Schrank und reicht mir eine Tüte. »Das sind Sachen von meiner Mom. Ein Jogginganzug und so. Falls du dich umziehen willst.«

Ich atme erleichtert auf. »Oh Gott, ja! Danke!« Mit dem Bündel Klamotten verschwinde ich erneut im Bad, und als ich herauskomme, fühle ich mich beinahe wie ein neuer Mensch. Aber nur beinahe, denn ich habe Hunger wie ein Bär. Art sitzt auf dem Bett.

»Lass uns gehen«, sage ich. »Ich sterbe vor Hunger!«

Art grinst. »Der Arzt bekommt einen Herzinfarkt«, sagt er.

»Dann sind ja genug da, die ihm helfen können«, sage ich und grinse ebenfalls.

»Bist du sicher? Wir könnten mächtig Ärger bekommen«, erwidert Art. »Außerdem möchte ich eigentlich kein Risiko eingehen.« Er mustert mich zweifelnd, aber ich stopfe schon meine Sachen in die Tüte. Dann drehe ich mich um.

»Ich habe keine Schmerzen, und du hast doch gehört, was der Arzt gesagt hat. Mir fehlt nichts. Das war nur ein Schwächeanfall«, sage ich. »Bring mich hier weg.«

Art nickt. Er nimmt mir die Tüte ab, fasst meine Hand, und klammheimlich schleichen wir uns davon.

Eine Stunde später sitzen wir am Strand. Der Mond steht hell und leuchtend am Himmel, neben uns breitet Art ein Festmahl aus.

Hotdogs.

Der Duft des Essens lässt mir das Wasser im Mund zusammenlaufen, und als er mir meinen Hotdog reicht, grinst Art. »Extra scharf«, sagt er. »Wie damals. Das war mein größtes Glück, als Spock den Pinsel geklaut hat.«

Er zwinkert mir zu, beißt herzhaft in das Brötchen, ich tue es ihm gleich. Eine Weile kauen wir stumm, mit Blick auf die Brandung, und als ich den letzten Krümel vertilge und mit Cola nachspüle, falle ich satt und zufrieden in den Sand.

Über mir glitzern die Sterne, verheißungsvoll und wunderschön, neben mir zieht Art die Beine an, legt die Arme locker auf die Knie.

»Du hast mir einen Riesenschrecken eingejagt«, sagt er leise, ohne mich anzusehen. »Ich dachte, das war's jetzt. Der Lastwagen kam so schnell angerast, und du machtest keine Anstalten, dich zu bewegen.« Seine Stimme klingt hohl, ich richte mich auf. Lege meinen Kopf an seine Schulter, meinen Arm um seine Taille.

»Tut mir leid«, sage ich.

»Warum hast du das getan, Spell?«

Ich warte eine Weile, bis ich antworte.

»Ich weiß es nicht. Ich habe keine Ahnung, Art. Irgendwie war alles losgelöst«, flüstere ich und muss schlucken. »Die schlaflosen Nächte davor, ich hatte kaum gegessen, und diese verdammte Sehnsucht nach dir. Das hat mich wohl ziemlich viel Kraft gekostet. Und dann kam meine Mom, und was sie sagte, war … es war …« Ich verstumme, hole zitternd Luft. »Ich meine, ich weiß, dass sie nicht bei sich ist, wenn sie getrunken hat. Und dass sie dann fürchterliche Dinge erzählt, die nicht stimmen. Aber es tut jedes Mal gleich weh.«

Ich lasse Art los, setze mich kerzengerade auf. »Und dann noch die Gewissheit, dass ich dich genauso verloren hatte, dass du fortgehen würdest …« Ich beende den Satz nicht, starre auf die Wellen, die an den Strand spülen.

Art kniet sich vor mich. Er greift mich an den Schultern, sieht mich an. »Ich will dich nicht verlassen, Spell. Ich will bei dir bleiben. Du bist die, die es mir schwer macht, siehst du das denn nicht?«

Seine Hände legen sich um meine Wangen.

»Nach heute Nacht ist es mir noch klarer geworden. Ich will nicht ohne dich sein. Komm mit mir, dieses eine Semester. Es gibt keinen Grund, es nicht zu tun, nur deine eigene Angst«, sagt er, und er hat recht. Seine Daumen streichen über meine Brauen, sein Blick fährt über mein Gesicht, dann schließt er mich in seine Arme. So fest, dass mir kurz die Luft wegbleibt.

»Tu so was wie gestern Nacht nie wieder, hörst du?«

Ich nicke stumm an seinem Hals.

»Versprich es mir!«, murmelt er in mein Haar.

»Ich verspreche es.«

NEUNUNDZWANZIG

Genau achtundfünfzig Tage, sieben Stunden und zweiundzwanzig Minuten sind vergangen, seit ich Art das letzte Mal gesehen habe. Meine Sehnsucht nach ihm ist so unermesslich groß, dass er mir ununterbrochen im Kopf herumspukt. Deshalb antworte ich auch nicht, als die Stewardess mich höflich bittet, den Gurt zu schließen, weil der Pilot den Landeanflug einleitet.

»Mademoiselle?«, hakt sie nach und deutet auf das Anschnallzeichen, dann lächelt sie freundlich.

»Excusez-moi«, sage ich und folge ihrer Anweisung. Vor dem Fenster strahlt der blaue Himmel, noch sind wir hoch über den Wolken. Aber in nicht mal einer Stunde habe ich wieder festen Boden unter den Füßen. Französischen festen Boden, und ich werde ihn endlich wiedersehen. Vor lauter Aufregung zieht sich mein Magen zusammen, ein glückseliges Lächeln stiehlt sich auf meine Lippen. Ich lehne den Kopf zurück, schließe die Augen und lasse die letzten Wochen Revue passieren, um mich abzulenken.

Vor knapp zwei Monaten habe ich die Liebe meines Lebens am Flughafen verabschiedet. Nach meinem Zusammenbruch war Art noch eine Woche in Kalifornien, dann flog er nach Paris. Nicht, ohne mir das Versprechen abzuringen, dass ich nachkommen würde. Er kaufte mit mir gemeinsam das Ticket, eine reine Vorsichtsmaßnahme, wie er scherzte, damit ich es mir nicht doch noch anders überlegen würde.

Ein paar Tage darauf folgte ein schwerer Abschied, der mich zwei Nächte lang nicht schlafen ließ und in denen ich so viele Tränen weinte, dass ich einen Ozean hätte füllen können. Wir skypen seitdem jeden Tag, telefonieren, schreiben.

Arts Kurse an der Uni haben schon begonnen. Paris gefällt ihm gut, allerdings fehle ich ihm so sehr, dass er kaum Kontakte knüpft, weil er in jeder freien Minute mit mir spricht. Ich habe in der Zwischenzeit fleißig Französisch gelernt und muss sagen, ich bin ein kleines bisschen stolz auf mich. Es fällt mir verblüffend leicht, und auch die Aussprache gelingt mir gut. Mittlerweile gehe ich nur noch mit Kopfhörern aus dem Haus, und die Leute sehen mich seltsam an, wenn ich die Wörter und Dialoge nachspreche.

Art fragt mich jeden Tag ab und denkt sich unmögliche Sätze aus.

»Arthur de Meer, ich liebe dich wie die Sonne, den Mond und die Sterne.« Oder auch: »Arthur de Meer ist der schönste, klügste, liebste, witzigste Mann, den ich kenne. Ich bin ihm verfallen, bis ans Ende meiner Tage. Nie wieder will ich ohne ihn sein.« Und so weiter und so fort, und egal, wie sehr ich mich empöre, am Ende muss ich doch lachen.

Nur ein Mal blieb mir das Lachen im Hals stecken. Art sah in die Kamera, seine Augen bohrten sich in meine, ich kicherte noch von dem Satz vorher, als er schon einen neuen formulierte.

»Willst du mich heiraten?«, sagte er ganz ruhig, ohne eine Miene zu verziehen; ich verschluckte mich an meiner eigenen Spucke.

»Wie bitte?«, fragte ich hustend, Art korrigierte mich sofort.

»Das heißt: Pardon!«

Ich war viel zu perplex, um mich über seine Strenge zu beschweren, starrte ihn nur durch die Kamera an.

»Also?«, fragte Arthur ungeduldig.

»Äh ...«, stotterte ich und wurde puterrot. Meinte er das ernst? Sollte ich die Frage beantworten oder übersetzen? Fieberhaft kramte ich in meinem Hirn nach einer passenden Antwort, außer einem JA!. Am liebsten hätte ich es hinausgeschrien, obwohl mir vollkommen klar war, dass das totaler Quatsch war. Kurz bevor mich der Impuls übermannte, ihn zu fragen, wann, erlöste mich Art.

»Veux-tu m'épouser?«, sagte er lässig und grinste. »Mir scheint, Sie haben Ihre Vokabeln vernachlässigt, Mademoiselle Magic. Sie bekommen einen Eintrag, und ich werde mir eine angemessene Strafe überlegen«, witzelte er, während mich die Enttäuschung flutete.

»Das war ein blöder Scherz, Monsieur de Meer!«, schnaubte ich, verschränkte beleidigt die Arme und sah zur Seite. So verharrte ich ein paar Minuten, bis ich Art leise lachen hörte.

»Meine süße, kleine Spell«, sagte er. »Jetzt sieh mich schon an.«

Unwirsch drehte ich den Kopf, kniff die Augen zusammen, Art streichelte mich mit seinem Blick, legte die Hand an die Kamera, als würde uns nur die Scheibe trennen und nicht Tausende Kilometer.

»Du glaubst doch nicht im Ernst, dass ich dir so einen Antrag machen würde?« Er legte den Kopf schief, zog die Brauen nach oben. »Dafür lasse ich mir was ganz Besonderes einfallen. Etwas, das deiner würdig ist, Mademoiselle Magic«, sagte er, und sein Grinsen war so unfassbar süß, dass ich einknickte. Ich lächelte ebenfalls, wahrscheinlich so fürchterlich glücklich, dass es kaum auszuhalten war.

Auch jetzt will sich das debile Grinsen nicht aus meinem Gesicht verabschieden. Die Stewardessen müssen schon denken, ich sei irgendwie nicht ganz klar im Kopf, wie ich da so in meinem Sitz hänge, als hätte ich Medikamente geschluckt.

Diese Vorstellung und das Wort Medikamente bringen mich zu meiner Mom.

Auch sie habe ich besucht, vor ein paar Wochen. Unser Treffen war aufwühlend und emotional, aber ich musste es tun. Zanna hat mich begleitet, wofür ich ihr bis in alle Ewigkeit dankbar sein werde.

Meine Mom war zu Beginn nicht sehr erfreut, mich zu sehen, aber zumindest war sie nüchtern. Nach ihrem plötzlichen Auftauchen bei mir in Santa Barbara hatte sie sich erneut in einen Entzug begeben. Was ich ihr hoch anrechne, denn ich weiß, wie viel Kraft sie das kostet. Als sie mich sah, winkte sie ab, wollte mich wegschicken, aber ich blieb hartnäckig, und im Laufe unseres Gesprächs veränderte sich etwas zwischen uns. Sie wurde anders, und ich wurde anders. Mit jedem stockenden Satz, der meinen Mund verließ, wurde ihre Miene weicher und ihr Gesichtsausdruck aufmerksamer.

Aus mir sprudelte es nur so heraus.

Ich sagte ihr, dass ich ihr verzeihe. Dass es mich zu viel Kraft koste, sie ständig hassen zu wollen und es doch nicht zu tun. Ich sagte ihr, dass ich sie liebe, weil sie nun mal meine Mom wäre, und dass ich mich nicht mehr schuldig am Tod von Dad fühlen möchte.

»Ich war zwölf, Mum«, sagte ich. »Ich hätte seinen Tod niemals verhindern können, ganz egal, ob an diesem oder an einem anderen Tag. Er hatte ein Aneurysma. Und ich vermisse ihn auch. Jeden verdammten Tag!« Tränen traten in meine Augen, und dann tat meine Mum etwas, das sie noch nie getan hatte: Sie legte die Hand auf mein Knie und sah mich an. Ich konnte mich nicht erinnern, wann sie mich das letzte Mal berührt hatte, ohne dass es innerlich schmerzte.

»Du bist wie er«, sagte sie leise. »Du bist ein guter Mensch.«

Ich legte meine Hand auf ihre, zitternd und zögerlich, und meine Mom zog ihre nicht weg. Sie ließ sie liegen.

Eine Weile saßen wir so zusammen, schweigend und beinahe in Eintracht. Dann stand sie auf.

»Ich wünsche dir, dass du glücklich wirst in Paris«, sagte sie, kurz bevor sie den Raum verließ, und überraschenderweise glaubte ich ihr das sogar.

Als die Tür hinter ihr ins Schloss klackte, fiel mir das Lächeln auf meinem Gesicht auf. Das leise Lächeln um meine Mundwinkel, das im Zusammenhang mit meiner Mutter so selten war wie ein blühendes Sonnenblumenfeld im tiefsten Winter Alaskas. Ich grinste noch, als ich die Einrichtung verließ und Zanna mich in die Arme schloss.

»Alles okay?«

Ich nickte. »Sie ist und bleibt eben meine Mom«, sagte ich, und zum ersten Mal machte mich der Gedanke ein winziges bisschen glücklich.

Zwei Tage vor meinem Abflug schmiss Doc noch eine kleine Abschiedsparty für mich in der *Sandsbay*. Zanna war da und Benice und sogar Megan, die ungewohnt zahm war. Es war ein wunderbarer Abend, lustig und traurig zugleich, und als alle Gäste spät in der Nacht gegangen waren, saß ich noch ein Weilchen mit Doc und Zanna zusammen.

Doc mixte einen letzten Drink für uns, wir packten alte Geschichten aus, lachten und erzählten, und es war ein Gefühl von Familie. Zu meinen Füßen lag Mister Spock, und ich hätte schwören können, er wusste genau, dass ich ihn für längere Zeit verlassen würde. Wir hatten ihn probeweise schon ein paar Wochen bei Zanna einquartiert, und er erwies sich tagsüber als äußerst braver Wachhund in ihrem Laden. Ich sah zu ihm hinunter, und das Herz wurde mir schwer. Er war im letzten Jahr mein treuester Begleiter geworden, ein Freund, der nichts von mir verlangte außer Liebe und mir im Gegenzug dazu die Einsamkeit nahm. Mit feuchten Augen beugte ich mich hinab und streichelte ihm das Fell, als Zanna schnaubte.

»Herrje, jetzt tu mal nicht so, als ob ich nicht für ihn sorgen könnte! Wir sind schon beste Kumpels, wir zwei!«, säuselte sie, zog ein Leckerli aus ihrer Tasche, und sofort wechselte Mister Spock die Position. Er trabte zu Zanna, schmiegte seinen Kopf an ihr Bein, und wir alle lachten lauthals über den kleinen Verräter.

»Ihr werdet mir alle schrecklich fehlen!«, sagte ich

und schniefte. Doc winkte ab, aber seine Pupillen glitzerten verdächtig.

»Sei nicht albern, Spell«, grummelte er. »Du bist jung und verliebt und wirst die weite Welt sehen! Was vermisst du da einen alten Mann und eine Verrückte!« Zanna schlug ihm spielerisch aufs Bein, grinste dabei aber.

Alle beide verabschiedeten mich heute am Flughafen mit guten Ratschlägen und einem lachenden und einem weinenden Auge.

Als das Flugzeug nun das Fahrgestell ausfährt, lässt mich das laute Geräusch aufschrecken, und ein Blick aus dem Fenster lässt mein Herz schneller schlagen. Unter mir ist die Erde schon so nah, dass ich den Flughafen erkennen kann, die Landebahn kommt in Sicht, und als wir aufsetzen, kann ich ein leises Quietschen nicht unterdrücken. Ich habe meinen ersten Flug hinter mir, und auch wenn der Abschied von Doc und Zanna und Mister Spock schwer und tränenreich war, überkommt mich die Aufregung nun richtig.

Drei Monate mit Arthur liegen vor mir. In der Stadt der Liebe. Wir werden zusammen einschlafen und aufwachen und frühstücken und die Stadt erkunden, und ich kann es immer noch nicht richtig glauben.

Aber als das Flugzeug jetzt stoppt, als wir aussteigen, als ich am Gepäckband meine Reisetasche schultere, verschwende ich keinen Gedanken an die Zukunft.

Alles, was jetzt zählt, ist die Gegenwart.

Ich laufe auf die gläsernen Türen zu, die sich vor den anderen Passagieren öffnen und wieder schließen, und mein Herz beginnt zu rasen.

Abrupt bleibe ich stehen, kann plötzlich keinen Schritt mehr tun. Auf diesen Moment habe ich hingefiebert, ihn herbeigesehnt, ihn mir in den verschiedensten Variationen ausgemalt, und jetzt, als er da ist, überwältigt mich die Situation.

Menschen drängeln sich an mir vorbei mit ihren Gepäckwagen, einige schimpfen, weil ich ihnen den Weg versperre, französische Durchsagen knarren durch die Lautsprecher, Zollbeamte mustern mich aufmerksam. Und egal, wie sehr ich mir befehle, mich in Bewegung zu setzen, wollen mir meine Beine nicht gehorchen. Unfähig, irgendetwas zu tun, starre ich auf die Glastüren, die sich gerade wieder öffnen, und in dem kurzen Augenblick sehe ich ihn. Er lehnt lässig an dem Metallgeländer, die Ellenbogen und einen Fuß daraufgestützt, die Hände entspannt verschränkt. Er trägt einen Zopf, und ein paar Strähnen fallen ihm in die Stirn. Seine braunen Augen suchen die Menge ab, ein erwartungsvolles Lächeln umspielt seine Mundwinkel. Dann reckt er den Hals, und für den Bruchteil einer Sekunde treffen sich unsere Blicke. So intensiv, dass es mir durch Mark und Bein geht. Es erschüttert mich in meinem tiefsten Innern, so gewaltig, dass ein Ruck durch mich hindurchfährt. Arts Augen beginnen zu strahlen, er richtet sich auf, wendet sich nach rechts, als sich die Glastür schließt und er aus meinem Blickfeld verschwindet.

In mir bricht ein Damm.

Ich renne.

Ich renne auf diese Tür zu, so schnell, dass meine Tasche das Gepäck von jemand anderem streift, der sich lauthals beschwert.

Auf Französisch rufe ich eine Entschuldigung über die Schulter, ohne langsamer zu werden, denn wo ich eben noch wie zu Stein erstarrt war, kann ich es jetzt nicht mehr abwarten. Jede Zelle in mir schreit nach seiner Umarmung. Im Laufen passiere ich die Tür, ich fliege auf Art zu, lasse meine Tasche zu Boden gleiten, falle an seine Brust. Ich springe hoch, schlinge die Beine um ihn, er die Arme um mich.

»Spell!«, flüstert er an meinem Ohr, ich vergrabe den Kopf an seinem Hals. Sein Duft hüllt mich ein, herb und zitronig, und ein erstickter Schluchzer kommt aus meiner Kehle. Art wirbelt mich herum, als würde ich nichts wiegen, hält mich so fest, als hätte er mich Jahre, Jahrhunderte nicht gespürt. Mir laufen die Tränen über das Gesicht, hemmungslos heule ich ihm den Kapuzenpulli voll.

Irgendwann lässt er mich behutsam herunter, nimmt meinen Kopf in seine Hände. »Gott, ich habe dich so vermisst!«, murmelt er, ich kann nur schniefen. Ich muss erbärmlich aussehen, bekomme kaum Luft durch die Nase.

Art streichelt meine feuchten Wangen, meine Brauen, meine Schläfen, steckt eine verirrte Strähne hinter mein Ohr, inspiziert mein Gesicht, als müsse er sichergehen, dass das kein Traum ist.

»Ich bin zu Hause«, flüstere ich, versenke meinen Blick in seinem.

»Du bist zu Hause«, wiederholt Art, dann küsst er mich.

Endlich.